构童年的文学生活

郑伟 著

海峡出版发行集团 | 海峡文艺出版社　　海峡少儿出版创意基地

图书在版编目(CIP)数据

建构童年的文学生活/郑伟著. —福州:海峡文艺
出版社,2014.12
ISBN 978-7-5550-0448-6

Ⅰ.建… Ⅱ.①郑… Ⅲ.①儿童文学－文学研
究 Ⅳ.①I058

中国版本图书馆 CIP 数据核字(2015)第 011130 号

建构童年的文学生活

郑 伟 著

责任编辑 何 欣
编辑助理 刘含章
出版发行 海峡出版发行集团
海峡文艺出版社
经 销 福建新华发行(集团)有限责任公司
社 址 福州市东水路 76 号 14 层 邮编 350001
发 行 部 0591－87536797
印 刷 福建省天一屏山印务有限公司 邮编 350108
地 址 福州市闽侯永丰村
开 本 787 毫米×1092 毫米 1/16
字 数 210 千字
印 张 14
版 次 2014 年 12 月第 1 版
印 次 2015 年 4 月第 2 次印刷
书 号 ISBN 978-7-5550-0448-6
定 价 27.00 元

如发现印装质量问题,请寄承印厂调换

目　录

引　言

　　童年的生活一定不会缺少文学的存在。我们不妨先从最为常见的生活现象入手，看一看童年与文学发生着怎样的关联——

　　母亲给怀中的孩子哼一首催眠曲，孩子们游戏时口中念唱着歌谣。

　　孩子用稚嫩的口吻背诵"床前明月光，疑是地上霜""鹅鹅鹅，曲项向天歌"，时常被爸爸妈妈带到客人面前展示一番"诗才"。

　　幼儿园老师声情并茂地给孩子们讲《母鸡萝丝去散步》《小蝌蚪找妈妈》《老鼠嫁女儿》，讲完之后摸一摸一个个小脑袋，问孩子们："你们听完这个故事，明白了什么？"

　　上了小学，语文课本里有《七色花》，有《神笔马良》，有《卖火柴的小女孩》，心急的孩子或许一夜就可以把这些故事读完，故事很有趣，可老师们教完故事后布置的思考题却有点让人发怵。

　　学了童话、童诗、故事、小说，认识了安徒生、林格伦、金波、曹文轩，老师还会让孩子们也试着在作文本的方格里也填上一首诗、一段故事、一篇童话。

　　课余时光捧着一本小说看得入迷，奶奶叫吃午饭的声音显得特别刺耳，端着碗，觉得一桌的饭菜都很乏味。

　　漏写作业挨了批评，一边低着头认错，一边还在心里琢磨着：该怎么把被妈妈没收的《纳尼亚传奇》偷偷藏进被窝里。

　　放假了，爸爸终于说要多读点课外书了，在书店长长的书架前，孩子抱回了《淘气包马小跳》《狼王梦》《小王子》和《长袜子皮皮》，爸爸付了书款，嘴里嘀咕上一句："为什么不买些长知识的书？"

　　……

　　我们暂且不对上述现象进行是非对错的价值判断。先把思维聚焦于这些切身可感的生活细节对我们发出的提示：在文学与童年颇为密切的关系中，有许多问题正期待着梳理与思辨的努力。

如果我们把观察的眼光稍稍放宽一点，就会发现与孩子有关的文学现象背后，总离不开大人们的操持与忙碌——

一线童书作家的版税收入高居榜首，成为新闻媒体追逐的热点。

国外优秀儿童文学作品的大规模引进与汉语原创儿童文学的繁荣引发各界关注。

参与者甚众、形式丰富多样的儿童阅读推广成为备受瞩目的社会文化现象。

幼儿早期阅读、小学语文教育存在的种种问题引起文学界、教育界和家长们的热烈讨论。

……

可见，儿童的成长需要文学，儿童的教育也离不开文学，与童年生活有关的文学话题总会牵挂着许多人的心。

探索纷繁现象背后潜藏的问题是一切理论研究的基本要义，本书作者的思考是从以下这些问题开始的：

"文学生活"作为一个一般性的词汇，我们似乎很容易把握它字面上的含义，但作为一个文学研究的概念，它的内涵与我们通常的理解有什么不同？

丰富多元的童年文学生活面貌受到了哪些因素的影响？或者说是哪些力量参与了当下童年文学生活的建构？这些力量之间存在着怎样的相互关系？

在多媒体时代，以书籍为载体的文学文本在与异彩纷呈的动漫艺术、网络游戏的竞争中，能够为童年的精神成长发挥怎样的独特作用？

当今的儿童是否还需要儿童文学早期经典的滋养？在传统与现代之间，文学应该扮演怎样的角色？

年龄是丈量童年的一道标尺，阅读与年龄之间到底是一种怎样的关系？依照年龄来划分阅读层次，其可行性的限度又在哪里？

教师是儿童阅读的领路人、教导者，教师阅读的示范效应不可小视，如今的教师又该如何建构自身的阅读生活？

　　儿童的文学生活并不局限于阅读，儿童会在书面语言的学习过程中，以自己独特的方式进行文学的表达，我们又该怎样理解和接受儿童的文学创造？

　　童年的文学接受不仅需要感性的熏陶，也需要某种形式的理性引导。如何通过成人与儿童的文学对话，引导孩子在兴趣的基础上更好地把握文学的内涵？

　　针对以上这些问题，本书将通过现象描述、理论阐释、文本分析等，在厘清相关概念的基础上，探讨童年文学生活形成的内在机制，多维度地呈现当今童年文学生活的基本面貌，并以具体的文本为例展开与儿童的文学对话。本书共分为四部分：上篇针对论题的核心展开讨论，阐释童年文学生活的基本概念、童年文学生活的主体内容，分析参与童年文学生活建构的各种要素；中篇从多个维度透视当下具有代表性的童年文学生活现象，对这些现象所反映的文学、社会、心理、教育等方面的问题以及解决问题的可能路径展开讨论；下篇主要探讨如何通过与孩子平等、有效的文学对话，帮助孩子爱上文学，提升儿童的文学理解能力；附录是关于教师教育背景下的儿童文学课程建设问题的探讨。

上 篇

❖ 童年文学生活及其建构者

"文学生活"既是一个日常生活的词汇,也是一个学术性概念。本篇对文艺学"生活论转向"的学术动态进行了简要梳理,将童年文学生活建构的论题置于这一学术背景下加以探讨。对"童年"内涵的理解、童年文学生活的基本含义、儿童文学与童年文学生活的关系以及该论题的研究历史和未来发展方向,是本篇首先加以阐释的问题。在此基础上,从儿童文学生产和传播两个维度出发,将儿童文学的创作、出版和推广视为童年文学生活最为重要的建构力量,就这三种力量对当下童年文学生活面貌产生的影响进行具体论述。

一 文学研究视野中的"文学生活"

"生活"是一个意义容量很大的词语，大凡与人类物质和精神活动相关的事实，我们都可以用"生活"加以命名。参加政党、投票选举属于政治生活，打工挣钱、购物消费可算是经济生活，考试升学、业余进修则可称为学习生活，另外还有娱乐生活、情感生活、家庭生活等等，不一而足，它们共同构成了人类生活的不同方面和维度。"文学生活"从最为直观的意义上说，就是人们从事与文学有关的各种活动：小说家写一本小说、诗人发表一组诗作；文学编辑开展选题、组稿、编辑、营销等工作；读者为了打发空余时间买回一本小说；评论家发表文学评论；作家协会颁布年度文学大奖；小学语文教师和孩子们分享安徒生童话；研究生通过论文答辩获得文学博士学位——这些与文学相关的活动构成了不同人群的文学生活。当然，所谓的"文学生活"并非只拥有"文学"这一属性。作家写作除了满足自己的文学追求外，获得稿酬收入也是写作的重要目的，对于职业作家来说，甚至还是最为重要的目的，在这里"文学生活"和"经济生活"就有了交集。中学生用自己的零花钱买回《水浒传》，并不一定表示他对中国古典小说有多么狂热的喜好，可能只是因为这是老师规定的考试必读书，那么，他的这一活动就是"文学生活"与"学习生活"的融合。同样，一位办公室白领读一本小说，可能更多的是找个乐子放松一下紧张的心情，这样的"文学生活"中显然又包含了"娱乐生活"的成分。

我们可以大而广之地把所有与文学相关的活动都纳入"文学生活"的范畴中来，文学作品的创作、出版、阅读、评论、文学奖项的颁布、文学会议的召开、文学教育的实施等，都可以隶属于广义的"文学生活"，而这些"文学生活"现象又交织着不同的属性，由此牵扯出的各种影响因素也极为复杂多变，要将如此庞杂的"文学生活"作为一个独立的研究对象，显然是有困难的。因而，有必要对"文学生活"概念进行一定的狭义化界定，使问题的探讨更为集中，更具针对性。为此，首先要对文学研究关于"文学生活"讨论的学术背景做一个大致的梳理。

传统的文学研究以作者为中心，以探讨作者寄寓在作品中的本意为旨归，作者的创作动机、作品的时代背景、作品的思想意义、作者生活在作品中的投射等，是其最为基本的研究内容。形式主义、新批评等文学理论思潮兴起后，文本的中心地位得以凸显，此派理论主张，文学研究应排除文本之外的要素，将文本视为一个封闭的自足系统，专注于探讨文本内部的种种问题。经历了作者中心与文本中心的理论跋涉后，文学研究开始把目光投向了读者，文学创作的终极目标是为了获得读者的接受，没有读者对象，文本就失去了存在的价值。接受美学把读者对文本意义的创造性阐释提高到了前所未有的高度。然而，享有崇高地位的读者，在接受美学的很多理论阐释中还只是一个概念化、抽象化、符号化的读者，而不是存在于鲜活的日常生活中的读者，从某种意义上说，接受美学的读者转向依然是不够彻底的。

由于读者的文学接受受到诸多因素的影响，不同地域、不同时代、不同社会群体，乃至不同性别的读者所经历的文学生活，都会呈现出迥然不同的面貌，更何况文学阅读作为一项十分个人化的精神活动，每个读者的知识背景、精神气质，甚至是阅读时的情绪、心境也都会对阅读效果产生影响。因此，文学研究关于读者问题的探讨，应该在接受美学的基础上进一步拓展研究视野，将目光投向具体社会生活情境中的读者，关注普通读者的文学反应以及这种反应可能产生的各种影响——文学怎样影响他们对生活的理解，文学形象如何形塑他们的情感世界，多媒体时代的读者会以什么样的态度对待传统的文学文本，读者的文学消费选择如何影响作家的创作倾向，读者的阅读需求与出版机构的经营业态之间存在着怎样的互动关系，等等。由读者的文学生活生发出的种种文学命题，无疑会极大地拓展文学研究的视野与疆域。德里达在《文学行动》一书中就主张打破以往以文学定义来理解什么是文学的做法，代之以文学阅读来理解文学。"这不仅是要从'文学阅读'这一更广泛更彻底的社会性、历史性现象来理解文学，而且是立足于现代资讯社会、网络化世界的现实，凸显个人体验性和理解多样性对于文学疆域的拓展、文学发展的深化的积极作用，强化了文学的人文性对于社会转型时期种种弊病的抵御作用。所以，即便是专业的文学研究者，也必须高度关注包括文学阅读在内的社会的文学生活。"①

　　近年来，出于对文学学科建设的自觉，一些研究者将"文学生活"视为文学研究的一项"新的研究生长点"展开了相关的理论探讨。有研究者认为，当下的文学研究总体上跟不上甚至落后于现实中的文学活动、文学生活的新发展、新变化，与现实的文学生活之间存在着相当的疏离，文艺学如果仅仅满足于自身体系的建构与圆恰，而不关心现实生活的变化，其结果只能是流于灰色和凋谢，新世纪的中国文艺美学范式有必要实现"生活论转向"。② 还有研究者认为，在传统的文学接受方式中占主流地位的"文学性"审美解读，是把文学与其他的文化活动与社会要素加以区隔，而在新媒体环境中，一代年轻人面对的是越来越模糊的文学面孔，影像艺术、网络文学极大地改变了文学的内容和接受方式，文学研究应对复合的新媒体"文学生活"给予充分的关注。③ 温儒敏是积极倡导"文学生活"研究的知名学者，他主张，"文学生活"作为一个学术性概念，"主要是指社会生活中的文学阅读、文学接受、文学消费等活动，也牵涉到文学生产、传播、读者群、阅读风尚等等，甚至包括文学在社会生活各个方面的影响、渗透情况，范围是很广的。专业的文学创作、批评、研究等活动，广义而言，也是文学生活，但专门提出'文学生活'这个概念，是强调关注'普通民众的文学生活'，或者与文学有关的普通民众的生活。提倡'文学生活'研究，就是提倡文

---

　　① 黄万华：《文学生活：当代社会转型时期文化建设的重要基石》，《湖南社会科学》2012 年第 3 期。
　　② 朱立元：《关注常青的生活之树》，《文艺争鸣》2010 年第 13 期。
　　③ 王文捷：《新媒体"文学生活"论——探讨 80 后 90 后文学的一种视角》，《小说评论》2013 年第 5 期。

学研究关注‘民生’——普通民众生活中的文学消费情况”①。

基于对"文学生活"的这一认识，一些研究者运用文学社会学的方法对中国当下的文学生活状况进行了实证性研究，并取得了初步的成果。2012年8月号的《中国现代文学研究丛刊》共发表了7篇关于社会文学生活状况的调查报告，分别是：《农民工当代文学阅读状况调查》（贺仲明），《学校教育背景下的大学生文学阅读状况调查》（黄万华），《近年来长篇小说的生产与传播调查》（马兵），《网络文学生态调查》（史建国），《茅盾文学奖获奖作品接受状况调查》（张学军），《当下文化语境中鲁迅作品的阅读与接受状况调查》（郑春、叶诚生），《金庸武侠小说读者群调查》（刘方政）。这些调查报告研究视角各异，内容涉及社会文学生活的多个方面，既有大学生、农民工等某一社会群体的阅读现状，也有某一作家或某一文学奖项作品的接受情况，既涉及传统的严肃文学，也关注武侠小说、网络文学等大众文学，让我们从中看到了"文学生活"研究可能涉及的广阔领域。

通过以上相关学术背景的梳理，我们不难发现，文艺理论界提出"文学生活"这一概念，主要针对的是普通读者日常生活中的文学活动，希望借由普通读者对文学的反应，探讨文学生产、传播、消费的相关问题。这一新的文学研究动向是对以往文学研究过度偏向于自身专业话语建构，忽视文学日常生态的一种反拨。正如温儒敏所言："'文学研究'都出不了一个'三角'：即由作家写作、出版社（或者报刊）出版发表以及批评家对作品评论构成的圈子。这是有些封闭的三角圈，于是从创作到批评研究成了'内循环'。我们说哪部作品好不好，看什么？无非就看批评家的评论，而大众读者是很难发出声音的。翻开现有的文学史，其对作家作品及文学现象的评说，也极少考虑普通读者的反应，所依据的材料一般还是批评家的言论，仍然不出那个'自给自足'的'三

---

① 温儒敏：《"文学生活"概念与文学史写作》，《北京大学学报》（哲学社会科学版）2013年第3期。

角圈'。"① 引入"文学生活"的概念，目的就在于打破文学研究这种过于封闭的状态，通过勾画真实情境下的社会文学生活图景，以消弭文学研究与现实生活的隔离感。

综上所述，我们可以对当下文艺学视野中的"文学生活"研究做这样的理解："文学生活"指的是普通读者在日常生活中的各种文学活动，"文学生活"研究就是要描述真实情境中的读者进行文学消费、文学阅读的图景，探讨普通读者在接受文学的过程中做出的反应。可以说，"文学生活"研究仍是一种以读者为中心的文学研究，但它比传统的接受美学走得更远，它力求通过还原社会生活中文学接受的原生面貌，赋予普通读者而不是专业读者以更高的地位。同时，"文学生活"研究并没有把目光局限于读者文学接受这个范围之内，而是借由普通读者的文学反应，折射出这种反应对文学生产、传播以及其他文学领域发挥的影响。我们可以将"文学生活"研究划分为核心层与外围层两个层级，前者主要集中于探讨直接涉及普通读者的文学反应的有关问题，可称为"文学生活"的本体研究；后者则未必直接涉及普通读者的文学反应，主要探讨以某种间接的方式潜在地影响着读者文学生活面貌的各类文学现象，如文学观念、学科制度、文学教育等，可称之为"文学生活"的外围现象研究。

正如本书引言所描述的那样，文学在童年生活中有着丰富多样的存在。我们对"童年文学生活"的探讨实际上就是对当下文学研究"生活论转向"的一个回应，希望从儿童文学的视角出发，为文艺学添加一个探讨"文学生活"的研究案例。

---

① 温儒敏：《"文学生活"：新的研究生长点》，《中国现代文学研究丛刊》2012年第8期。

二　童年生活中的文学存在

（一）"儿童"：超越年龄意义的理解

要讨论童年文学生活，就有必要对"儿童""童年"的具体含义有一个清晰的认识。"儿童"和"童年"首先是一个生物学上的概念，是指个体生命历程最初的一个阶段。"儿童"偏向于指"人"或"人群"，"童年"偏向于指儿童这一群体所处的生命时期。在当代社会中，"儿童"还是一个法律概念，1989 年第 44 届联合国大会通过了《联合国儿童权利公约》，该公约规定："儿童系指 18 岁以下的任何人。"次年，中国政府签署了该公约，这就代表着 18 岁作为童年上限已经成为一个权威性的标准。1991 年全国人大常委会通过的《中华人民共和国未成年人保护法》也规定："未成年人是指未满 18 周岁的公民。"

在日常生活层面，对"儿童"与"童年"的认知更依赖于人们的经验。通常情况下，"儿童"和"童年"是两个不必加以特别解释的词语，每每提及这两个词，人们的脑海里似乎就会自然地显现出特定的人群、特定的形象以及这一群体某些固有的特征：矮小的身量、天真的眼神、稚嫩的语音、欢快的嬉闹、不谙世事的表现、经济上尚未独立、需要成人的照顾、正在学习各样的知识等等。这些印象中既有纯粹的生物性因素，也不乏社会性因素。

如果"儿童"或"童年"只是意味着一个年龄界限的规定，问题就要简单得多。而在今天看来理所当然的童年概念，却是在一个漫长的历史演进过程中逐渐形成的。1960 年，法国学者菲力浦·阿利埃斯在其社会学史著作《儿童的世纪：旧制度下的儿童和家庭生活》中就指出，在中世纪的欧洲，尤其是法国，人们并不承认儿童具有不同于大人的独立性。他深入考察了家庭生活的现代观念和儿童性现代认识的历史过程，认为"传统社会看不到儿童，甚至更看不到青少年。儿童期缩减为儿童最为脆弱的时期，即这些小孩尚不足以自我料理的时候。一旦体力上勉强可以自立时，儿童就混入成年人的队伍，他们与成年人一样地工作，一样地生活。小孩一下子就成了低龄的成年人，而不存在青少年发展阶段"①。在儿童的独特性被发现的历史进程中，17世纪捷克教育家夸美纽斯（1592—1670）做出了巨大贡献，他主张将儿童看成一个独立的个体，基于对儿童独特性的认识，他编写了著名的儿童启蒙读物《世界图解》，这是西方教育史上第一本附有插图的儿童百科全书，该书构思新颖、内容广泛、图文并茂，堪称教材一绝，出版后在欧洲引起了轰动。英国人洛克（1632—1704）主张教育必须配合儿童的天性与个人的兴趣。法国思想家卢梭（1712—1778）在其著名的教育小说《爱弥儿》中大力倡导自然教育，即教育要服从自然的永恒法则，听任人的身心的自由发展，其手段就是生活和实践，主张采用实物教学和直观教学的方法，让孩子从生活和实践的切身体验中，通过感官的感受去获得他所需要的知识，卢梭也开启了为儿童写作的风尚。此外，斐斯塔洛齐（1746—1827）主张将"教育爱"用在儿童身上，福禄贝尔（1782—1852）身体力行投身于学前教育，创办幼儿园。蒙台梭利（1870—1952）倡导独立教育，创办儿童之家，"蒙氏教育"至今依然影响甚大。杜威（1859—1952）的儿童中心论，皮亚杰（1896—1980）的发生认识论也都对揭示儿童的特殊性做出了巨大贡献。

可以说，人类对儿童的"发现"首先体现在儿童教育领域，自16世纪以来的数百年间，几代思想家、教育家对儿童教育的理论思考与实践探索，记录了人类儿童观念的历史演进历程，这些源于教育领域的关于儿童特性的探索，也为现代儿童文学的发生与发展提供了重要的思想动力。《简明不列颠百科全书》中的"儿童文学"词条，对现代儿童文

---

① ［法］菲力浦·阿利埃斯著，沈坚、朱晓罕译：《儿童的世纪——旧制度下的儿童和家庭生活》，北京大学出版社2013年版，第1～2页。

学的诞生做了这样的解释："儿童的出现及适合其需要的文学的出现，与许多历史因素联系在一起，其中有思想启蒙运动、中产阶级兴起，妇女解放运动的开始和浪漫主义运动。与此同时还出现了几个无法预言的天才，如 W. 布莱克、E. 利尔、L. 卡罗尔、马克·吐温、柯罗迪、安徒生等。如果没有他们，儿童还是不被发现。儿童一旦被认为是独立的人，一种适于他的文学便应运而生，因此，到 18 世纪中叶，儿童文学终于发展起来。"[1] 中国现代儿童文学是在西方儿童文学的影响下诞生的，虽然时间上要延迟到晚清至五四时期，但也依然遵循着从"发现儿童"到"发现儿童文学"这样的历史发展逻辑。

（二）儿童文学的诞生对童年文学生活的影响

既然儿童是有别于成人的生命存在，那么，就有必要在文学世界中划分出一块专门属于儿童的领地。这一特殊的文学领地应该符合儿童的知识与能力的发展水平，满足儿童独特的审美需求，并给他们的成长带来快乐，同时也给予他们精神品性上的引导。这一属于儿童的文学领地，就是我们今天所指的儿童文学。儿童文学的诞生显然对童年的文学生活产生了重大的影响，为了更好地呈现这种影响，应当将其置于历史的维度中加以把握。

有研究者在阐释儿童文学的历史渊源时，将神话、史诗、传说、民间故事、民间歌谣等口传文学，以及书面文学产生后被儿童"占为己有"的成人文学，视为尚处于潜在、萌芽状态的"史前儿童文学"。阅读相关的文献不难发现，不少研究在进行这样一种历史溯源时，都是以文本和作者为中心的，其基本的研究思路是从流传至今的古代文学中寻找与童年生活有关的文本，并依据已有的儿童文学美学观念对文本进行鉴别，以确定其归属。诸如某些古典诗词描写了童趣盎然的生活画面，因而可算是古代的儿童诗；某些篇章中的儿童形象清新可人，情节充满

---

① 《简明不列颠百科全书》第 2 卷，中国大百科全书出版社 1985 年版，第794 页。

幻想色彩，可归为古代童话；某位古代作家的作品在今天的孩子读来依然十分有趣，应视作古代儿童文学的珍品，等等。儿童文学是一种以读者的特殊性为存在依据的文学类别，如果我们忽视了古代社会儿童读者的文学接受行为，就难以准确地把握儿童文学的史前状态。"古代儿童文学"一说是否成立，一直以来都存在争议，意见相左者在其各自的理论话语体系内也都言之有据，但争议各方似乎忽视了一个重要的证据要素——古代儿童真实的文学生活情形。那些被"追认"为儿童文学的古代文本，是如何被那个时代的孩子所接受的？又是以怎样的方式影响了他们的童年生活？在古代社会文化背景下，某些作品是否真的有可能被儿童所接受？这些问题在不少儿童文学研究的论述中，或是被论者匆匆一笔带过，或是难以获得翔实史料的支撑。

由于"儿童"这一概念关联着十分复杂的社会、历史和文化因素，对儿童文学的内涵理解、边界划分和历史溯源，因研究者童年意识与文学观念上的差异，也一直存在不同的主张。限于本书的论题，在此不妨暂时搁置"古代是否存在儿童文学"这一命题，将讨论的视角转向古代儿童的文学生活。不论我们对"古代儿童文学"之有无做怎样的判断，一个不可否认的事实是，在儿童文学诞生之前，儿童已经拥有了自己的文学生活，儿童与文学发生关系的时间可以追溯至远古时代。对古代儿童与文学关系的讨论，有助于我们更好地理解现代社会的童年文学生活。

在人们对儿童的特殊性有充分认识之前，不可能产生专门为儿童创作的文学作品。古代关于儿童接受文学的记载也较为稀缺，对此类文献的系统发掘还很不够，但人们还是会依据社会学、美学、心理学、人类学的基本原理，对古代儿童生活中的文学存在做出某种逻辑上的推断。

儿童文学源于何时？也许它源于妈妈安抚宝宝时哼唱出的第一首摇篮曲？也许源于最早父母警告好奇心旺盛的孩子当心危险野兽的传说故事？或许来自新石器时代孩子们蹦蹦跳跳的装扮游戏？关于这一切，我们自然无从知晓，但可以确信的是，千百年来孩子们都喜欢享受语言和故事带来的乐趣——这种乐趣正是儿童文学最为根本的基础。

……

　　所有的文学都起源于古代人们的故事讲述艺术。古人讲故事是为了相互娱乐、相互安慰，也是为了教给年轻一辈一些生活的教训，同时也为了使某一族群的宗教和文化得以传承。口述故事存在于世界上任何一种文化中。远古时代，人们尚未将成人的文学与儿童的文学区分开来，因而孩子们大概是和他们的父母们共同接受同一个故事的。①

　　以上是美国研究者大卫·罗赛尔（David L. Russell）在其《儿童文学概述》中所描绘的远古时代儿童与口传文学发生关系的可能情形，类似的想象式描述在中国的儿童文学著述中也时有出现。书面形态的文学与儿童之间的关系，也常被研究者所提及，李利安·H.史密斯在《欢欣岁月》中，把英国出版商早期（15 至 16 世纪）印行的、改编自欧洲口传文学的书籍，描述为广受当时成人和儿童共同喜爱的读物，这些读物包括《伊索寓言集》《列那狐故事》《盖渥利克》《贝维斯和哈普顿》《克勒泰因和渥尔逊》《维京人——哈维洛克》《亚瑟王》等。② 但这些古希腊的寓言、中世纪的英雄与浪漫故事到底是如何被儿童所接受的，对当时的儿童生活产生了什么影响，读者以怎样的方式做出了阅读反应，李利安并没有为我们提供更为翔实的佐证材料，她主要是从这些读物曾多次再版，并依然被当代儿童读者所喜爱这一事实中，推断出它们曾经受孩子们欢迎的情形。在中国，《搜神记》《封神演义》《西游记》《聊斋志异》等古典文学中的一些故事也被认为十分适合儿童阅读，但关于这些故事被儿童接受的较为确切的记录，则是出现在晚清、五四一代知识分子的童年回忆里，距作品问世的时间已有相当的历史间隔了，

---

　　① 　David L. Russell. *Literature for Children*：*a short introduction* 6th ed. Boston：Pearson Education，Inc. 2009.

　　② 　参见［加］李利安·H.史密斯著，傅林统译：《欢欣岁月——李利安·H.史密斯的儿童文学观》，台湾富春文化事业股份有限公司 1999 年版，第 40～41 页。

至于古代儿童是在怎样的情境中接触到这些故事的，尚不得而知。

要更为清晰地呈现古代儿童的文学生活，还有许多史料发掘、整理、鉴别的工作要做，但即便获得更为确切的材料佐证，古代儿童的文学生活的整体水平也无法与现代社会相提并论。在物质生活水平低下、儿童的精神世界被普遍漠视的条件下，古代儿童与文学的关系只能处于自在的、偶发的状态，甚至还会受到成人的拦阻和禁戒，文学生活还难以成为儿童精神生活的主流。现代儿童文学的诞生，使儿童与文学的关系发生了根本性的改变，在学校和家庭这两个儿童生活最为重要的空间里，童年的文学生活呈现出了全新的格局。

第一，儿童文学改变了儿童教育的基本面貌，使基于书面语言学习的儿童教育能够在更为欢愉的氛围中得以展开。

虽然古代、近代中西方的儿童教育读本也在一定程度上照顾到了儿童的某些认知特点，但从总体上说，这些以识字和灌输生活常识与道德规范为主要内容的读本，很少从愉悦孩子身心的角度加以编撰。清末、五四时期是中国现代儿童文学的发生期，也是儿童文学开始对儿童教育产生深刻影响的开端。1904 年，商务印书馆出版的《最新初等小学国文教科书》虽然仍以文言文编撰，但在编辑体例和课文内容上已显示出新的气象。正如编者蒋维乔所言，该教科书"杂采各种材料""以有兴味之文字记叙之"，其中不少课文是儿歌、故事、寓言，即使是议论性、说明性的课文也采用了孩子乐于接受的故事体式。教科书出版后广受欢迎，"未及五六日而已销完四千部。现拟再版矣"[①]。在其后的近十年时间里，该书畅销数百万册。五四新文化运动为中国儿童文学提供了重要的思想启蒙，也使儿童教科书的儿童文学化成为一种时代潮流。1923年颁布实施的《新学制课程标准纲要小学国语课程纲要》（以下简称《纲要》）中，儿童文学被确立为小学国语教育的核心内容，《纲要》对各年级学生应"讲演""诵习"的童话、儿歌、故事等儿童文学文体提出了具体要求，强调阅读教学应当"注重欣赏、表演，取材以儿童文学（包含文学化的实用教材）为主"。还在"毕业最低限度的标准"中规定

---

① 　汪家熔选注：《蒋维乔日记选》，《出版史料》总第 28 期。

了以儿童文学为主要内容的课外阅读目标：初级"读语体文的儿童文学等书八册（以每年二册计，每册平均四五千字）。能用字典看含有生字百分之五的语体的儿童书报"。高级"读儿童文学等书累计至十二册以上。能用字典看与'儿童世界'或'小朋友'程度相当，生字不过百分之十的语体文"。① 主导参与《纲要》起草的吴研因曾这样描述当时小学教育界出现的儿童文学热潮："新学制的小学国语课程，就把'儿童的文学'做了中心，各书坊的国语教科书，例如商务的《新学制》，中华的《新教材》《新教育》，世界的《新学制》……就也拿儿童文学做了标榜，采入了物话、寓言、笑话、自然故事、生活故事、传说、历史故事、儿歌、民歌等等。自然，那时的所谓儿童文学是很幼稚的，不过从前的教科书，内容太'现实'而且用抽象的说明文叙述，好比前几年《申报附刊》的常识，没有几个人要看，民十以后的教科书，采入了和儿童生活比较接近的故事、诗歌，好比是比较有趣的画报，电影刊物，要看的人，也当然多起来了。儿童文学在教科书中抬头，一直到现在，并没有改变。"② 在原创和译介的儿童文学还不太丰富的情况下，早期儿童教科书中的儿童文学文本以及课外读物，有相当部分是由教材编者们撰写的，这种教材体的儿童文学，难免在审美趣味和艺术品质上存在一定的瑕疵，但它毕竟为儿童的启蒙教育注入了一股新风，带来了欢愉的气息。

自 20 世纪二三十年代起，儿童文学就已经广泛存在于儿童教育之中，并对儿童教育的内容、观念与方法产生了深远的影响，尽管在之后的很长一个时期内，儿童文学与儿童教育之间一直存在着矛盾冲突，但两者在相互博弈中共同演进的总体趋势并未改变。

以上论及儿童文学诞生后对儿童学校生活产生的影响，其探讨的视角还是基于成人立场的。课程标准中出现了儿童文学教学的相关规定，

---

① 课程教材研究所：《20 世纪中国中小学课程标准·教学大纲汇编·语文卷》，人民教育出版社 2001 年版，第 13~15 页。

② 吴研因：《清末以来我国小学教科书概观》，《中华教育界》1935 年第 23 卷第 11 期。

出版机构推出的教科书因采用儿童文学而大受欢迎，这些现象当然可以从一个侧面反映出当时儿童的文学生活所发生的变化，但从"文学生活"研究的学术立场出发，就不得不承认这样的讨论依然有所欠缺，因为它尚未真正触及童年文学生活的核心问题——儿童对文学所做出的反应。长期以来，在文学史和教育史的叙述中，接受者的声音往往很难获得传达。不论是一般的文学史还是儿童文学史，我们可以读到史家们对文学思潮的论述、对文本艺术水准的分析、对作家地位和成就的评说，但很难得知普通读者的阅读经历和接受体验。在教育史中，教育思想、教育政策、教学改革方案及其影响都得到了充分的陈述与评价，但受教育者是如何亲历各种教育事件的，他们的学习生活发生了哪些变化，往往也难窥其貌。这样一种成人本位的史学叙事（这里指儿童文学与儿童教育），使我们难以了解历史维度中童年文学生活的原生状态。

尽管体系化的史学叙事存在不少缺憾，但历史的亲历者还是为我们保留了若干珍贵的童年文学生活的细节。叶圣陶于 1921 年 3 月在《晨报》副刊上发表了《文艺谈》系列文章，其中第七则谈的是为儿童创作文艺的紧迫性。文中提到他在小学任教期间把莫泊桑的《两个朋友》、都得的《最后一课》和《柏林之围》介绍给学生，引起了学生们的热烈反响。《两个朋友》被学生们改编成剧本在校园里演出，两个垂钓爱好者被德军枪杀的场面，被学生们表演得淋漓尽致，让在场的师生感动得掩面而泣。作者认为学生们之所以能够栩栩如生地表现人物性格，是因为"他们的心真已深入书中"。学生们对文学接受做出的反应，让叶圣陶真切体会到文艺在儿童教育中的重要价值，也深感中国缺少适合儿童阅读的文学的局面亟须加以改变。这篇文章发表之后不到半年，他就开始了自己的童话创作实践，成为中国现代儿童文学的重要开创者。与此类似的童年文学生活的历史记录，还有待于更为细致的发掘与整理。但相较于材料的发现而言，研究视角的拓展或许更为重要。叶圣陶的这篇文章并不是一份稀有的文献材料，也曾被不少的儿童文学论著所引用，但却很少有研究者从童年文学生活的角度加以解读。

第二，儿童文学影响了儿童在家庭中的地位，童书成为亲子、长幼之间情感表达的重要媒介。

　　根据菲力浦·阿利埃斯的研究，欧洲儿童观念萌发的一个重要表征是儿童在家庭中地位的不断提升。在 14 至 15 世纪，人们开始对早夭、生病的孩子表现出悲悯的感情；16 世纪，孩子获得了家人更多的精神爱抚，在饮食和服装方面得到了细心的照料；17 世纪的道德家和教育家则把对儿童的关注上升到了心理探索和道德关怀的层面。[①] 为孩子创作的读物就是在这个时期内开始出现并逐渐走向成熟的，童书阅读成为家庭生活的一项内容是儿童家庭地位提高的体现，同时，围绕着童书阅读的相关活动又强化了亲子、长幼间的情感联系，使儿童的家庭地位得以稳固。尽管早期的童书充斥着礼仪规矩与道德教训，但它依然发挥了营造家庭温馨氛围的功能，有的研究者甚至认为："很难说那些沉浸于成人价值观的孩子根本没有从这些书中得到多大的乐趣。"[②] 在当今社会，为孩子购买童书已经是家庭（尤其是都市家庭）一项重要的消费行为，而陪伴孩子一起阅读童书、为孩子讲述故事，也成为很多家庭日常生活的组成部分。基于亲子情感关系的童书阅读与讲述，甚至还催生了新的文学生产方式，林格伦的《长袜子皮皮》、托尔金的《霍比特人》等优秀儿童文学得以问世的直接动因，就来自父母满足孩子听讲故事的强烈愿望。

　　以下通过我国第一套大型儿童读物《童话》丛书的出版与传播，来看儿童文学的诞生对中国儿童家庭生活的影响。在清末废科举、兴学堂的时代潮流面前，商务印书馆敏锐察觉到儿童对文学阅读的巨大需求，聘请擅于传统目录之学又对西方文学多有了解的孙毓修主持编撰《童话》丛书（后由茅盾、郑振铎续编），从 1908 年到 1918 年共编写出版了 94 种、98 册。[③] 孙氏在《童话》丛书的序言中，对当时教科书庄重典雅有余，谐趣活泼不足的现象表达了不满，认为让学童"家居之日，游戏之余，仍与庄严之教科书相对，固已难矣"。他对儿童喜欢故事的

---

　　① 参见［法］菲力浦·阿利埃斯著，沈坚、朱晓罕译：《儿童的世纪——旧制度下的儿童和家庭生活》，北京大学出版社 2013 年版，第 192～200 页。

　　② ［加］佩里·诺德曼著，陈中美译：《儿童文学的乐趣》，少年儿童出版社 2008 年版，第 128 页。

　　③ 参见柳和城：《孙毓修评传》，上海人民出版社 2011 年版，第 69～73 页。

天性有很深的体悟："至于荒唐无稽之小说，固父兄之所深戒，达人之所痛恶者，识字之儿童，则甘之寝食，秘之于箧笥。纵威以夏楚，亦仍阳奉而阴违之，决勿甘弃其鸿宝焉。"有感于旧时儿童的文学阅读深受长辈贬抑的状况，他主张学习西方儿童读物注重儿童心理的编辑理念，"刺取旧事，与欧美诸国之流行者，成童话若干集，集分若干篇。意欲假此以为群学之先导，后生之良友"。从中我们不难看出《童话》丛书积极倡导家庭生活中儿童快乐阅读的用意。孙氏还关照到了未识字的学龄前儿童："即未尝问字之儿童，其父母亦乐购此书，灯前茶后，儿女团坐，为之照本风诵。听者已如坐狙邱而议稷下，诚家庭之乐事也。"更难能可贵的是，为了获得来自家庭阅读现场儿童读者的直接反馈，孙氏让自己的编务同事高梦旦身体力行，给家中的孩子讲述编撰好的书稿："每成一篇，辄质诸长乐高子，高子持归，召诸儿而语之，诸儿听之皆乐，则复使之自读。其事之不为儿童所喜，或句调之晦涩者，则更改之。"① 这些表述不但反映出孙毓修编撰《童话》所费心力之深，也从一个侧面体现了尚处发生期的中国现代儿童文学已经开始对儿童的家庭生活产生了积极的影响。而《教育杂志》刊载的《童话》丛书的销售广告则更为明显地体现了这种影响：该书"为十岁童子最爱读之书，其识字之妇女亦可藉为谈助，茶余灯下，集乳臭之儿为之讲说事迹、指点童话，兴趣无穷"②。图书广告显然要根据当时的时尚风气诉诸消费者的购买需求，它比孙毓修个人在《童话》序言中的表述，更为切实地反映出 20 世纪初中国儿童在家庭中的文学生活境况。冰心、赵景深等曾撰文，回忆起童年时代从长辈那里得到《童话》丛书时的欣喜之情，这也说明儿童文学读物在当时已成为家庭长幼间沟通情感的媒介。

---

① 王泉根评选：《中国现代儿童文学文论选》，广西人民出版社 1989 年版，第 17～18 页。

② 载《教育杂志》1909 年第 1 卷第 1 期。

（三）童年文学生活中的成人文学

儿童文学的诞生使儿童拥有了属于自己的文学领地。那么，他们的文学生活是不是完全被圈定在这块领地中呢？事实并非如此，在现实生活中，儿童接触的文学范围要大大超过儿童文学的疆域。

让孩子吟诵古典诗词一直是中国家庭教育的一项传统。虽然有的家庭对孩子所实施的"诗教"，在篇目选择、教育方式上的某些做法有失偏颇，但这一传统毕竟构成了中国儿童独特的早期文学经验。进入小学之后，儿童接受的非儿童文学更为广泛，除了"语文课程标准"中规定的古诗文背诵篇目外，小学语文教科书中不属于儿童文学的诗歌、散文、故事也有不少。需要指出的是，现行小学语文教科书中的不少课文改编自成人文学作品，或者由编者撰写，形成了一种独特的"教材体"文本，受教材编写体例与编者文学水平的制约，这些课文在不同程度上存在着文学审美品质上的欠缺，有的文学名作因被过度删改，致使原作的文学意味与语言美感招致折损。这也从一个侧面反映了体制内的童年文学生活所存在的弊端。

在儿童的自由阅读中，儿童对文学读物的选择也大大超越了儿童文学的范围。现代儿童文学经过数百年的发展，已拥有了非常丰富的文本积累，当下中国儿童阅读的物质条件已大为改善，童书出版呈现一派繁荣景象，可以说，儿童并不缺少"适合"他们的读物，但我们不难发现，一些创作、出版意图均指向成人的奇幻小说、悬疑小说、言情小说等，也成为孩子们争先阅读的对象。儿童阅读对儿童文学边界的突破，是儿童表明自我成长的一种姿态，也是开放的多元媒体时代不可避免的文化现象。让我们把观察的眼光放得更远一点，在"十七年"时期（1949—1966），受当时政治、社会与经济条件的制约，儿童文学阅读尚未像今天这样得到广泛的普及，因而《林海雪原》《红岩》《苦菜花》等原属于成人文学的小说，也成为那一代孩子童年阅读的重要文学读本。再往前追溯，在中国现代儿童文学的萌芽期，那个时代的儿童则更多地从外国文学和古典文学中去寻求文学阅读的满足，鲁迅、周作人、叶圣陶、冰心等都在回忆文章中谈及这方面的阅读经历。以下引述一段钱钟书先生对早年阅读的回忆：

> 商务印书馆发行的那两小箱《林译小说丛书》是我十一二岁时的大发现，带领我进了一个新天地，一个在《水浒》《西游记》《聊斋志异》以外另辟的世界。我事先也看过梁启超译的《十五小豪杰》，周桂笙译的侦探小说等，都觉得沉闷乏味。接触了林译，我才知道西洋小说会那么迷人。我把林译哈葛德、迭更司、欧文、司各德、斯威夫特的作品不厌其烦地反复阅览。假如我当时学习英语有什么自己意识到的动机，其中之一是有一天能够痛痛快快地读遍哈葛德以及旁人的侦探小说。四十年前，在我故乡的那个小县城里，小孩子既无野兽片可看，又无动物园可逛，只能见到"走江湖"的人耍猴儿把戏或者牵一头疥骆驼卖药。后来孩子们看野兽片、逛动物园所获得的娱乐，我只能向冒险小说里去找寻。我清楚记得一回事。哈葛德《三千年艳尸记》第五章结尾刻意描写鳄鱼和狮子搏斗，对于小孩子说来，那是一个惊心动魄的场面，紧张得使他眼瞪口开、气儿也不敢透的。①

从钱钟书的叙述中我们可以看出，当时儿童的文学阅读内容是十分庞杂的，既有中国的古典小说，又有成一时风尚的林译小说。钱钟书特别提及的《三千年艳尸记》是一本探险小说，虽说其中动物间的厮杀极合孩子的阅读口味，但这本以非洲冒险与猎艳为主要内容的小说，显然不归属儿童文学。

不论从历史还是现实的角度看，童年的文学生活范围都大大超越了儿童文学的界限，但作为一项针对现实问题的研究，本书还是将关于童年文学生活的讨论，集中于童年的儿童文学阅读上，主要是为了避免因涉及的讨论范围太大而失之空泛，况且童年时期的儿童文学消费、阅

---

① 钱钟书：《林纾的翻译》，见《七缀集》，上海古籍出版社 1994 年版，第82～83 页。

读、接受本身就有许多尚待深入探究的课题。再则，童年的文学阅读虽已大为"越界"，但就总体情况而言，儿童文学依然构成了童年文学生活的主体。至于儿童阅读成人文学的问题则完全有必要另立专题详加讨论。

三　童年文学生活研究概况与方法选择

儿童文学作为文学大系统的一个组成部分，文艺学讨论"文学生活"所涉及的一般原则自然也适用于儿童文学。我们还应该看到，儿童文学关于"文学生活"的研究比起成人文学来更具天然的优势。所谓的"成人文学"其实并不是一个独立存在的文学类别，只有我们在论及儿童文学的相关话题时，才将接受对象与之相异的文学领域命名为"成人文学"。"儿童文学""成人文学"的类别划分，是以读者对象的分野为基本依据的，可以说，正是因为有了儿童读者的身份确认才有了儿童文学。相较于一般的文学研究，儿童文学研究对读者的关注几乎是本能性的，若不如此，儿童文学本身就失却了存在的合法性。读者是儿童文学研究的基本出发点，它几乎伴随了儿童文学理论建构历史的全过程。《中国现代文学研究丛刊》上发表的一组关于当代文学生活的调查报告，在主流的文艺学研究者看来，是一项颇具创新意义的研究方式变革，而这种以文学社会学方法来探讨读者文学生活的研究，在儿童文学领域中却不乏其例。

(一) 现实与历史中的研究范例

20世纪八九十年代，少年文学曾经是一个颇受关注的文学领域。新时期儿童文学观念上的变革、艺术上的突破、社会关注度的提升，很多时候都是由少年文学引发的。在关于少年文学理论探讨的热络氛围中，儿童文学学者方卫平却保持了一份独到的冷静，他写道："思辨是理论的一种宝贵的品格，强化理论的思辨品格，仍然是儿童文学研究界的一种努力方向。另一方面，我同样以为，面向文学现实的实际调查也应该是儿童文学研究的一项有着相当理论价值和魅力的工作——在当前，它或许是一项更为重要而有益的工作。"在他看来，缺乏对读者阅读实际情况的了解，理论的分析与把握就失去了可靠的现实依据。① 基于这样的问题意识，1991 年 3 月至 6 月，方卫平参与了"当代青少年美育问题研究"课题组的调查工作，通过师生个别访谈、小型座谈、问卷等方式，对金华、杭州、厦门、宝鸡、上海等地中学生的文学阅读状况进行了考察。这项研究从了解当代中学生面临的艺术文化生活现实的角度出发，对这一现实背景下中学生文学阅读的状况进行了较为深入的调查，进而反映出中学生对当代少年文学的接受状况。

调查设置了以下这些问题："你平时最经常参加的活动是哪三项？""如果你有两个小时的空余时间，你首先想做什么？""在音乐、美术、诗歌、摄影、书法、戏剧这些文艺类型中，你最喜欢哪一类？"调查结果显示，除了书刊阅读之外，看电视、参加体育锻炼、看录像在中学生的业余生活中占据了重要地位，中学生的文艺需求呈现出多元化的趋向，文学的地位已不再显赫。厦门市一所中学初中学生最喜欢的文艺类型中，诗歌和小说占 14.9% 和 8.5%，而电影和音乐则占到 21.3% 和 12.8%，其他学校的调查也呈现出类似的结果。在看电视和阅读文学作品的比较调查中，有一半以上的学生看电视的时间超过了阅读的时间。

关于中学生文学阅读的选择倾向，通过调查了解到，初中学生对语文课的态度以感觉"一般"和"较有兴趣"所占比例最大，达 80% 以上。语文教科书中的小说、散文、诗歌等文学类课文受欢迎的程度，要大大超过议论文、说明文等文体，90% 以上的学生将前者选为自己"最喜欢的课文"。在学生自主选择度较大的课外阅读领域，调查提出的问题是："请写出你最近一个月中所读过的课外书名称。"结果表明，除了《儿童文学》《少年文艺》等少数儿童文学类期刊和经典中外寓言、童话选集外，当代作家创作的少年文学作品并没有在少年读者中获得应有的反响。

---

① 方卫平：《中学生：一种阅读现实的报告》，见《思想的边界》，明天出版社 2006 年版，第 101 页。

以上的调查结果向我们显示了一个基本的阅读事实：被调查的中学生读者从整体上说，与儿童文学界所认定的和向他们提供的少年文学作品之间存在着较大程度的隔膜。这种创作与接受之间的脱节与错位，使我们儿童文学工作者主观的文学设计和追求的有效性难免不打折扣。当我们年复一年在案头旁和会议上一再为少儿文学创作进行着真诚的求索的时候，我们可能会突然发现，对当代中学生读者文学阅读实际的缺乏了解，使得我们的文学努力多少有些像堂吉诃德大战风车那样有趣。①

一份面向阅读现场的实证调查，颠覆了儿童文学研究界对少年读者阅读倾向的理论假设，即少年文学应该成为中学生重要的文学读物。这使我们对当代中学生真实的文艺生活面貌有了全新的认识，也引发了儿童文学理论界对自身研究方式与路径的反思。二十多年后的今天，回顾这份调查报告时我们会发现，当下儿童与成人之间围绕着阅读问题发生的文化冲撞，以及儿童文学界与少儿读者之间多重关系相互交织的现象（如：迎合与调适、引导与超越、缺失与错位等），早在20世纪八九十年代之交就已初现端倪。与某些研究报告调查数据充盈而理论思辨苍白不同的是，方卫平并没有满足于从数据分析中得出一般性的结论，而是在调查结果的基础上，深入探讨新的社会文化条件下，当代少年读者阅读视野走向开放、阅读选择发生重大迁移的内在原因，并对儿童文学创作、出版、发行、传播在这一时代潮流面前应该做出的调整提出了建设性的意见。这项调查之后，方卫平在《不安分的少年读者》(1992)、《闲暇生活与中学生审美发展》(1993) 等文章以及专著《儿童文学接受之维》(1995)的部分章节中，从不同的视角对这项调查所显示的中学生文艺生活状况进行了富有理论深度的解读。这种融扎实的社会调查与深刻的理论思辨于一体的研究方式，对于今天的童年文学生活研究深具借鉴意义。

_____

① 方卫平：《中学生：一种阅读现实的报告》，见《思想的边界》，明天出版社 2006 年版，第 111 页。

　　1999 年，台东大学儿童文学学者林文宝受主管部门委托，主持了一项名为"台湾地区儿童阅读兴趣调查"的研究，为我们展示了世纪之交台湾儿童读者的文学生活概貌。该研究以台湾地区设有属于三峡国民学校教师研习会国语科实验班的小学二至六年级学生为调查对象，依据学校所在地都市化程度的不同分为三个级别：1. 台北县市；2. 高雄市、台中市、台南市；3. 其他县市。总抽样人数为 2080 人，收回有效样本 1794 个。调查项目包括"学童家拥有媒体与课余活动""儿童阅读状况""儿童阅读兴趣"三个部分。2000 年 2 月出版了《台湾地区儿童阅读兴趣调查研究》一书。

　　"儿童阅读兴趣"部分的调查显示：1. 学童选择阅读书籍的形式依次是卡通、漫画、文字书，其中常看卡通的儿童高达 55.5%；2. 儿童最喜欢的书籍内容分别是笑话 62.4%、谜语 54.7%、冒险故事和漫画 48.1%、童话 39.1%、童诗 9%、现代诗 3%、古典诗 4%；3. 对少男少女小说最不喜欢的比例高达 26.1%，选择本土创作的比例高达 46.2%，翻译作品居次为 37.7%，选改写作品的最少为 28.7%。

　　研究者依据调查数据得出如下结论：1. 学童家中拥有视听媒体（如电视机、录音机、录放影机、电动游乐器、个人电脑）已相当普及，而订阅报纸、杂志的比率偏低；2. 学童每天拥有的可自由支配的课余时间，两个小时以上的所占比例最高，为 35.5%，但只拥有 1～30 分钟的也不在少数，达 22.1%；3. 学童喜欢看课外书的整体比例不低，以文字为主的阅读居第三位，但文学性读物所占比例偏低。阅读时间超过一小时的比例也偏低；4. 由父母提供的课外阅读所占比例偏高，老师提供的课外阅读信息较少；5. 阅读场所以家庭为主，以儿童个人独自阅读为主。

　　基于调查所得结论，研究者提出了如下改进意见：1. 儿童阅读的主体性有待加强；2. 父母应以更为宽松的态度对待学童的课外阅读；3. 教师在儿童阅读中的示范作用有待加强；4. 学术界应加强对儿童小说阅读适切性的研究。①

----

　　① 林文宝：《儿童文学与阅读》，台湾万卷楼图书股份有限公司 2011 年版，第 105～107 页。

　　这一研究个案显示了对儿童的文学生活进行实证性调查研究的重要性。仅凭研究者的主观印象和逻辑推演得出的结论往往与事实有很大出入，缺乏来自生活现场的调查结果，就难以准确勾画童年文学生活的真实面貌。例如，在一般人的印象中，我们会认为小学生应该对童话比较感兴趣，但调查却显示，在笑话、谜语、冒险故事、漫画、童话几种文体中，童话受欢迎的程度居然排在末位。再如，通常情况下，我们会认为描写少男少女的小说因贴近孩子的现实生活，并带有一定的神秘感，应该受到大多数孩子的欢迎，但调查结果却表明，居然有近三分之一的被调查对象对此类作品不感兴趣。如果针对这一现象做进一步的追踪调查，则可以了解到，这到底是一种具有时代特征的普遍性现象，还是因为现有的作品在内容或形式上与读者的阅读期待存在差距。一项好的儿童阅读调查，不仅有助于我们了解童年文学生活的真实情形和存在问题，还可以为学校教育、家庭教育、社会教育以及作家创作和出版发行提供宝贵的反馈意见，其效益是多方面的。

　　以上例举的是两位当代儿童文学学者基于实地调查对儿童读者的文学接受问题的研究。虽然当时尚未有"文学生活研究"这一明确的概念，但从研究的实质内容看，这两项研究与当下文艺学"生活论转向"所强调的关注普通读者的研究思路是相吻合的。如果我们把探寻的眼光放得更远一些，就会发现，以社会调查的方法研究儿童阅读问题已有相当悠久的历史。

　　周作人在 1920 年发表的《儿童的文学》一文中，就颇具前瞻性地提出了儿童阅读的理论思考必须建立在实证研究基础上的观点。他在阐明童年期不同阶段文学接受的特点后写道："以上约略就儿童的各期，分配应有的文学种类，还只是理论上的空谈，须经过实验，才能确实的编成一个详表。"① 在中国现代儿童文学的起步阶段，有不少研究者在这个方面付出了自己的努力，取得了开创性的成果。

　　1922 年，葛承训就曾对 9 至 13 岁儿童的阅读兴趣问题进行过调

---

　　① 周作人：《儿童的文学》，见《儿童文学小论　中国新文学的源流》，河北教育出版社 2002 年版。

查，他通过统计某小学图书馆各年级的借阅数据，以了解不同年龄学生的阅读兴趣倾向。在他编著的师范学校教科书《新儿童文学》（1934）中，对此作了简要的表述。我国第一部《儿童文学概论》（1923）的作者魏寿镛、周侯予，也曾在他们任教的小学中做过类似的调查，统计数据显示，文学类书籍被学生借阅的比例最高，印证了作者"儿童需要文学"的观点。受条件的限制，这些研究涉及的范围还较小，调查结果未必能反映小学生阅读的整体状况，但它们在研究方法上的创新，还是值得肯定的。

1922年，《中华教育界》（第11卷第6期）推出"儿童用书专号"，发表了20多篇研究文章。不少作者主张应深入到儿童的生活中去，切实地了解儿童的阅读状况，其中一些文章还专门谈到了儿童阅读的研究方法。陈启天在《革新儿童用书的前提》一文中认为，革新儿童阅读应有现实的依据，而这些依据必须通过实地考察、精密统计、心理测试等途径来获得。程湘帆的《研究儿童用书之方法》介绍了四种研究方法：图书馆借阅统计、直接向儿童提问调查、向小学教师征求意见、通过心理学原理进行演绎推断。从中我们可以看出，当时的研究者对研究方法已经有了较为鲜明的自觉意识。

张圣瑜《儿童文学研究》（1928）附录中的"儿童文学教科实况调查"，在研究的规范和范围上取得了不小的进步，他提出的调查对象包括：小学生、师范学校在校生和毕业生。同时还针对不同的调查对象设计出详尽的调查问题，对调查统计结果进行了简要的分析。作者希望以此为该书中有关儿童文学教学原则和方法的论述提供现实的参照。

1933年出版的王人路《儿童读物的研究》一书，设专章讨论"儿童读物效能测验"，提出可以从课内和课外两个方面来了解儿童阅读的实际效能，课内的阅读效能可以通过提问的方式测验儿童的领会程度，课外的阅读效能则可通过图书馆的借阅数据，分析出儿童自主阅读能力的差异以及对不同文体的喜欢程度。10岁以下幼童的阅读效能则宜采用观察法进行研究。作者还例举了收集整理数据的方法，如编制"儿童注册表""儿童读物效能测试表"等。

此外，还有一些研究者关注到了阅读环境、童书印刷、书籍卫生等器物层面的儿童阅读问题，较有代表性的文章有：俞子夷《儿童用书字形行间的研究》（1922）、潘之赓《书的印刷和卫生》（1922）、刘衡如《儿童图书馆和儿童文学》（1922）、李振枚《对于儿童图书馆的我见》（1926）等。刘衡如的文章对儿童阅读环境的特殊要求做了这样的说明："椅子和桌子总要矮小轻便，合于儿童卫生，书架也要矮，便于普通长度的儿童自由取书，空气要新鲜，光线要充足，点缀要优美。"文中还提供了适合儿童阅读的桌椅尺寸规格（见下表）。① 这些富于细节性的研究源自作者对儿童阅读现场的细致观察。

儿童图书馆桌椅标准

年龄	桌高	椅高
五～八岁	二十一寸	十二寸
八～十岁	二十三寸	十三寸又四分之一
十一～十四岁	二十五寸又四分之一	十四寸又四分之一

对儿童阅读最为系统的实证研究，当属徐锡龄于 1929 年 10 月开始的针对广州地区学童的阅读兴趣调查，在七八个月时间里，共向公立、私立、附属小学、独立小学等发放了一万六千多份调查表，回收五千四百多份，最终共汇总了 3027 份有效表格。在此基础上，研究者对调查数据进行了详细的归类和对比分析，并以表格的方式呈现各年级学生读书兴趣的特点及其变化规律。难能可贵的是，这项研究还参照了美国研究者的同类研究，将两国儿童在不同年龄阶段的阅读兴趣进行了比较，总结出两者的异同之处。徐氏还针对中国儿童阅读存在的问题，提出了富有建设性的改进意见，包括增加图书供应量、丰富图书品种、调整文化政策、完善国语教科书编撰与教学方法等。这项研究的成果汇集成《儿童阅读兴趣的研究》一书，于 1931 年出版。尽管该书是从儿童教育的角度来探讨儿童阅读兴趣问题，但也在相当程度上反映了儿童读者对

---

① 刘衡如：《儿童图书馆和儿童文学》，《中华教育界》1922 年第 11 卷第 6 期。

儿童文学的兴趣倾向，它标示着中国儿童文学（阅读）研究曾经达到的学术高度。

从周作人提出注重实验、避免理论空谈的主张，到徐锡龄《儿童阅读兴趣的研究》的出版，在十年左右的时间里，儿童阅读的实证研究取得了长足的进步，调查研究的范围与对象不断扩大，调查问题的设计愈加详尽合理，调查结果的统计分析也更为科学严谨，为今天的童年文学生活研究提供了一份宝贵的历史资料。受到研究者职业背景与研究旨趣的影响，这些研究都带有较强的教育目的性，离真正意义上的文学研究尚有一定的距离。但我们应该看到，中国现代儿童阅读研究的最初收获期与中国现代文学的初创期（即所谓"第一个十年"1917—1927），在时段上相差不过数年。在这一时期，倡导新的文学观念与进行创作艺术上的积极探索，是最为紧迫的任务，文学研究虽也有不少建树，但产生自觉意义上的儿童文学接受问题的研究方法的时机尚不成熟。在此情形下，由儿童教育界人士承担起儿童文学接受问题探究的最初使命，应该是一种时代的自然选择。在儿童教育者的心目中，儿童文学是他们实现中国现代启蒙教育变革的重要资源，怎样让这一资源发挥出最佳的教育效应，是他们从事儿童阅读研究的基本动机，真正基于文学立场的儿童文学接受研究，只能留待后来者了。文艺学在倡导面向日常生活的文学实证研究时，如果能够对发生在儿童文学领域中的这样一份历史遗产投以珍视的目光，或许可以从中获得若干启示。童年文学生活研究更应在汲取历史宝贵经验的基础上，努力探寻更为适切儿童文学自身特性的新的研究方法和途径。

（二）研究方法的可能选择

文学社会学的方法在儿童文学（阅读）研究领域中较为普遍的存在，其中一个重要的原因是儿童文学与儿童教育之间存在着密切的关系，而对学生的各方面情况展开社会调查，是教育研究的一项常规方法。在中国大陆和台湾地区，儿童文学学科往往都设置在师范类高等院校，北京师范大学、浙江师范大学、东北师范大学、上海师范大学、西南大学（原西南师大）、台东大学（原台东师院）都拥有悠久的儿童文学研究传统和丰厚的学术资源，是两岸儿童文学研究的领军力量。从事教师教育的师范类院校，出于自身人才培养的需要，自然会对儿童文学在学校、家庭和社会生活中的接受状况给予更多的关注，不少有分量的儿童文学（阅读）调查研究都是在此类院校学者的主持下完成的。虽然目前两岸的师范类院校大多改制为综合性大学，但这样一种研究传统依然得以延续。此外，从事中小学教育尤其是小学语文教育的教师也是儿童文学研究队伍的重要构成，他们的研究与所从事的教学工作紧密相关，一线教学经验所累积起来的对儿童文学阅读问题的敏锐感知以及在解决儿童学习实际问题中形成的理性思考，使他们的儿童文学研究具有不可替代的独特价值。中小学教师面向学生个体、面向真实儿童文学读者所进行的各种问题探讨，实际上就是一种文学生活研究，只是这些研究都不同程度地存在重教育、轻文学的倾向。

"童年文学生活"研究一方面应与文艺学"生活论转向"的学术动态建立一定的联系，从成人文学研究中汲取重要的学术思想，以提升儿童文学研究的学术品位。另一方面也应致力于梳理儿童文学研究业已形成的学术传统，力求以扎实的研究实绩，使研究成果可以成为文艺学理论建设的一个组成部分，改变儿童文学研究与成人文学研究老死不相往来的学术格局。要达致这样的目标无疑是艰难的，但却应当成为儿童文学研究者努力的目标。

儿童文学（阅读）研究关注童年文学（阅读）生活现状，运用文学社会学研究方法的历史传统，在某种程度上暗合了当下文艺学倡导的"生活论转向"的研究动向，但不应该据此产生"早已有之"的虚幻优越感（由于儿童文学在学科地位上被边缘化，出于为自身地位辩护的需要，有的研究者会将儿童文学中的某些特殊性过度放大，简单地推断出儿童文学超越成人文学的不实结论，这是不足取的）。我们更应该看到，儿童文学研究对童年文学生活的观照并不是一种自觉的学术追求，而是由自身属性特点决定并在儿童教育研究范式影响下的自然选择。而且，如何区分文学研究与教育研究，如何建立童年文学生活研究本位立场的问题，也还没有得到很好的解决。方卫平在评价 20 世纪 30 年代儿童文学接受研究成果时指出：这些成果的取得"是以当时的教育观念和教育需要为背景的，换句话说，它们主要的还不是从文学的角度、审美的立场去看待、审视儿童的文学接受现象，而是基于教育的立场去研究儿童阅读的动机、功能及对阅读的指导问题……侧重儿童教育的阅读研究虽然与儿童文学的接受研究有极为密切的联系，但前者毕竟不能等于或代替后者。从这个意义上说，独立的儿童文学接受研究在当时的理论意识和学术气候条件下还不可能得到真正的展开，尽管朝向这一方向的理论思考或许从来就没有中断过"①。儿童文学研究未能确立文学的主体地位，自觉不自觉地依附于教育研究的现象至今依然存在，有的研究者对此还缺乏清醒的认识。

文艺学的"生活论转向"为我们思考童年文学生活的相关问题提供了一个宝贵的参照。通过实证调查获得对社会文学生活真实情况的认知，这一文学社会学的研究方法依然有取得更为丰实成果的广阔空间，但这一研究方法对文学研究的制约与不足，也不应被忽视。首先是研究者自身专业素养的问题，"文学生活"研究的倡导者温儒敏对此有着十分清醒的认识："'文学生活'研究有赖于运用访谈、问卷、个案、调查等方式，通过大量数据收集统计分析，来论证文学的社会'事实'。这和传统的文本分析或者'现象'的归纳是有不同的，要求的是更实事求是的扎实学风。这样说来，'文学生活'研究还是有难度的，需要具备某些跨学科的知识与能力，超越以往文学界人们习惯了的那些研究模式。我们也意识到这种难度，中文系出身的学者不太擅长做社会调查，而'文学生活'研究是必须靠数据说话的。"②他建议文学专业的研究者应该获得社会学、文化研究方面的跨学科的知识，此外，还可以邀请社会学、传播学等学科的研究者加入"文学生活"的研究行列。从目前成人文学与儿童文学业已进行的带有文学社会学性质的研究来看，问卷调查的方式占了很大比例。在数据分析上采用的大都是统计学中最为基

---

① 方卫平：《思想的边界》，明天出版社 2006 年版，第 231～232 页。
② 温儒敏：《"文学生活"概念与文学史写作》，《北京大学学报》（哲学社会科学版）2013 年第 3 期。

础的百分数统计模式，其他的数据分析方法还十分鲜见。近几年随着数字化技术的进步，先进的统计软件（如 SPSS 等）使统计结果有了更为丰富美观的文本呈现形式，但数据统计分析过于初级的状况并未得以根本的改观，这也从一个侧面反映出跨学科研究的特殊难度。

通过提升研究者跨学科专业素质或开展跨领域合作研究，当然是解决问题的思路之一，同时，我们还应当寻求调查法之外更符合文学学科特质的研究方法，叙事研究就是一个值得引起关注的选项。叙事研究又称"故事研究"，是一种注重于探究人类体验世界的研究方法，它通过对讲述者故事的诠释，探究故事材料所包含的意义。这种研究方法已在心理学、教育学、社会学和历史学等学科研究中占有一席之地，也被视为是对传统的实证研究（如实验法、调查法、观察法）的一种补充。有研究者指出："叙事研究指的是任何运用或者分析叙事资料的研究。这些资料可以作为故事形式（通过访谈或者文学作品提供的生活故事）而收集，或者以另外一种不同的形式（人类学家记录他或她所观察故事的田野札记或者个人信件）而收集。它可以是研究的目的，或者是研究其他问题的手段。其用途可能有：做群体间的比较分析，了解一种社会现象或者一段历史，探究个性等。"① 从这段引文中可以看出叙事研究对探究"文学生活"问题的价值。文学阅读带有很强的主观色彩，文学接受过程个性化的体验和理解有时很难在事先设计好的标准化调查选项中得以体现，而叙事研究恰恰能够弥补这一不足。一定数量的个人文学阅读生活的叙事样本，就有可能反映出带有规律性的社会文学生活动向。

以下是两则由成人文学和儿童文学研究者提供的关于他们个人文学生活的故事片段：

　　我是从童年与少年之交开始阅读文学作品的，那个时候我读过安徒生童话、《一千零一夜》，读过好几个国家的民间故事，这些我都爱读，甚至那些不属于儿童文学的作品，如《聊斋志异》（那时

---

① ［以色列］艾米娅·利布里奇等著，王红艳译：《叙事研究：阅读、分析和诠释》，重庆大学出版社 2008 年版，第 2 页。

有白话译本）、《西游记》、《水浒传》、凡尔纳的科幻小说、柯南·道尔的《福尔摩斯探案》、马克·吐温的《王子与贫儿》等等，都能引起我的阅读趣味。在小学五、六年级，我们班里还曾经有一度的武侠小说热，我也看过几本，也还是颇感趣味的，印象最深的则是《济公传》，我至今很喜欢济公这个人物。中国古代一些诗词作品也能使我喜欢，但说实话，我那时最不爱读的就是中国现当代的儿童文学作品了。它们的教育味太浓，它们总是使我意识到自己是个不懂事的孩子，而那时的我是绝对厌恶这种感觉的，它伤害我的自尊心。而在我爱读的作品中，是绝不会产生这种感觉的。①

我也许从小就可算得一个儿童文学爱好者了。父亲常为我们买《小朋友》杂志，也经常买一些图画书……我喜欢柯岩和任溶溶的诗，自己也学着写诗。也读各种少年小说（郑开慧的《船长的儿子》我曾爱不释手）……可是，我并不是光读儿童文学的，我同时也读成人文学，或更多地读成人文学。我先是读《水浒》连环画，后来就成了《水浒》迷，从小学三四年级起，每年暑假要读一遍《水浒》，那上下两册的繁体字本从图书馆捧回家来的时候，内心的喜悦，真是难以形容。而看《小城春秋》《战斗的青春》《敌后武工队》等，是小学二年级时的事。到小学四年级，看柳青的《创业史》，没看进去；看鲁迅的《故事新编》，没看懂。但很不甘，想着以后一定要重看……而儿时未能完全读懂的书，如伏尼契的《牛虻》、孙犁的《铁木前传》和鲁迅的作品，到后来，竟都成了我的最爱。②

以上两则阅读故事和上文曾引用过的钱钟书先生的阅读故事，为我们提供了富有细节的文学生活的生动画面，尽管这几个阅读故事的提供者都是文学研究的专业人士，但其中并不包含对文学文本的理论性阐

① 王富仁：《呼唤儿童文学》，引自王泉根著《现代中国儿童文学主潮》，重庆出版社 2000 年版。所引文字为王富仁为该书所撰序言。
② 刘绪源：《自由"拾取"文学》，《文艺报》2011 年 3 月 11 日。

释，而是让我们看到了不同时代、不同生活境遇中的文学生活情景。当然，叙事研究并不是个人阅读故事的简单罗列，也非一般回忆性文章的汇集，作为一种专业性的社会科学研究方法，它在对象选择、故事采录、文本分析、结论推导等方面都有十分专业的实施原则与操作程序。当下的"文学生活"研究，包括儿童文学关于童年文学生活的探讨应当对此予以充分的关注。有必要特别说明的是，在与儿童文学密切关联的儿童教育领域，叙事研究也已取得了不小的成绩，不少中小学教师通过教育叙事将自己丰富的教学现场体验转化为专业的教育研究成果。小学语文教师进行的儿童阅读教学叙事中已经包含了儿童文学的相关内容，但这种研究从根本上说仍然是一种教育叙事研究，或者说是叙事研究在教育领域中的应用。至于如何建立真正体现文学学科属性的儿童文学的叙事研究，则是一个全新的课题。

以上我们以较多篇幅讨论了实证性方法在"文学生活"（包括童年文学生活）研究中的应用。借助于实证考察，"文学生活"研究所关注的现实社会生活中普通读者的文学反应，才有可能获得更为准确的呈现。"文学生活"研究作为一个学术概念被提出后，最初的研究成果也体现为一系列关于社会文学生活的调查报告。儿童文学领域中的实证性研究则显示了童年文学生活与成人文学相关学术动态之间的关联。但凸显实证性研究的作用，并不意味着否定传统的思辨性研究对"文学生活"研究（包括童年文学生活研究）的意义。恰恰相反，基于文献收集、梳理、鉴别的理论概括，根据个人观察和经验进行的思辨论证，从某种思想理论出发对文学现象做出的演绎推断，以及文本分析、历史法、比较法等文学研究的常见方法，都是"文学生活"研究重要的方法论资源，对于具体的研究者和研究行为而言，甚至是比实证研究更为重要的研究方法。实证性研究显然不是"文学生活"研究方法的唯一选择。普通读者的文学反应不被关注，研究方法上的缺失不应为此承担全部的责任，文学研究观念上的禁锢才是问题的根本。因为我们没有意识到普通读者的文学生活对于文学研究的重要价值，才使这一潜藏的理论富矿迟迟未得以深度的开采。至于开采的路径和方法，自然不能仅局限于实证性研究。

我们在充分肯定实证性研究对探讨"文学生活"的意义和价值的同时，也应该认真思考实证性研究自身的不足，以及这种不足对"文学生活"研究的影响。实证性研究是对自然科学研究范式的借用，它在社会科学领域中的应用虽然取得了很大的成就，但也遭到深刻的质疑，马克斯·韦伯等思想家就认为，自然科学研究者所关注的现象在他们的观察领域之内是相对客观存在的，而作为社会科学研究对象的各种社会现象，其本身就包含着由社会成员（包括研究者自身）以各种方式所赋予的特定意义，因而社会科学研究者从根本上说，是无法以一种客观的角度来断定哪一些事实和事件与他们的研究目的相关或无关，他们的研究活动不仅是对现象的观察与解释，还需要通过"理解"来把握社会的意义结构。[①] 文学研究作为一门人文科学，其研究对象所蕴含的主观性要素比一般的社会现象更为丰富多样，这就提醒我们，通过调查等途径获得的结论不应被简单地视为社会文学生活"客观存在的事实"。实际上，调查研究所设计的调查问题（包括答案选项）中，就包含了研究者基于个人思想意识和文学观念的前提预设，这就不可避免地影响到被调查对象的回答或选择。调查研究者有时也会不自觉地放大或强化自己研究活动的意义和价值，这就可能导致调查报告所得出的结论在调查者自身所确立的逻辑范围内是"真实"的，但如果把这一结论放到更为广阔的社会背景中去理解和把握，其"真实性"就变得不那么确定了。因而，我们在探讨纷繁的社会文学生活现象时，应将实证性研究与非实证性研究置于合适的位置上，发挥各自优势，弥补相互不足。选择什么方法进行"文学生活"研究，取决于方法与对象之间是否能够达到最佳的适切性效果，同时也应考虑研究者的研究条件、精神气质与学术背景等因素。

---

① 参见林聚任、刘玉安主编：《社会科学研究方法》，山东人民出版社 2008 年版，第 38 页。

四　儿童文学生产与童年文学生活

文学生产包括精神与物质两个层面，精神层面的文学生产是指作家通过自己的创造性精神劳动，将思维状态的文学构思转化为符号形态的文学文本。物质层面的文学生产是指符号化的文学文本经编辑、排版、印刷、装订后生成的物质形态的书籍（不包括各种形式的数字化书籍），本章主要讨论作家精神层面的儿童文学生产。童年的文学阅读虽不仅限于儿童文学，但自现代儿童文学诞生以来，以儿童为服务对象的儿童文学逐渐成为童年文学阅读的主流，从事儿童文学生产的作家也因此拥有了专属的身份标志，儿童文学作家以自己的创作成果满足儿童的文学阅读需求，他们的童年观念、艺术思想、写作风格深刻地影响着童年文学生活的面貌。可以说，儿童文学作家是童年文学生活最为基础也最为重要的建构者。

（一）儿童文学生产：基准门槛与多元可能

不论是儿童文学作家还是成人文学作家，都是通过假定性的艺术想象和虚构来创造文学文本，就一般的文学创作规律而言，两者具有相通性。儿童文学的生产是从一般文学生产中逐渐分化出来的，儿童文学作家这一身份则是在现代儿童文学从发生到走向成熟的历史进程中，被读者、同行和作家自我逐渐认同的。相对独立的儿童文学作家群体的形成，为儿童文学成为童年文学阅读的主流奠定了基础。但在现实的文学创作活动中，儿童文学作家与成人文学作家之间的身份区别并非固化不变。有的作家没有鲜明、自觉的儿童读者意识，他们的作品是被读者、评论者或研究者"归并"到儿童文学领地中的。有的作家则是处于"两栖"的状态，既创作成人文学作品也创作儿童文学作品，作家本人也没有明确的身份归属意识。有的作家的某些作品是否可以归属儿童文学，长期以来一直存在争议。虽然创作主体存在诸多的不确定性，但儿童文学生产依然可以被看作是一个有着自己独立艺术创造规则，并非人人可为的领域。

文学是语言的艺术，对于儿童文学作家的特殊文学才能，我们可以从多个角度加以阐释，但能够驾驭为儿童所接受的语言进行创作，应该是儿童文学作家一项最为基本的文学素质，也是儿童文学生产与一般文学生产差异性的重要表征。

鲁迅在翻译俄罗斯班台莱耶夫的《表》时表示："想不用什么难字，给十岁上下的孩子们也可以看。但是，一开译，可就立刻碰到了钉子了，孩子的话，我知道得太少，不够表达出原文的意思来，因此仍然译得不三不四。"① 这样的表白虽含有鲁迅自谦的成分，但也从一个侧面反映了作家或译者进入儿童语言世界时遭遇的特殊困难。老舍对作家忽视儿童语言特点的现象提出了批评，他在《儿童剧的语言》一文中写道："我们成人有时候只求用我们所掌握的语汇，一说就是一大片，而忽略了从简单的语言中找出诗情画意。我们或者以为给孩子写东西，可以不必往深里钻，这不对。"② 台湾儿童文学作家林良将儿童文学视为"浅语的艺术"，他认为有志于儿童文学写作的人应当放弃自己原有的文学修养，寻觅一种新的、性质不同的语言。"每一个儿童文学作家，都要具备运用'浅语'来写文学作品的能力。这也就是说，他必须懂得把他所知道的种种文学技巧用在'浅语的写作'上……在'文学技巧'还没有跟'浅语'连接起来以前，你必须先有写作'浅语'的能力。这样，你的文学修养技巧才能够有地方依附。"③

以上三位作（译）者的言论反映出儿童文学独特的艺术个性，要进入儿童的语言世界需要作家付出特殊的努力。当然，我们也应该看到，

---

① 鲁迅：《鲁迅译文选集》，上海三联书店 2007 年版，第 135 页。
② 老舍：《出口成章》，复旦大学出版社 2004 年版，第 40 页。
③ 林良：《浅语的艺术》，台湾国语日报社 2011 年版，第 40～41 页。

某些并非自觉为儿童创作的作家，他们并没有在语言问题上付出什么特别的努力，作品却大受儿童读者的喜爱。这说明，确实有一些作家具有进入儿童语言世界的天然禀赋，这种禀赋的具体内涵或许难以轻易言明，但在他们创作的文本中，我们多少可以感受到其间的一些特点，比如清逸、简约、幽默等。

下面我们从读者对象的特征上来谈儿童文学生产所面临的多种可能。

任何作家都会有意识或无意识地为自己的写作预设读者对象。儿童文学作家面对的是与自己心智状态、精神气质、文学理解力相去甚远的接受主体，如何跨越创作主体与接受主体之间的差距，成为儿童文学生产者必须面对的共同问题。

"根据儿童的特点来写作"几乎成了儿童文学作家的集体无意识，这表面上看起来无懈可击的金科玉律，在面对童年文学生活的具体现象时，却会引发种种的疑问。儿童的特点到底是什么？他们的文学需求又是什么？不同生存状态下的儿童能否拥有共同的特点？这都是些无法一言以蔽之的问题。可以说，真实生活中的儿童的"特点"呈现着十分复杂的状态。

儿童的身心成长处于急剧的变化状态中，儿童文学作家要面对这样一个群体进行整体性的读者预设是十分困难的，这自然导致了儿童文学作家群体的分化。有的作家擅长为学龄前幼儿撰写儿歌、故事，有的作家以描写小学校园生活见长，还有的则专事少年小说创作。年龄的阶段性特点虽然是儿童读者文学接受差异性的一个重要方面，但这种差异的重要性也不宜被过度放大。"什么年龄读什么书"在当下被大力倡导儿童分级阅读的人士奉为圭臬，似乎儿童的文学（阅读）能力发展可以被简单地归结为一个由易到难的递进过程。应该承认读者的文学能力与年龄增长之间确实存在着大致的正相关，但面对具体的儿童文学文本时，我们又难以简单地用难易程度作为界定读者对象的绝对标准。因为，文学阅读不仅与文学理解力有关，还会受到阅读动机、阅读情境等诸多因素的影响，完全依据年龄进行画地为牢式的"分级"是不足取的。一本优秀的图画书小时候读，或许会被其中有趣的情节逗得哈哈大笑，长大后再读则有可能被其中的文学意味深深打动。一个从小在良好阅读环境中成长的孩子，刚刚学会阅读就捧起了一本大部头的少年小说，书中甚至还有他不认识的字，小说所要传达的思想主旨更令他似懂非懂，但他的阅读过程很可能充满了快乐，这种快乐并非因为他完全理解了作品，而是他觉得能读这么厚的一本书是一件了不起的事。一个青春期的少年，重新阅读一篇幼时读过的童话，心中涌起了一股莫名的感动，这种阅读反应与童话内容的难易毫无关涉，早已熟知的情节更不会带来新奇的体验，他或许只是借此回味曾经的纯真，抑或是在感受成长的迷惘，但得承认这也是一种正常的阅读。

以上所及，还仅仅是从年龄这一维度上观察到的儿童读者"特点"的复杂性。如果再把性别、社会阶层、受教育程度、家庭条件等因素考虑在内，那么这一"特点"的复杂程度就更为明显了。可见，儿童文学作家要想把握一个抽象的、笼统的、涵盖所有对象的所谓儿童"特点"，几乎是不可能的事。实际的情况是，每一个作家都是在自己所生存的那个特定时空里，以自己特有的艺术敏感，把握着仅属于他自己的那份对童年的理解，并在具体生活情境的激发下，从事着儿童文学的创作活动。德国作家凯斯特纳关于《埃米尔擒贼记》的创作感言，为我们提供了一个很有意思的范例：

　　我一回家，就懒洋洋地靠着窗台，眺望布拉格大街，心想也许下午发生了一则我在寻找的故事，也许我该向它致意，对它说："啊呀，请您蹦上来，我正想写您呢。"

　　可是故事久久不现。我开始感到有些凉飕飕的，气呼呼地把窗关上，围着桌子转了五十三圈。但还是不顶事。

　　末了，我还是同刚才一样横卧在地板上，用沉思来打发时间。

　　横躺在小房间里，世界就完全变了样，见到的是椅子脚、室内穿的便鞋、地毯上的花纹、香烟灰、尘埃、桌子腿等，在沙发底下甚至还看见了一只左手套，三天前我还在柜子里找过它呢。我横躺在室内，从下而上，而不是从上而下，观察着变了样的东西，惊奇地发现椅子脚长了小腿肚，真的，壮壮实实的黑色小腿肚，仿佛它们源于黑人，又像是穿了褐色袜子的小学生的腿。

我正要数一数椅脚和桌腿，以便知道到底有几个黑人或小学生站在我的地毯上，这时，埃米尔的故事在我的脑子里油然而生！①

凯斯特纳创作《埃米尔擒贼记》的过程是难以复制的，甚至他自己也无法再重复一遍这样的创作经历。正是众多作家以其个性化的童年理解和艺术把握，才创造出了各异其趣的儿童文学作品，也就为拥有不同"特点"的孩子提供了丰富多样的童年文学生活方式的选择。自现代儿童文学诞生以来，经由不断的经典化过程，中外儿童文学的经典长廊中已经拥有了足够丰富的文本积淀，以满足特点各异的童年文学生活的需求。

（二）儿童文学生产者精神气质的两大类型

儿童读者的世界既是多元的又是多变的，作家的创作状态与方式也千姿百态，但这并不妨碍我们去探寻纷繁现象背后儿童文学生产的大致规律。

陈伯吹主张儿童文学作家应当"用儿童的眼睛去看，用儿童的耳朵去听，用儿童的心灵去感受"。这一创作原则曾经影响了几代中国儿童文学作家，至今仍有着强大的生命力。儿童是与成人不一样的生命存在，为他们创作的文学当然要照顾到他们的审美需求和文学理解力，作家像儿童那样去听、去说、去感受，是一种看似理想却不易达到的创作状态。不少作家在自己的创作过程中，总是力求通过各种方式走进儿童的生活，把握儿童的心灵世界。

儿童文学作家孙幼军回忆道：他外出办事时，要是看到几个孩子在路边捉小虫，或是逗蚂蚁，他就会停下来看，甚至加入他们的行列。要是看到一队幼儿园的小娃娃在老师的带领下，在人行道上或公园里散

---

① ［德］埃里希·凯斯特纳：《埃米尔擒贼记》，明天出版社1999年版，第8～9页。

步，小娃娃们用小胖手拉住一根绳上的一个个圆环，像是公共汽车上的扶手，而长绳的两端是两个穿白衣衫的老师，他就会情不自禁地停下自行车，站在路边着迷地看上老半天，直到小朋友走完了，才依依不舍地离开。这种对儿童生活的切身体验，使他的作品《小布头奇遇记》《小狗的小房子》《怪老头》《稀里呼噜历险记》等充满了盎然的童趣。

柯岩认为，给孩子写东西，对不熟悉儿童生活的人，是很难的。为了了解孩子们的生活、感情和行动特点，她走遍北京的各类学校，并在一些学校讲课，担任过团支部书记和少先队辅导员。很多学校、幼儿园的老师和保育员、教育机关和幼儿教育研究室的研究人员都是她的好朋友，对儿童生活的深入了解，成为她创作的生活基础。

20 世纪 80 年代中后期，陈丹燕为了体验当时中学生的生活，曾一度到自己的母校装扮成插班生，挎上书包，坐在教室的后排，与少女们一起学习、生活，这段经历促使她写出了《黑发》《青春的选择》《女中学生之死》等一系列充满时代气息的少女题材小说。

以上几位儿童文学作家的创作经历，让我们看到了作家为了跨越与儿童读者的主体间差异而付出的努力。对现实童年生活的关注、观察乃至直接参与，对于儿童文学作家创作灵感的激发、创作素材的获得无疑是重要且必要的。但这样一种创作状态并不适宜于所有的作家，有的儿童文学作家就表示，他们最为重要的创作源泉并非来自现实的儿童生活，而是源自他们自己心目中的童年记忆，个人的童年世界成为他们从事儿童文学创作的精神原乡。正如儿童文学学者汤锐所言："每一个成年人的灵魂深处都有一个永远的儿童存在着，从他的幼年直到老年，这个儿童逐渐从生活的表层沉潜入生活的深层，却一刻也未放松地把握着、控制着他的整个个性和人生。这就是每个人自童年时代起形成的人格基质和那份童年体验，它伴随着并影响着每个人的一生。"① 德国儿童文学作家凯斯特纳就十分执着于探寻自己的童年世界，他认为："很多人像对待自己的一项旧帽子一样把自己的童年丢在一边，把它们像一个不用了的电话号码那样忘得一干二净……只有那些已经长大，但却仍

---

① 汤锐：《现代儿童文学本位论》，江苏少年儿童出版社 1995 年版，第 33 页。

然保持了童心的人，才是真正的人。"① 在凯斯特纳看来，一个人是否能成为儿童文学作家，不是因为他了解儿童，而是他了解自己的童年，作家的成就取决于他的记忆而非观察。童年记忆并非只是一连串发生在童年时代的事件，而是一种潜藏于精神世界的难以消解的情结，经过丰富的人生历练，这份情结逐渐升华为作家独特的文学气质。作家在作品中也并非简单地再现自己的童年，而是将童年时代的自己当作可以与之进行自由而神秘的文学对话的对象。

如果说，通过外在的不断努力走进了儿童世界的作家是被环境和自己所"造就"的，那么，顽强地保持着自我童年原生气质的作家就是"生就"的。儿童文学作家、理论家班马曾说过："亲近我的人常说我实际上是个长不大的男孩，本应搞儿童文学……我在已有的经历中，曾有好几次'脱离'儿童文学而进入别的领域的机会，但我确实几无冲动想要离开她，我不能，我只能干这。"作家对自己创作的精神动力的表述各异其趣，"造就"与"生就"并不是划分儿童文学作家类型的绝对标准，就具体的作家或创作行为而言，或许都包含了"造就"与"生就"这两个因素，只是程度有所不同。

上文谈及柯岩为了更好地在作品中表现儿童，曾寻找各种机会深入儿童的生活，给孩子们上课、与儿童教育工作者交朋友，这些行为似乎表明她应该属于"造就型"的儿童文学作家，然而，柯岩的儿童诗创作经历却为我们呈现出她精神气质的另一面。柯岩的丈夫贺敬之在20世纪50年代已蜚声诗坛，为了完成儿童文学的写作任务，他苦苦构思了一夜却一无所获。下面是柯岩在回忆文章中记录的两人的对话。

"你怎么了？什么东西这么难写？"

"是约稿。响应号召给孩子们写东西。哎，给儿童写东西真难哪！"他说。

"这有什么难的？你睡觉去，我来试试。"我坐到了桌子前，平

① 转引自孔德明：《战后德国儿童文学之父凯斯特纳》，《当代外国文学》2000年第5期。

时对儿童生活的记忆像海潮一样在我心里汹涌……这一天，我一共写了九首儿童诗。

我爱人起床后，不相信地读着它们。但渐渐笑意出现在他的眼角："真奇怪，你什么时候积累了这些生活？也许……这和你的性格是相似的……"他很快帮我选了六首寄了出去，《人民文学》发表了其中的三首。①

柯岩第一次尝试儿童诗创作就取得了很大成功，引起了文坛的关注。从两人的对话中可以看出，他们在很大程度上都把创作的成功归因于平时对儿童生活的体验与积累，在"生活是创作的源泉"被奉为最高创作原则的时代，这种表达是可以理解的。不过贺敬之还是凭着一个成熟诗人对艺术创作的直觉把握，道出了"生活"之外的重要原因——"这和你的性格是相似的"。贺敬之自己未尝就不了解儿童的生活，他也创作过不错的儿童诗，但从柯岩后来成为五六十年代儿童诗的重要诗人这一事实来看，柯岩在精神气质上还是比贺敬之更接近于儿童。可以说，"造就"与"生就"这两种因素共同促成了柯岩在儿童文学上的成就。

（三）儿童参与的儿童文学生产

在大部分情况下，我们总是习惯把儿童文学作家与成人联系在一起，似乎只有成人才有为儿童创造文学文本的资格和能力。儿童创造的文本通常被认为只是一种"习作"而非"创作"，即使有些儿童写出了艺术水平较高的作品，这种现象也往往会被认定为是偶然的、个别的，不具有普遍性的意义。儿童的生活经验不足，理解力较为欠缺，缺乏成熟的审美意识，还无法很好地驾驭文学语言，儿童的想象力虽然丰富但还难以将想象转换为具有成熟艺术形式感的文本等等。这些源自心理学、教育学、美学、写作学领域对儿童特征的描述，在某种程度上也为

---

① 柯岩：《答问》，见《我和儿童文学》，少年儿童出版社1980年版，第417页。

将儿童排除在儿童文学生产者之外的合理性提供了理论依据。成人是儿童文学的主要生产者，这是很长一个时期内儿童文学生产的基本现状，但不应根据这一现状就得出"儿童文学是成人为儿童创作的文学"的结论，因为现状常常存在着不合理性，这种不合理性一旦积淀为人们的思维惯性，就成为一种根深蒂固的偏见。不论从历史还是现实的角度上看，儿童参与文学生产都是一个难以回避的事实。不少著名作家少年时代的作品就达到了很高的水平，新时期以来涌现出的小诗人也不在少数，有的诗作还获得了主流诗坛的认可，新世纪以来所谓的"低龄化"写作更是引发了各界的热议，儿童文学研究应该对这些现象进行系统的理论梳理。从童年文学生活建构这一视角看，儿童参与文学生产意味着儿童不仅只是文学的消费者、接受者，他们也可以成为自身文学生活的主动建构者。

儿童创造的文学文本是否应该被纳入儿童文学，之所以会成为一个令人纠结的问题，关键在于作者的主体身份与儿童文学存在的依据之间，有着十分微妙复杂的关系。儿童文学作为一个独立的文学类别，其存在的依据在于我们对儿童读者做了这样一种设定：儿童需要一种有别于成人的、较为浅近的、有着自己独特审美规范的、能为他们心智的发展提供帮助的文学。儿童文学可以被直观地理解为"儿童的文学"，是属于儿童的文学、写儿童的文学、为了儿童的文学。随着儿童文学的发展，儿童文学有别于成人文学的独特性被不断强化，逐渐地在人们的心目中积淀出一幅关于"什么样的文学才能算是儿童文学"的愈发清晰的心理图景，这一图景就成为我们判断某一作品是否应当归属儿童文学的一个标准。当我们以这个标准来衡量当下某些"低龄化"写作的作品时，会认为这些作品从内容到主题再到语言风格都过于"早熟"、过于"成人化"，因而自然不应该归属儿童文学。上文曾论及，已经离开了童年世界的儿童文学作家，为了使自己的创作能够贴近儿童的精神世界，付出了巨大的努力。当一批真正来自儿童世界的小作者写出了与现有的"儿童文学"标准不相符的作品时，它们的归属却成为一个问题，成人创作的作品被堂而皇之地命名为"儿童文学"，儿童自己创作的作品却无法冠以"儿童"的名义（很多儿童作者却也未必希望自己的作品被划归儿童文学，但这不应该成为我们忽视这一问题的理由），这在逻辑上似乎显得有些荒诞。

问题的复杂性在于，儿童文学研究如果将这些带有"成人化"性质的作品排除在儿童文学领地之外，那么，儿童文学研究就很难自证"童年"是其理论建构的逻辑起点。反之，如果将"低龄作者"的作品自然地视为儿童文学的组成部分，那就意味着打破了儿童文学理论对儿童文学存在的前提预设，随着儿童文学与成人文学界线的消解，儿童文学作为一个独立文学类别存在的合法性也就消亡了。这一个陷入两难境地的逻辑问题，实际上反映了社会文化的急剧变化给"儿童""儿童文学"和"童年文学生活"带来了前所未有的冲击。这也意味着未来的童年文化研究、儿童文学研究应当改变以往的范式，去包容更为多元、更具复杂性的童年文化、文学现象。这是一个很有意思也颇具难度的课题，限于本书的论题，在此无法展开深入的讨论。我们把视线稍作转移，集中讨论那些由儿童创作的、与当下儿童文学标准相符的文学文本。

以下这篇名为《鱼儿漫天飞》的童话或许可以为我们思考儿童的文学创作问题提供某种启示。故事写的是鱼发明了一种可以躲避人和猫追捕的利器"鱼碟"，鱼儿的世界为此一片欢腾，以为从此改变了悲惨的命运，于是，鱼王带着鱼儿王国的子民飞上了天——

这时已经是傍晚，橘红色的最后一缕阳光洒在随海风的节奏荡漾的海面上，海面就像一颗橘色的大钻石，折射着橘色的光芒。海滩上十分宁静，除了一声声海姑娘的歌声外，没有其他的声音。

天上才热闹呢！瞧！鱼王正带着一群唱着歌的鱼在天上飞，累了，还躺在软绵绵的白云上休息。它们大概正在举行"游天仪式"吧！

"喵呜——"一只猫趴在翻倒的垃圾桶边，臭烘烘的，苍蝇正在上面酝酿细菌。"为什么没鱼？我好想吃啊！"猫舔舔爪子，趴在楼边的阴凉处睡了，在梦里它大概在想着吃"啃德鱼"吧。

"啊！妈妈！我要吃鱼！""宝贝乖，宝贝乖。"就在猫身边的房子里传出了悲惨的哭声。

"鱼！我要吃鱼！"这是可爱的 SD 小公主夏夏发出来的声音

吧，听起来像可怕的魔鬼"吓吓"发出来的声音。她哭得昏天暗地，日月无光。

哎！这两样生物好惨啊！

一年过去了，鱼儿已经很久没回家了，有点想回家看看，可是，没想到人类和猫见到鱼就像发疯似的来捕捉，是不择手段的捕捉！好惨！回家的鱼差不多都被抓去了，唯有一条遍体鳞伤的小鱼逃回了天上，他对金鱼王诉说完地下的事情后，由于太过激动了，死了。

深夜，金鱼王率领全鱼城的鱼冒着生命危险把这条可怜的鱼埋在了海底，并决定永远不回大海。

几万年后，鱼的游泳能力退化了，取而代之的是飞天本领，它们不带"鱼碟"也能飞了。

人们和猫已经忘记了世界上还有一种美味，叫"鱼"，他们也只是在每年的九月八日，也就是埋葬可怜的小鱼的那天晚上看到大海上空，成群结队的"飞鱼"在徘徊，没有人捉到过"飞鱼"，也没有人知道他们的真实身份。

（作者：高溪悦）

如果略去作者的年龄和身份信息，我们会想到这篇童话是出自一位小学五年级学生的手笔吗？小作者在一个带有浪漫意味的题目下，写出了对地球生态问题的思考，仅从被引用的这个片段就可以看出，小作者在故事的时空变换安排，语言表述的精致练达以及幽默感的营造上，都可与成年作家的优秀作品相媲美。尤其可贵的是，作者能够在看似轻松的语境里表现一个带有悲剧色彩的主题，融轻逸与凝重于一体，而成人作家要做到这一点也并非易事。

以上文本完全可以归入哪怕以最保守的标准界定的儿童文学。虽然还仅是个个例，但它也足以促使我们对儿童真实的文学能力有一个新的思考：是儿童的文学能力真的像我们想象得那样普遍低下，还是因为成人的偏见使我们失去了发现儿童的文学才华的机会？成年人是否在不知不觉中掉进了一个自设的逻辑陷阱："儿童被认为是缺乏审美及创造美的能力的，因此儿童也就被剥夺了成为相反情况的条件和机会，久而久之，这种'假设中的儿童'就变成了'现实中的儿童'，从而好像印证了我们当初的假设。"①

　　儿童创作的优秀文学文本虽然也被选入不少的儿童文学读本，但现有的儿童文学研究尚未将儿童参与文学生产作为一个重要的现象加以系统的理论阐释。

　　儿童处于语言能力发展的重要时期，在现行的教育体制中，我们往往将儿童的语言学习与其他知识的学习都纳入了一个事先预设好的线性体系中，将儿童的语言发展看作是一个主要依靠外在训练推动的进阶式过程。这样的语言教育观念严重低估了儿童语言能力的创造性潜质，也忽视了语言学习与其他知识学习的区别。儿童诗意的语言创造贯穿了他们语言能力发展的全过程，已经有大量心理学的实证研究证明，儿童的文学语言创造力发展有着自己独特的规律，并不简单地遵循由低到高的进阶规则。

　　儿童写作教育是促进儿童书面语言能力发展的重要途径，当下的写作教育过于强调实用性与规范性，对于如何在写作教育中发现儿童出于天性的文学才华，如何通过文学性写作激发儿童的语言学习动力，教育者往往缺乏应有的自觉认识。儿童在语文课程中的写作活动，不应仅仅被当作一种书面语言的操作性练习，同时也应将其视为儿童自我的文学创作尝试。当这种尝试成为儿童写作教育的普遍现象时，就有可能产生相当数量的接近、达到甚至超越成人作家创作水准的儿童文学作品。儿童的文学创作与语文课程中的写作教育关系密切，写作教育者的教育观念、文学修养，尤其是儿童文学素养，都会对写作教育的成效产生深刻的影响，也决定了儿童参与文学生产可能获得的发展空间。协调儿童基础性书面语言能力培养与创造性文学创作能力发展之间的关系，需要儿童教育、语文教育、儿童文学等各专业领域研究力量的共同参与。

---

① 　杜传坤：《中国现代儿童文学史论》，中国社会科学出版社 2009 年版，第 9 页。

五　现代出版业与童年文学生活

（一）出版经营业态对童年文学生活的塑造

　　"创作—出版—发行—购买—阅读"这是文学文本从生产领域走向消费领域的基本流程，但这个流程的各个环节并不是按照事先设定好的顺序单向运行的。一部文学作品由作家创作后向出版社投稿，再经编辑后出版发行，最终被读者购买阅读，这样的文学生产和消费方式，在当今高度市场化的社会环境中越来越被边缘化了。出版机构在文学生产和消费中所扮演的角色愈发重要。为了获得良好的市场回报，出版经营业者往往会通过策划图书选题、与有影响力的作家签约、发现具有潜质的文学新人等方式，对文学创作的规模、数量、手法、风格发挥积极的影响。文学作品出版后，经营者的广告发布、书评登载、卖场设计（含网络销售）、作者签售等促销手段也在很大程度上引导着读者的购买意愿。为了维持对读者文学消费的持久影响力，出版机构还会提供各种形式的读者服务，如举办读书俱乐部、开展作家进校园、进课堂活动等等。出版业作为沟通文学生产和文学消费的重要媒介，它参与了作者的文学生产，又引导着读者的文学消费，成为社会文学生活的重要建构者。

　　在人们通常的观念中，很容易将阅读视为一个纯粹的精神活动。阅读是一个十分个人化的行为，读什么书、什么时候读、怎样读、怎样理解作品、对作品做出怎样的评价，似乎都可以由读者自己来决定（儿童阅读的情形会更为复杂一些）。但阅读显然又不是一个"纯粹"意义上的精神活动，因为图书市场上有哪些可供选择的文学文本，这些文学文本的艺术品质如何，代表了怎样的社会思潮和生活风尚，这一切在很大程度上是由出版机构所决定的（读者的反馈也会产生间接的影响）。一本书的出版信息以怎样的方式发布，这些信息在大众传媒中受关注的程度等，都在无形地塑造着读者的阅读口味。对于儿童文学的消费者来说，他们的消费行为还要受到掌握着经济权力的家长的制约，家长的教育观念、文学观念、艺术品位、收入水平等因素，在很大程度上决定了儿童读者文学消费的数量和品质。可以说，任何一个社会的文学生活，包括童年的文学生活都具有精神文化和物质消费的双重属性。

将人们心中高雅的文学阅读置于市场化的消费语境中加以讨论，似乎有降低其文化品格之嫌，但这却是生活在现代社会的人们所必须面对的现实。现代出版业的盈利动机并不具有"原罪"的性质，历史的事实是，如果没有高效运作的现代出版业，普遍意义上的社会文学生活就不可能被建立，童年的文学生活更无从谈起。在手抄本时代，文学生产只能满足社会特殊阶层少数人的阅读需求，儿童作为文学读者的独立地位更不可能得以确立。回溯西方儿童文学的发展历史，正是英国出版商约翰·纽伯瑞（1713—1767）传奇的商业经营，推动了儿童读物的广泛普及，他在商业上的成功成为近代儿童文学发展的一个重要动力。

纽伯瑞从1743年开始印行《精美小书》，书籍图文并茂，有故事、儿歌和游戏，虽然书的主题依然沿袭着当时盛行的对儿童进行道德教训的观念，但书籍的内容和形式却充满了娱乐儿童的精神，例如，书中附有一颗球和一个针垫，用以记录孩子的好坏言行，并说明只要好好使用它们，就可以让书中的主人公变成好孩子。纽伯瑞在商业上的精明还表现在，他购得儿童退烧药专利产品后，巧妙地将其与童书出版业融为一体，不但在自己开办的儿童书店里销售药品，还将药品的功效嫁接到故事情节中，让这种退烧药发挥奇效，挽救故事主人公的生命。纽伯瑞的童书广告也颇有创意，以下是1755年新年发布的一则童书广告：

真爱护士的新年礼物（Nurse Truelove's New Year Gift），或童书选集，附剪纸图，是特别为每一个将成为骑在骏马上之伟人的小男孩，及每一个将坐在市长大人金马车内之伟大仕女的小女孩而设计的礼物。作者特别吩咐这些书将送给到圣保罗教会庭院来读

《圣经》的每一个小男孩，他们只需付每本书两便士的装订费即可。①

纽伯瑞当年出版的童书很少能够流传后世，从文学审美的角度看，这些书确实难以被纳入世界儿童文学的经典之林，但这并不影响他在世界儿童文学史中的重要地位，他的影响力还超越英伦，成为美国现代童书的始祖。有研究者指出："在美国儿童文学史中第一个真正重要的名字是英国名出版家约翰·纽伯瑞……他的童书在本国遭到仿效及盗版，也替有别于为成人而写、适合儿童看的童书写作发展，注入了第一股动力。"②

应该说纽伯瑞的成功既是属于商业的也是属于文学的，他虽然在符号形态的文学文本生产中没有取得太大成就，但却以极富创造性的商业经营开创了儿童文学传播的现代形式。没有有效的文学传播也就难以形成规模性的文学消费，文学的持续生产也就失去了动力。盈利的驱动力使纽伯瑞敏锐地把握到儿童读者文学阅读的天然喜好，他注重插图的应用，讲求故事的快乐、惊奇，在书中设置游戏环节，随书附赠礼物等，这些做法经过后代作家和出版业者的继承和发展，逐渐成为儿童文学读物的一个传统。

当今社会出版业对文学生产与文学消费的影响，比以往任何时候都更为深远。我们从新世纪以来中国儿童图画书市场的变化中，就可以看出出版传播在童年文学生活建构中发挥的重要作用。

在睡前温暖的灯光下听妈妈讲述《晚安，月亮》；周末和爸爸一起去图书馆借回《我的爸爸叫焦尼》；语文课上《云朵面包》成了想象作文的素材；一群用心的妈妈把和孩子分享图画书的心得发到了微博上……这样的童年文学生活画面，在当下的中国社会（尤其是都市）已成常态，这一阅读格局的形成，是中国图画书出版业发展合乎社会、文化与商业规律的自然结果。

---

①②　［英］约翰·洛威·汤森著，谢瑶玲译：《英语儿童文学史纲》，台湾天卫文化图书有限公司2003年版，第25、27页。

　　早在五四时期，中国儿童文学的先驱们就十分关注儿童图画故事，在西方图画书译介和原创图画书创作方面取得了一定的成果。20世纪五六十年代，儿童图画故事书的出版也颇受重视，曾经出版过一些艺术品质较高的作品。但图画书作为一种独立的艺术形式全方位走进童年的文学生活，则是发生在新世纪之后的事，在此之前图画书在中国童书市场上曾遭受过冷遇，一直难以成为儿童阅读的主流品种。儿童文学研究者朱自强回忆说："1988年底，我第一次从日本留学归来，带回了数百本图画书，其中有很多世界级名作，比如《在森林里》《小蓝和小黄》《黑兔和白兔》《小房子》《脏狗哈利》等等。我从中选取了十种进行翻译，并拿到几家出版社探讨出版事宜，但最终未能出版。其中反映出的主要问题是用这么精美的装帧、这么豪华的开本、这么好的纸张和印刷品质，印只有这么几个字的故事，消费者很难接受。"[1] 这段经历反映的就是20世纪80年代末中国出版业者（也包括他们所服务的中国儿童文学读物的消费者）对世界经典图画书的认知水准。现在受到读者们热捧的世界著名图画书大师安东尼·布朗，他的小熊系统图画书《小熊进城》《小熊打猎》《小熊的笔》《小熊历险》等，也曾在1995年被翻译出版，但高达18元的定价让当时的很多消费者望而却步。1999年德国雅诺什系列图画书的引进，后来被认为是拉开了中国图画书规模化出版的序幕，但在当时也没有在读者中引起很大的反响。从2003年开始，图画书才逐渐受到读者的认可，出版和销售渐成气候，逐步演变成今天全面兴盛的局面。

　　有研究者对图画书在中国的普及做了这样的分析："随着影视等画面的传播，人们逐渐适应了读图的方式，图画日益占据着人们的接受视野，正是这些视觉文化主导的消费产品，逐渐培养了儿童受众的图像感知能力，从而酝酿成为图画书的巨大市场需求。"[2] 全社会迈入"读图时代"和家庭经济收入的快速提升，是新世纪图画书走向兴盛的重要助

---

　　① 朱自强：《亲近图画书》，明天出版社2011年版，第115页。

　　② 胡丽娜：《大众传媒视阈下中国当代儿童文学转型研究》，中国社会科学出版社2012年版，第145页。

力，但这只是图画书全面走进童年文学生活的一个宏阔的时代背景，而使这种文学消费的需求获得满足，进而激发出更大需求的真正推手，正是图画书的出版业者。20世纪90年代以来，出版业不断地尝试将世界优秀图画书引介给中国的儿童读者，从市场营销的角度上看，当时的出版行为并没有获得良好的盈利回报，但也在一定程度上累积了中国童书出版业者对世界优秀图画书的专业判断眼光。当现实的读者需求开始萌发时，一批市场反应敏锐的出版机构迅速引进版权，组织出版发行。近几年儿童读者对图画书的兴趣日趋浓厚，掌握着图画书购买权的家长对图画书价值的认识也在不断提升，这与出版机构开展的各种营销推广活动也有很大关系。例如，2006年，儿童文学作家、图画书研究者彭懿的图画书研究专著《图画书——阅读与经典》出版后，出版机构在全国组织了一百多场讲座，邀请作者到学校、社区演讲，形式生动的推广活动让一本售价不菲（初版定价88元）的图画书研究专著变成了广受欢迎的畅销书。这一系列讲座所发挥的作用不仅限于提升一本书的销售业绩，更重要的是向读者（孩子、家长、教师）进行了图画书启蒙，为图画书培育了一批忠实的读者，该书已多次再版重印，成为家长选购图画书和指导孩子阅读图画书的指南。

（二）文学与商业的纠结关系

儿童文学的精神追求与出版机构的商业利益之间始终存在着内在的矛盾性，双方力量的此消彼长与社会文化环境不无关系。在思想文化较为封闭的社会里，儿童文学的精神属性被赋予崇高的地位，得以免受商业利益的辖制，但作家的创作要受到来自儿童教育、道德伦理、意识形态等方面的严苛检验，儿童文学往往沦为图解僵化意识观念的工具，20世纪五六十年代的中国儿童文学就留下这样的历史遗憾。这样的儿童文学虽然也能进入当时的童年文学生活，但却经不起经典化的考验，难逃时过境迁的命运。改革开放极大地拓展了出版业的发展空间，儿童文学的生产、传播、消费都获得了较为宽松的环境，但随之而来的市场竞争压力，又可能导致儿童文学精神价值的失落。

　　我们不妨通过一组数据来了解新世纪以来中国儿童文学出版市场的概貌。据北京开卷信息技术有限公司提供的数据，自 2004 年以来，少儿图书市场以年均 10％ 的幅度增长，市场占有率从 1999 年的 8.60％，到 2012 年的 15.09％，十四年间，少儿图书市场增幅几近翻了一番。其中，儿童文学在少儿图书中所占比重也在不断增长，从 1999 年占 21.89％，到 2012 年占 41.51％。少儿图书共细分为"低幼启蒙""卡片挂图""少儿古典""少儿卡通""少儿科普""少儿艺术""少儿英语""游戏益智""幼儿园教师用书""儿童文学"十个板块，儿童文学一个板块就占据了超三分之一的年均市场份额，在其他板块所占份额并没有明显提升的情况下，可以说儿童文学已成为近十年来推动少儿图书市场成长的主力军。

　　这一组数据反映了被业界人士称为"童书出版黄金十年"所取得的令人惊羡的业绩。儿童文学从 20 世纪 90 年代不受重视，市场低迷，到走出困境，最终引领中国童书市场的半壁江山，从一个侧面见证了中国童年文学生活经历的巨大变化。儿童文学的增长率大幅领先其他类别儿童读物的现象，体现了童年文学生活在整个童年精神文化生活中的重要性愈发明显。面对显示儿童文学一派繁荣景象的统计数据，我们应该思考的问题是：为这些销售数据做出最大贡献的是哪一种类型的儿童文学？真正体现儿童文学思想高度和艺术品位的作品在其中能够拥有怎样的份额？成一时风尚的畅销书与历久弥新的"长销书"，它们在出版业者心目中分别占据了怎样的位置？我们不妨从一次少儿出版研讨会①代表的发言里，听一听从业者们的心声：

　　　　发言一："《哈利·波特》火了，于是魔法泛滥，巫师满天飞；校园小说火了，于是乎这个'班'来了，那个'班'也来了，你没唱罢我就登场，好不热闹。"造成这样的局面，主要责任并不在作者，而在于我们这些搞出版的。"因为我们被利润驱使着，因为我

――――――――――――

　　① 指 2013 年中国出版协会少年儿童工作委员会文学读物研究会暨中国儿童文学出版与童书业发展学术研讨会。

们的急于求成，因为我们后面有无形的手在推着我们为着利润为着业绩狂奔。"而看似热闹的繁荣表象下后患无穷——"助长了有跟风心理的作者的投机心理，也扼杀了有独立精神的作者的创作热情以及他们开拓、创新和自我成熟的机会，最终戕害了我们的儿童文学创作。"

发言二："黄金时代是少儿图书出版和发行的黄金时代，但未必是儿童文学的成功。这十年间，又有哪些经典作品诞生？一本书出来，连涟漪都没有，不是好事。"

发言三：我们前年引进过图画书《安娜的手提箱》，写二战的，也是在题材宽度上的一种尝试，刚出来的时候没有太大的发行量，但现在已经卖到 20 万册了。"好东西应该是有生命力和读者的认同度，我们需要的就是耐心。编辑对文学作品文字的原则性的态度，是应该坚守的。"

发言四：不要被现在童书的热闹、市场和销量所左右，做自己喜欢的。童书的读者在不断成熟，很难说是出版人去引领读者，引领市场。"应该去倾听读者，包括中小学老师对文学作品的判断和理解都会推动儿童文学的走向。"①

以上言论反映了出版业者面对童书市场繁荣表象时的清醒与忧思。在有文化担当意识的出版人心目中，儿童文学出版的成功并不意味着儿童文学艺术的成功，满足于程序化、平面化的文学生产，短视的市场化运作将导致作家失却对儿童文学的精神敬畏。对优秀作品的专业持守与耐心经营同样可以获得优良的市场回报，对读者文学理解力的充分尊重和准确把握更是保持经营持续力的基础。这样的认知让我们看到了中国童书出版业者不断迈向专业与成熟的坚定步履，尽管理想与现实之间尚有诸多艰难需要跨越，但观念的确立是变革不可或缺的前奏。

从读者文学消费的角度看，儿童读者对类型化、娱乐化儿童文学作

---

① 摘引自 2013 年 9 月 18 日《中华读书报》记者陈香采写的新闻《什么成就儿童文学十年黄金期》，发言者姓名与出版机构名称略。

品的庞大需求，也是导致童书出版出现盲目追逐热点、跟风模仿等非理性行为的重要推手。这种需求的产生自有其合理性的一面，当下的孩子面对繁重的学习压力、家长过高的期待以及人际关系的困扰，他们希望从儿童文学的阅读中获得放松、娱乐的享受，而不是深刻的思考，这是当下童年文学生活的现实之一（当然也非全部）。满足儿童读者现实存在的阅读需求，继而激发出更大的需求，成为儿童文学畅销书运作的基本经营思路。这种"俯就"读者现实需求的姿态，显然不应成为童书出版业唯一的经营选择。

在中国儿童文学市场繁荣的背景下，如何面对文学与商业之间的纠结关系，一直存在着较为尖锐的争议，这种争议在关于"杨红樱现象"的讨论中得以集中的展现。杨红樱是新世纪以来中国儿童文学作家商业化写作的成功范例，她在儿童读者（尤其是小学生）中拥有超高的人气指数，近十几年来一直稳居儿童文学畅销书销售纪录的榜首。

有研究者充分肯定杨红樱对儿童阅读趣味、阅读心理的精准把握，认为杨红樱作品的畅销关键在于实现了对童心的成功"破解"，市场业绩应该成为评价儿童文学优劣成败的重要依据，"否则，所谓儿童文学只能是成人书架上尘封的'成果'，是徒唤奈何的出版者如铅锭一般堵在心头的'库存'，是成人世界自以为是、自娱自乐的游戏。诸如'人类灵魂的工程师'、'文化传承'等等的志存高远，也都只能是教育者自说自话的自我抚慰了"[1]。论者对传统儿童文学研究不重视读者真实反应的批评，应该说是言之成理的，将市场销售业绩作为评判作品优劣的重要标准也无可厚非。这种观点道出了身负经营压力的出版业者的心声，具有一定的代表性。问题在于除了市场业绩这一"重要标准"之外，评判儿童文学优劣的其他"重要标准"还有哪些呢？如果不能很好地回答这一问题，市场这一"重要标准"就有可能被异化为"唯一标准"，其负面效应就可想而知了。

出版业者郑重认为，杨红樱作品的畅销是其内在品质决定的，否则只会畅销一时，绝不可能持续畅销。他对主流的儿童文学评论界表示了

---

[1] 李虹：《展开儿童的心灵》，《南方文坛》2007年第1期。

不满，认为严肃的儿童文学评论体系没有催生广受欢迎的作品，而让小读者疯狂着迷的作品却受到了主流评论界的批判，因而，需要改变的不是作家的创作，而是童书的评价体系。"当作家的文字直面终端消费者具体的商业选择时，我们才会体会到文学命运是何等脆弱。这或许不是文学本身出了问题，在一个还缺乏理性的图书市场中，原创儿童文学的命运更多地是由一些非文本的因素来决定的。""我希望在当下尖锐的文学批评语境下给商业化和类型化写作留一个合理的空间。因为它们毕竟对培育原创儿童文学市场做出了巨大的贡献，甚至这样的贡献是很多'精英'和'精品'创作意识下的作品所不能替代的。"① 论者对儿童文学界的精英意识多有不满，认为高居上位的严肃儿童文学评论体系，非但没有对原创儿童文学的繁荣做出贡献，反而对商业化写作提出了严苛的批评，此现象应当加以改变。其实，需要改变的只是评价标准过于单一化的格局，而非精英化评价标准本身。正如论者所言，文学的命运在强大的市场力量面前显得十分脆弱，原创儿童文学的命运往往是由一些非理性的、非文本的因素所决定的。那么童书出版经营者面对这样的现状，是选择让更多的非理性因素来继续摧残文学本已脆弱的命运，还是选择运用自己的经营智慧去改善文学的弱势地位，这是拷问出版业者职业良知的一个问题。精英化的评价标准并不是市场的天敌，而是维护文学自身尊严的一道防线，在当下童年文学生活的艺术品质和精神气质尚显苍白的情形下，这道防线的意义和价值尤为值得珍视。

针对出版界发出的"反思童书评价体系"的呼声，儿童文学评论家刘绪源发表了针锋相对的看法："批评家相当于品酒师，你不能因为没有酿出好酒，就迁怒于品酒师的存在。你也不必因为品酒师说你的酒味不醇，就怒不可遏。他公布的不过是自己的研究成果，你完全可以设法把酒味搞得更好些。如果一桶酒卖得很好，而品酒师说不好，也不一定以为是品酒师的错。他有自己的工作准则和工作尊严，他的工作具有独立的性质，他不是你的推销工具。"② 文学批评的独立价值在此得到了

---

① 郑重：《原创儿童文学的市场营销》，《出版参考》2005 年第 16 期。

② 刘绪源：《"杨红樱现象"的回顾与思考》，《博览群书》2009 年第 3 期。

充分的体现，这种独立性恰恰是中国儿童文学评价体系中最为缺失的一种品质。在市场力量的强势介入下，不少文学评论丧失了起码的专业准则，沦为出版行销的宣传工具，这样的批评格局显然无益于中国儿童文学整体水准的提升。

儿童文学作家、评论家曹文轩则将"杨红樱现象"置于更为宏阔的社会文化背景中加以思考："有些人批评杨红樱，说她的作品格调不高，小孩读她的作品长大，后果令人担忧。但是，我认为，当下阅读生态的失衡，责任不在杨红樱身上。作为一个写作者，她完全有权利进行这种形态的写作。我觉得需要检讨的不该是杨红樱，而应该是整个社会。当下青少年阅读生态在不同程度上有所失衡，不仅仅是杨红樱的作品占领甚至充斥着中小书店，更因为一种社会思潮导致了当下出版与阅读的偏颇。"① 曹文轩在肯定商业化写作合理性的同时，认为儿童阅读生态失衡是大众文化背景下社会思潮导致的结果。

儿童文学学者朱自强认为，艺术儿童文学与通俗儿童文学是两种有所区别的文学类型，并不存在艺术上孰优孰劣的问题。"我们应该避免犯两种错误：一个是以为只要是艺术儿童文学，就一定高于通俗儿童文学，持这种艺术偏见，就可能出现拿三流甚至不入流的所谓艺术儿童文学打压一流通俗儿童文学的怪现象；另一个是忽略通俗儿童文学也有一流、二流、三流之分，即通俗儿童文学也有不可降格以求的艺术标准，并不是畅销了，作品就一定非常优秀。坦率地说，如果以日本作家那须正干、山中恒等人的通俗儿童文学所达到的艺术水准来衡量，杨红樱的通俗儿童文学作品，如'淘气包马小跳'系列，需要斟酌、推敲之处实在也为数不少。"② 朱自强更倾向于从儿童文学自身艺术规律的角度去讨论颇具争议的"杨红樱现象"，在他看来，艺术儿童文学与通俗儿童文学遵循的是不同的艺术创作规则，应该以各自的艺术品质标准对具体的作家、作品做出评判，而不是将两者混为一谈。朱自强的观点是基于

---

① 详见 2005 年 11 月 23 日《中华读书报》，《童书：谁能 PK 哈利·波特——专家研讨中国儿童文学新主流阅读》一文中的作家发言。

② 朱自强：《"分化期"儿童文学研究》，接力出版社 2013 年版，第 7 页。

对新世纪中国儿童文学发展走向的一种判断，他认为新世纪以来中国儿童文学正处于"分化期"内，艺术儿童文学与通俗儿童文学的分流，是"最有意味、最为复杂、最大的变化"，而这种变化正是儿童文学"走向成熟的必由之路"。

这些思想交锋虽然发生于出版界、文学界的专业圈子里，但却会对现实社会中的童年文学生活产生重大的影响。社会公众无法去透彻了解童书出版业背后的商业运作机制，更难以体会出版业者面对激烈市场竞争的经营苦衷，普通读者面对的是各种利益和思想博弈之后推向市场的文学产品。这些产品的品质一方面是当下文学生活的一个表征，另一方面它也在建构着未来的文学生活面貌。

（三）在商业利益与文化责任之间寻找平衡

我们可以从诸多方面赋予儿童文学在童年成长中的意义，语言的发展、思想的熏陶、审美能力的提升、内在精神的涵养等，都可以被纳入其中。日本儿童文学研究者上笙一郎对儿童文学的精神价值有过这样的论述："儿童文学要使儿童读者达到的，是具有健全的理性和判断力，富于丰富的感性的境界，就是说，要使灵长类的人类的能力得到最高度的发展。所谓引导儿童发育成健全的社会的人，如果儿童生活在其中的现实社会是完全理想的，在这种情况下，就是要使儿童成长为一个能享受人生全部价值的成熟的人。反之，如果国家社会有缺陷、不理想，那就是要培养儿童具有认清这种社会本质的能力和克服社会缺陷的理性的力量和行动力。"①

上笙一郎从理性和感性两个方面，赋予儿童文学在个体人生价值建构以及社会改造方面的意义。儿童文学是否能够像他所言可以对社会生活发挥如此巨大的现实力量，尚值得商榷，但他对儿童文学精神向度的高度肯定，是值得敬佩的，应当成为我们思考儿童文学出版如何平衡商

---

① ［日］上笙一郎著，郎樱、徐效民译：《儿童文学引论》，四川少年儿童出版社1983年版，第12页。

业利益与文化责任的重要思想参照。

在出版业高度市场竞争的格局下，让每一本书获利成为出版业者最为基本的生存之道，同时，传统出版业还要与数字网络传媒争夺消费者。在此情形下，理论形态上的儿童文学理想如何在现实的商业环境中得以实现呢？与其从理论上空泛地讨论文学与商业孰轻孰重、谁是谁非，不如从某些业已存在的出版个案中，了解有文化抱负的出版人是如何在市场环境中寻求商业利益与文化责任之间的平衡。

日本图画书之父松居直在二战后极为艰难的条件下，投身图画书出版事业。1951年他与零售书店店长佐藤喜一一起创办了福音书馆，两个对出版编辑业务毫无经验的年轻人，怀抱通过儿童文化促进国际和平与理解的热情，持守高度尊重儿童的出版理念，不但在商业上取得了巨大成功，而且还发掘、造就了赤羽末吉、长新太、安野光雅等一批产生国际影响力的图画书作家，使日本的图画书艺术水准获得了世界性的声誉。松居直的图画书事业深刻改变了几代儿童的童年文学生活，他所倡导的亲子共读图画书、用图画书为童年幸福奠基等儿童阅读观念，获得了广泛的认同。传达他独特的编辑、出版理念与儿童阅读理念的专著《我的图画书论》《幸福的种子》《绘本之力》等，在推动中国图画书的创作、出版和阅读推广中发挥了十分重要的影响。

创业之初，松居直面临着极为严峻的市场考验，当时日本的经济尚处战后的恢复阶段，读者还难以接受文字不多、价格较高的图画书，1956年创办的日本第一本图画书月刊《儿童之友》就几次陷入了濒临停刊的境地。就是在经营最为艰难的情况下，松居直也没有放弃自己的出版理想，始终坚持以最为严格的标准来要求作者。中谷千代子曾经是一位毫无知名度的画家，松居直被她执着的创作热情所感动，答应让她尝试将好友岸田衿子的故事诗创编为图画书。唯一的要求是，无论修改多少次，无论花多长时间，必须修改到令人满意为止。画家尝试了水彩、水粉等多种技法，历经六稿才获首肯。就在画家以为大功告成之时，松居直又提出了新的要求，他希望画家能以创作油画的方式重新绘图，使故事中狮子百兽之王的风范得以更加淋漓尽致的呈现，以超越以往图画书中的狮子形象。这样一次近乎严苛的创作历程催生出了《狮子的王冠》这本优秀图画书，也使日本图画书界收获了一对难得的图文作者搭档。她们的作品不但在国内市场上获得了读者的认可，而且还受到海外同行的关注，先后被译介到瑞士、法国、美国，成为日本原创图画书在海外翻译出版的先驱作品。在这一成功的图画书出版案例中，除了对图画书品质的高度责任感之外，编辑者发现创作新人的独到眼光，对图画书艺术技法的熟稔把握，独具的审美判断力和敏锐的市场直觉，都是不可或缺的条件。松居直的儿子曾撰文回忆父亲的创业经历：

> 父亲有几个常挂嘴边的词，这我从小就听惯了。其中父亲爱说的词是"创造性"。记得父亲常说："如果要做，就做创造性的工作。"创造性的工作是什么意思？如今我认识到这是一个心灵的问题。当人遵从心灵的召唤生活的时候，他的人生，自然而然就成为创造性的，我想，父亲在说要创造性地生活的时候，其中就包括了要无悔地度过一生的意思。另一个父亲常说的词是"商业"。使我最佩服的是父亲作为商人敏锐的感觉和机智。他把握时代动向的眼光之准确，同时不以商业为目的，而是作为手段的生活态度，令人感到作为真正的商人的气魄和自豪。这里面有着商业的真髓不是积累钱财，而是通过创造性地使用金钱来发展文化的独特哲学。①

松居直的图画书事业是在日本战后阅读文化和出版商业都不太发达的情形下起步的，先行者遭遇的寂寞、艰辛是获得成功的必由之路。松居直的人生观、文化理想和商业智慧对后来的出版人具有重要的借鉴意义，但他的创业历程和人格魅力毕竟难以复制。发生于中国出版市场竞争环境中的某些个案，对于我们思考童书出版商业利益与文化责任之间的关系，更具参考价值。

2011 年，浙江少儿出版社推出了一套《名家文学读本》（以下简称《读本》）系列，遴选了鲁迅、老舍、丰子恺、叶圣陶、冰心、巴金、萧红、朱自清、沈从文和汪曾祺共十位名家的经典作品。在幽默搞笑备受

---

① 季颖：《书背后的故事——松居直和他的图画书》，《书屋》1996 年第 6 期。

推崇、校园小说风行一时的儿童阅读氛围中，这样的出版选题显然是要承担一定市场风险的。这些名家作品的文学价值不言而喻，是童年文学生活不可或缺的内容，但这些作品所反映的时代生活、所传达的思想情感都与当下儿童读者有着较大的距离，作品的语言表达风格也使小读者难以进入一种"畅快"的阅读状态。这套颇具文化含量的儿童读物要想获得市场成功，尤其需要精心的编辑策划与营销推广。

在编辑方式上，《读本》将名家的经典作品按主题整合为若干单元，精心撰写导读文字，在文后设置能引发小读者思考的小问题或小话题。同时为读本配置了知名画家的插图，书中还附有相关纪念馆、研究会和名家后人提供的资料照片，拉近了小读者与文学大师之间的距离。以《小学生鲁迅读本》一书的阅读推广为例，为了帮助儿童读者更好地理解鲁迅所构筑的文学世界，出版社邀请此书的编著者举办公益讲座，还推出了"跟随名师脚步、游学名家故里"的专题活动，组织小读者赴绍兴游学，亲身感受鲁迅笔下所描写的童年生活，小读者穿上鲁迅童年时代的私塾长袍，聆听编著者上的别开生面的鲁迅作品鉴赏课。富于创意的营销活动，使这套读本获得了读者和学界的认可。《读本》的编著者由知名学者和一线教师共同组成，通过参与选编及后期的推广工作，教师的文学教育理念在《读本》中得以体现，教学能力在公众演讲的平台上得以延伸。出版机构投入资金和人力开展的一系列阅读推广活动，在促进《读本》市场销售的同时，也凝聚了一支来自童年文学生活现场的编著者队伍，这无疑是一项十分有眼光的经营行为。

儿童文学是实现两代人之间精神与审美对话的桥梁，而这一桥梁的搭建离不开儿童文学出版业的市场运作。出版人身负着双重的职业使命，他们在运用商业智慧创造经营业绩的同时，还必须坚守儿童文学出版物的精神向度和美学追求，并通过编辑策划、行销推广等具体的运作流程，使两者获得有效融合。让儿童文学的精神理想成就儿童文学出版的商业成功，应是童书出版业者追求的最高境界。有研究者指出："对于儿童文学出版来说，社会责任的承担并不仅仅意味着牺牲经济利益，相反的，从更长远的时间段来看，前者在推动经济利益方面有着经济牟利行为所无可替代的作用。我们看到，许多国内外知名的童书出版公司之所以获得读者的青睐，并非单单因为某种商业畅销书的成功，而往往与该出版机构长久以来在推动社会文化方面所表现出的责任感有关。"①

　　儿童文学出版业的经营业态形塑了当下中国童年文学生活的基本面貌。虽然某些非理性的商业操作行为引发了种种负面效应，但我们应该承认，童书市场的繁荣为当下的儿童读者提供了比以往任何时候都更为丰富的阅读选择，也带来了更为多样化的阅读方式，儿童的文学能力总体上得以提升。有了这样的基础，未来更富文化内涵、更具审美意味、更益于儿童精神成长的变革，才有实现的可能。

---

　　①　方卫平、赵霞：《论消费文化背景下的儿童文学创作与出版》，《南方文坛》2011 年第 4 期。

六　儿童阅读推广与童年文学生活

（一）儿童阅读推广的历史渊源与时代背景

新世纪以来，"儿童阅读推广""儿童阅读推广人""亲子阅读"等词汇在我们的社会生活语境中逐渐被人们所熟知。推动全社会重视儿童阅读，引导儿童热爱阅读、学会阅读，逐渐成为一种社会潮流，儿童、家长、教师和社会各界人士以极大热情参与到各种形式的阅读活动中。这就是人们通常所指的"儿童阅读推广运动"，也称"儿童阅读运动"。

有研究者认为："所谓儿童阅读推广，是指基于阅读对儿童所产生的巨大影响，秉持儿童阅读的正确理念，通过各种方法向儿童和有引导能力的成人介绍优秀阅读素材、阅读指导方法和阅读理念，逐步引导儿童爱上阅读，帮助儿童成为自觉的、独立的、热诚的终身阅读者，并同时改善儿童阅读环境的过程。儿童阅读推广，从对象上包括儿童和成人，从性质上表现为主动传播。"[1] 从中我们可以看出，儿童阅读推广的对象是儿童以及对儿童阅读发挥影响的成人；推广的内容是介绍优秀的阅读材料，传播正确的阅读方法和阅读理念；推广的目的是帮助儿童成为自觉的、独立的、热诚的终身阅读者。

需要加以说明的是，这里所讨论的儿童阅读的范围显然不仅限于儿童文学，儿童的阅读材料除了儿童文学之外，还应包括科学、历史、艺术、百科等其他类型的读物，尽管如此，儿童文学依然可以被看作是儿童阅读以及儿童阅读推广最为核心的内容。这首先是由于童年期是个体

---

① 朱淑华：《儿童阅读推广研究》，《新世纪图书馆》2012 年第 3 期。

诗性思维最为活跃的时期，儿童读者对情节性强、富于想象张力的文学作品有着天然的喜好，优秀的儿童文学最能满足他们的审美需求。其次，为儿童出版的科学类、知识类图书，有的本身就是以文学的形式加以呈现的，如科学童话、科幻小说、科普散文等，可归属于"儿童科学文艺"。有的读物虽然不具备典型的文学形式，但照顾到儿童读者的接受能力和兴趣爱好，其间也往往包含着许多文学性的因素。再次，从研究者和推广者的人员构成上看，具有儿童文学背景的作家、学者在儿童阅读研究和儿童阅读推广中发挥了主导性作用，儿童阅读推广开展的各类阅读活动也多与儿童文学相关。可以说，新世纪以来蔚然成风的儿童阅读推广运动，在很大程度上重塑了中国当代童年的文学生活。

面对影响广泛的儿童阅读推广潮流，应该深入思考的问题是：儿童阅读是一个早已存在的事实，为什么会在世纪之交兴起这样一个对学校教育、家庭教育、儿童文学创作与出版以及社会相关领域产生广泛影响的社会运动？我们显然不能孤立地来看待这一现象，它的出现并非出于偶然，而是有着其自身的历史渊源和国际背景。

儿童文学是一个依据特殊的读者对象而划分出来的文学类别。中国儿童文学从发生期开始就十分关注儿童读者的文学接受问题，我们从中国儿童文学早期的理论文献中就可以看出这样的历史端倪。发表于1909 年 11 月《教育杂志》（第 12 期，作者未署名）的《儿童读书之心理》一文中，有这样的表述：

> 据各种统计表，自八岁至十九岁，儿童所读之书，以其所自喜者为最多。巴勒司及哮特华二氏则谓儿童读学堂指定之书者，非常之少。一九〇二年维斯昆新州各学堂堂长及教员，尝合设一中学堂用之藏书楼，备书千五百八十八册，其未经选定者，则不许购入。此实不解儿童读书趣味，妄加限制之过。吾恐其中所备之书，多不适于儿童。欲求有益于儿童，则不可不视儿童之意见行之。①

----

① 王泉根评选：《中国现代儿童文学文论选》，广西人民出版社 1989 年版，第 15 页。

作者认为儿童阅读应首先照顾到儿童自身的兴趣，而不是成人的意见，并对美国维斯昆新州（今译威斯康星州）学校图书馆忽视儿童读者现实需求"其未经选定者，则不许购入"的做法给予了批评，指出"欲求有益于儿童，则不可不视儿童之意见行之"。在清末（宣统元年）这样的社会历史背景下，此番见解已具相当的"先锋"色彩。直到如今，儿童对读物的自主选择权也是一个尚未得到很好解决的问题。

孙毓修在《童话》（载 1909 年《教育杂志》第 2 期）序中，对《童话》编撰的用意、取材、体例、要求等提出了自己的见解。周作人的《儿童的文学》（载 1920 年《新青年》第 8 卷第 4 号）是作者 1920 年 10 月 26 日在北京孔德学校所做的演讲，该文系统阐释了现代儿童文学的基本观念，并较为详尽地说明了儿童期不同阶段（幼儿前期、幼儿后期、少年期）的心理特征以及对诗歌、寓言、童话、故事、戏剧各类文体的不同需求。茅盾的《论儿童读物》（载 1933 年 6 月 17 日《申报》）、郑振铎的《儿童读物问题》（载 1934 年 5 月 20 日《大公报》）、陈伯吹的《儿童读物的编著与供应》（载 1947 年《教育杂志》第 23 卷第 3 号）等，这些文章是中国儿童文学初创时期探讨儿童阅读问题的重要理论文献，从作者的身份看，都是当时深具影响力的社会文化精英。

除了一般性的社会传播外，还出现了一些以儿童教育工作者为对象的讲授、演说活动。商务印书馆于 1921 年在上海举办师范班暑期专修班，严既澄应邀以"儿童文学在儿童教育上之价值"为题向学员发表演讲，演讲稿后来在《教育杂志》上发表。他提出："人生在小学时期内，他的内部生命，对于现世，都没有什么重要的要求，只有儿童的文学，是这时期内最不可缺的精神食料。"郑振铎的《儿童文学的教授法》（1922 年）也是作者在宁波"夏期教育讲习会"上的演讲稿，该文从儿童文学教学的角度，就儿童文学的意义、特点、功能、选择和教法进行了全面的论述。这两次重要的演讲可视作 20 世纪 20 年代面向小学教师开展的儿童文学（阅读）推广活动。

从某种意义上说，中国的儿童阅读推广是和中国现代儿童文学的发生、发展相伴相生的，世纪之交兴起的儿童阅读推广运动是历史在新的社会文化条件下的复兴与延续。同时，我们还应看到，儿童阅读推广并不是仅发生于中国的孤立的文化现象，它在世界范围之内也已经历了半个多世纪的发展历程。尽管世界各国在开展儿童阅读推广时所使用的名称各异，但其实质是相同的，中国的儿童阅读推广是世界儿童阅读运动一个组成部分。

1953年成立于瑞士苏黎世的"国际儿童读物联盟"（IBBY）就是推动世界范围内儿童阅读运动的重要国际性组织，如今已拥有七十多个国家分会，各个国家的分会通过不同的组织方式开展工作。该组织的可贵之处在于"它不仅代表了那些在图书出版、文学创作以及文学理论研究都很发达的国家，还代表了其他一些国家。在这些国家中，只有少部分富有献身精神的专家在积极倡导儿童图书的出版和宣传"。IBBY的个人会员包括作家、插图家、出版商、编辑、翻译家、新闻工作者、评论家、教师、大学教授、大学生、图书管理员、书商、社会工作者以及家长等。作为一个在联合国教科文组织和联合国儿童基金会有正式地位的非政府组织，IBBY在儿童图书阅读的倡导方面发挥了决策者的作用。由于IBBY的不懈努力，联合国1990年批准的《儿童权利公约》中，写入了要求"所有缔约国鼓励儿童读物的创作和普及"的条款。IBBY还与许多国际组织和全球的儿童阅读机构进行合作，并在意大利博洛尼亚国际少儿图书展和其他的国际书展上举办展览。①

各国政府和民间组织发起的旨在推动儿童阅读的法案、计划也是世界性儿童阅读运动的重要构成。以下是一些国家推动儿童阅读运动的概况：

美国促进阅读运动——美国在克林顿时期有"美国阅读挑战"运动。在布什时期，提出"不让任何一个孩子落在后面"的教育改革方案，并将"阅读优先"作为政策主轴，提拨了50亿美元的经费，希望在5年内让美国所有的学童在小学3年级以前具备基本阅

---

① 参见方卫平主编：《走进国际儿童读物联盟》，安徽少年儿童出版社2014年版，第1～2页。

读能力。

日本促进阅读运动——1997年日本修正"学校图书馆法"，规定学校规模只要超过12个班，都必须指派学校图书馆员。2001年底，"日本儿童阅读推进法"颁布，指定每年4月23日为日本儿童阅读日。

英国促进阅读运动——英国自1998年9月起就打出"打造举国皆是读书人"的口号。他们认为必须动员学校、家庭、图书馆、企业、媒体，共同推动阅读运动才能收效。2006年6月，英国女王官方生日的主要活动就是阅读推广，让小朋友与经典童话中的人物形象在一起互动，女王说，就是为了"让孩子们重拾经典"。

发展中国家促进阅读运动——如墨西哥、印度、波兰、蒙古等，由政府和民间各种基金大力支持，积极推广阅读。在这些国家，阅读不仅是提升青少年阅读水平、开发智力、汲取精神营养，而且还是传承民族文化的重要桥梁。同时把阅读看作公民享受教育权利、参与社会政治生活、消弭教育鸿沟、紧密家庭关系、关心弱势群体的重要手段。①

中国的儿童阅读推广在世纪之交蔚然成风，除了受国际大环境的影响之外，还有着与自身国情相符合的时代背景。三十年改革开放使中国的综合国力大增，社会消费水平大幅提升，国民对文化生活提出了新的要求。如何在快速变幻的消费浪潮中，通过阅读重建人们的精神生活，引发了社会各界的普遍关注，儿童阅读推广是全社会普遍性阅读推广的一个组成部分。

20世纪90年代中期以来，中国教育界对素质教育的倡导，尤其是1997年发起的对中小学语文教育弊端的批判，以及新世纪开始实施的基础教育课程改革，也都为中国的儿童阅读推广提供了重要助力。

随着电脑、网络的普及，丰富的图像、影像传媒成为人们获取信息

---

① 参见2009年6月1日《中国新闻出版报》，《世界各国的推广儿童阅读运动》一文。

的重要方式，手机信息平台更是让整个社会进入了"微阅读"时代。在此情形下，人们也开始思考传统文本阅读对于人的深度精神建构的重要意义，希望借此弥补多媒体环境下"浅阅读""碎片化阅读"的不足。家长和教师更是从儿童语言能力发展和人文素质培育这一角度上，对传统的文本阅读赋予了更多的价值期待。

（二）教师参与的儿童阅读推广

教师与童年生活的关系十分密切，儿童进入学校教育后，他们与教师相处的时间甚至超过了父母。教师工作对儿童身心发展的影响是不言而喻的，课堂教学的内容与形式、班级工作的开展、课外活动的组织、与孩子的个别交流，都会在童年生活中留下深深的印迹。按照通常的逻辑，教师本该是健康的童年文学生活的积极建构者，系统化的学校管理和教师自身的专业素质，也赋予教师从事这项工作以极大的便利条件。向儿童推荐优秀儿童文学读物，传递符合儿童心智特点的阅读方法，组织丰富有趣的阅读活动，本是教师工作的一项重要内容。而实际的情况并非如此。由于在 1949 年之后的很长一个时期内，儿童文学在高等教育的学科体系内被严重边缘化，很多师范类高校的中文与教育专业不开设儿童文学课程，导致很多教师在接受专业教育的过程中，没有系统地接触过儿童文学作品与相关理论，更谈不上具备儿童文学教育的专业能力。这一状况使很多小学语文教师向学生所传达的儿童文学信息，仅局限于语文教科书中的课文，难以对学生课外的儿童文学阅读进行有效的指导，有的老师儿童文学的阅读量甚至比不过阅读精力旺盛的学生。因而，在儿童阅读推广开展的初期，本该是儿童阅读推广重要推动力量的教师，首先成为了接受推广的对象。最早开始从事儿童阅读推广的主要是儿童文学作家和学者，他们凭借自身丰富的创作经验和专业学养，意识到必须通过广泛的社会化传播，才能使优秀的儿童文学真正走进童年的文学生活。

2004 年，著名儿童文学作家梅子涵在一次儿童阅读论坛上发表了富有感性色彩的演讲，他借用英国作家史蒂文斯的儿童诗《点灯的人》

中点灯人的形象来比喻从事儿童阅读推广的人士："我老说，我们这些人，是有些像李利的，也是点灯的人，把一本本有趣也耐人寻思的书，带到孩子们的面前，让他们兴致勃勃地阅读，朦朦胧胧间，竟然使他们一生的日子都有了方向，我们点了很多盏让人长大的灯，让人优秀、优雅和完美。"①"点灯人"后来也成为"儿童阅读推广人"的一个代称。近年来，儿童文学、儿童阅读的讲座、论坛吸引了众多的小学、幼儿园教师参与其中，中外优秀的儿童文学所展示的优雅的文学气质、深厚的人文蕴含、富于童趣的故事情节，为本已对体制内语文教育深感不满的教师，打开了一扇全新的文学窗口，让他们深切地感受到儿童文学的独特魅力，他们中的很多人成为热情高涨的儿童文学读者，并通过课堂将中外优秀的儿童文学带给了学生。

经过早期的儿童阅读推广启蒙，一批优秀的小学语文教师逐渐成长为具有一定社会影响力的"儿童阅读推广人"。在《中国教育报》评选出的"年度十大读书人物"中，就有不少是在儿童阅读推广中取得重大成绩的小学语文教师。例如：窦桂梅（2004 年，清华大学附小副校长）、袁晓峰（2006 年，深圳市后海小学校长）、薛瑞萍（2006 年，安徽省合肥市第 62 中学小学部语文教师）、周益民（2010 年，江苏省南京市琅琊路小学语文教师）、周其星（2012 年，中央教科所南山附属学校教师）等。这批教师在儿童阅读推广中的成长，使中国儿童文学与儿童教育的关系发生了悄然的变化。不少对儿童文学的价值有深刻理解的教师、校长，以自己授课的班级或管理的学校为平台，在现行的教育体制内为孩子建构起一个体现童年关怀与人文精神的童年文学生活圈。他们在学校管理制度尚可允许的范围内，尽自己所能为儿童创造了接触儿童文学、认识儿童文学、讨论儿童文学的机会。例如，利用早读课、班会课的间隙给学生介绍优秀的童话、童诗；把经典儿童文学读物引入班级图书角；在不影响课文教学的情况下，利用课堂时间讲读儿童文学；鼓励孩子在课外多读儿童文学等等。这些行为起初大多属于教师个人的自发行为，在形式上也较为简单，带有较大的随意性。随着探索的不断

---

① 梅子涵：《阅读儿童文学》，少年儿童出版社 2008 年版，第 1 页。

深入，在校园内悄然进行的儿童阅读推广，产生了越来越大的影响，部分优秀教师将儿童文学与语文教育有效结合所取得的教学成果，也开始被同行们所关注，进而吸引更多教师参与到这项带有民间自发性质的儿童阅读变革中来。

"班级读书会"就是近年来教师从事儿童阅读推广收获的一项重要成果，它最初源于语文教师不满现行教科书容量过于单薄、精神内涵过于苍白的状况，尝试将完整的一本儿童文学作品带入语文教育中。经过几年来的不断探索与完善，形成了多种形态的读书会模式。有的是在儿童自由阅读的基础上，由教师组织阅读交流活动；有的则是全班共读一本书，教师专门设计课程与学生讨论相关的问题，引导学生对文本进行深入思考和多元理解；还有的是让家长与孩子共读一本书，一起参加读书会的讨论等等。这项探索目前还在持续中，不断有新理念、新内容、新方法被提出。"班级读书会"尽管在实践中还存在不少问题，也尚未被主流的语文教育完全接受，但这项由儿童阅读推广所引发的语文教育改革已经拥有了越来越多的追随者，至少在以下三个方面对童年文学生活产生了积极影响：

其一，"班级读书会"将个人化的文学阅读行为与集体化的语文教育活动加以有效整合，使儿童文学阅读不再仅是儿童独自一人的精神享受，儿童还可以通过多种渠道与同伴分享自己的文学理解，并从他人的反馈中，确证或调整自己的文学理解。

其二，"班级读书会"在极大激发儿童的文学阅读潜能的同时，也激发了教师创新语文教育的动力。它改变了以往师生的文学视野共同被为数不多的短篇课文所限制的局面，使儿童文学以"书"的形式走进了语文课堂。

其三，"班级读书会"也改变了童年文学生活的境遇。过去有可能被长辈贬斥为"读闲书""看杂书"的文学阅读行为，如今堂而皇之地走进了语文教育现场，儿童文学阅读的正当性获得了普遍认可。

随着儿童阅读推广影响的日益扩大，尤其是一批富有创意、扎实厚重的教学成果的取得，儿童文学对儿童语文教育濡染式的改造效应已逐步显现了出来，儿童阅读推广所倡导的理念与方法逐渐获得了主流语文教育的认同，儿童语文教育出现了一些令人欣喜的变化。例如，开设独立的阅读课，编写儿童阅读校本教材；在教学公开课上展示课文之外的儿童文学教学；将学校图书馆的资源建设与儿童阅读活动的开展相结合；开展以童诗、童话为主题的校园文化活动等。最初以民间形态存在的儿童阅读推广活动，悄然推动了近十年来体制内的语文教育改革。现在的儿童阅读推广已不再是简单地为学生推荐几本课外读物，而是被逐渐嵌入语文课程的体系中，成为优化小学语文教育的重要助力。尽管从儿童语文教育的全局上看，传统的力量依然强大，儿童阅读推广还会不时地与长期形成的各种体制积习发生矛盾冲突，某些不合理的、低效的语文教育方式仍很盛行，教师的儿童文学素养也还有很大的提升空间，但变化毕竟已经开始，未来更大的变化值得期待。

近十年来，参与儿童阅读推广的教师群体的社会定位也在发生着不断的变化。从最初作为接受儿童阅读推广的对象，到后来成为向儿童推广阅读的"推广人"，进而把自己的推广经验向更多的同行教师和社会公众传达。在获得广泛社会认可的情况下，有的推广人还成立了个人工作室或专业的阅读推广机构。儿童阅读推广运动在造就了一批优秀语文教师的同时，也为推广运动本身培养了大批优秀的推广者。拥有丰富实践经验、怀抱以阅读改变童年生态理想的教师群体的出现，对儿童阅读推广未来的走向无疑将产生深远的影响。

（三）父母参与的儿童阅读推广

如果说教师参与儿童阅读推广在很大程度上是出于职业的需要，那么，父母的参与则更多的是出于爱孩子的生命本能。给年幼的孩子购买故事书，在晚间或其他的闲暇时间给孩子讲故事，上学后让孩子拥有课外文学读物，这是发生在很多中国家庭中的寻常事。但在儿童阅读推广尚未形成一个社会潮流之前，父母的这些行为大都具有自发性与偶然性的特点，童年文学生活在家庭环境中的面貌，在很大程度上取决于父母自身的教育观念、文学修养和经济条件等先在因素。

儿童阅读推广的广泛普及对父母产生了不同层次的影响：1. 让父

母更为深刻地认识到从小养成儿童阅读习惯的重要意义，愿意在孩子的阅读上投入更多的时间与精力；2. 意识到儿童文学作品的内在品质存在很大差异，触动他们开始关注作品的时代特征、作者背景、译者水平、版本优劣等相关信息；3. 一些父母为了了解孩子阅读的真实情况，自己也成为中外经典儿童文学的热心读者，并获得了出乎他们意料的阅读愉悦体验；4. 出于弥补自己童年时代与优秀儿童文学失之交臂的遗憾，同时也为了获得更多有益于自己孩子成长的阅读信息，部分父母积极参与各种形式的儿童阅读推广活动；5. 少数父母在儿童阅读推广中获得了很高的自我成就感，成为有社会影响力的阅读推广人，有的还成立了专业机构，将儿童阅读推广作为个人的一项事业来经营。

父母积极参与儿童阅读推广使童年文学生活的品质有了很大提升，一些文化层次高、有着良好家庭教育意识的父母，接受了儿童文学作家、学者和教师的建议，开始为孩子购置独立的书柜，安排睡前的故事时间，陪孩子逛书店买书、上图书馆借阅图书，与孩子沟通阅读体会，制订以阅读为主题的家庭旅游计划等等。同时，儿童阅读推广也为家庭间联谊关系的建立提供了条件，父母们交流陪伴孩子阅读的经验，组织家庭间的阅读活动，这无疑为都市中的独生子女提供了一个非常宝贵的社交平台。应该说正是社会性的儿童阅读推广运动才使父母成为童年文学生活的自觉建构者。

亲子关系是一种以血缘为基础的社会关系，父母介入孩子的阅读活动首先是在家庭这个层面上展开的，然后才逐渐地拓展到家庭之外的公共领域。虽然家庭中的亲子共读现象早已有之，但近年来在儿童阅读推广潮流的推动下，"亲子阅读"还是被当作一项拥有全新含义的事物，获得很多父母的观念认同与实践参与。有研究者对亲子阅读做出了这样的概念界定：亲子阅读是指"在家庭场景里，在亲情关系的牵引下，为了儿童的心智成长，父母进行的，以儿童文学阅读为主的教育实践"[①]。从亲子阅读的主体关系上看，家庭的确是开展这一阅读活动最为适合的场所，在亲子阅读尚未成为儿童阅读推广的一个专有概念之前，自然状

---

① 谭旭东：《营造良好的亲子阅读环境》，《中国德育》2014 年第 3 期。

态下的亲子阅读行为也主要发生在家庭中。但近几年的儿童阅读推广已经使亲子阅读突破了家庭范围的界限，成为一项社会性活动。不少公共图书馆、阅读推广机构以及幼儿园、小学都推出了亲子阅读项目，通过举办各种主题活动，为父母和孩子创设一起参与阅读的机会和环境，希望借助此类活动，传播以家庭为单位的亲子阅读理念和方法，让父母和孩子共同接受儿童文学的阅读启蒙。要对处于发展变动中的亲子阅读进行严格的理论界定，目前还存在一定的困难，但在丰富的实践层面上表现出来的某些规律性特征，还是有必要获得及时的理论梳理。

其一，亲子阅读在学前教育阶段得到父母更高程度的认同。

低龄儿童由于尚未形成成熟的阅读能力，他们对于阅读材料（尤其是文字型阅读材料）的接受还依赖于父母的帮助。文字型幼儿文学也被称为"听赏性"文学，通常是由父母以口语的形式传达给幼儿的，大多数幼儿文学作品的语言具有较强的可讲述性，以幼儿文学作品为文本基础的故事讲述成为很多年轻父母的日常功课。广义上说，亲子阅读至少在幼儿文学接受领域中是"早已有之"了。不过，当下倡导的"亲子阅读"还是赋予这种传统的家庭阅读教育以新的内涵：父母对读物的品质有了更高要求，读物的作者身份、文学品位、语言表达、印刷品质等都成为父母购书时考虑的因素。接受过早期阅读观念启蒙的父母，逐渐摆脱了借助故事讲述让孩子识字的功利性教育行为，更加注重孩子阅读过程中的情感体验与和谐亲子关系的营造。经典幼儿文学所展现的艺术高度和精神气质，也使曾经十分盛行的、动辄对孩子进行道德说教的灌输式阅读现象有所改善，幼儿文学的美学价值获得更高程度的认可，游戏和娱乐功能得以提升。

其二，图画书的普及是亲子阅读获得广泛认同并走向深化的重要推动力量。

新世纪以来，国外经典图画书的大量引进与本土图画书创作的繁荣，为都市家庭提供了新型的儿童阅读材料。经过近年来的儿童阅读推广，图画书独特的艺术魅力以及对儿童精神成长的重要价值已被越来越多的父母所认识，图画书自身的艺术特质决定了它比其他读物更为适合开展亲子阅读活动。正如培利·诺德曼所言："图画书很清楚地被当作儿童书来看待，就是因为它针对具有童心的读者在说话，这个性质就是年轻、单纯、有活力。但是，吊诡的是，就视觉符码和语言符码的理解来说，阅读图画书还需要有丰富的学养，才能充分理解……那就是说，图画书的蕴含观者一方面得是学养丰富的人，另一方面又要是天真直率的。"①

图画书形式丰富的图文互补式表达，使父母与孩子共同参与的阅读过程充满了惊喜与挑战。作为成人的父母对图画书中的插图大多抱有观赏性的态度，更在意画面的美感、构图的新奇等美术元素。而儿童则具有捕捉画面细节的超凡能力，在画面中暗藏文字不加陈述的细节正是经典图画书的一大特征，亲子之间这种读图能力上的差异，往往会给孩子和父母带来双重快乐，孩子会为自己的独特发现而得意，父母则会在自叹弗如中感慨童心的可贵。除了有益于培育亲子情感、促进儿童阅读能力发展之外，与孩子共读图画书对父母还有另一层面的特殊意义：在肤浅、庸俗图像信息充斥的时代氛围中，经典图画书隐含的深刻哲理意蕴，让身为成人的父母获得一种高雅、愉悦又可引发人生思索的"读图"体验。图画书亲子阅读给父母带来的精神获益，体现了当代儿童文化对成人文化某种意义上的濡化与改造。

其三，亲子阅读可以延伸至孩子独立阅读能力形成之后的观念被更多人所接受。

以往父母对亲子阅读抱有的最大偏见是亲子阅读只适合学龄前儿童，一旦孩子获得了独立的阅读能力，这种阅读方式就应当停止，否则容易造成孩子在阅读上对父母的依赖。现在已经有越来越多的父母认识到，亲子阅读不应局限于学龄前儿童，它至少可以延续至整个小学阶段。亲子阅读可以帮助这一阶段的儿童从"听赏""读图"的阅读状态顺利过渡到成熟的文字阅读。亲子阅读也适合小学阶段的图画书阅读，随着孩子年龄渐长，亲子间关于图画书内涵意义的交流也会走向深入。念书给孩子听也是小学阶段亲子阅读可采用的方式，父母的口语传达有

---

① ［加］培利·诺德曼著，杨茂秀等译：《话图：儿童图画书的叙事艺术》，台湾财团法人儿童文化艺术基金会 2010 年版，第 72 页。

助于孩子把握听觉形态的文学美感，体验母语特有的音响质感。小学阶段的亲子阅读还是父母了解孩子童年成长状况的重要途径，父母可以从孩子自主选择的阅读书目中体察孩子心智状态的变化。

父母对童年文学生活积极介入的正面意义是显而易见的，其负面影响却往往被人们所忽视。在家庭经济收入增加的背景下，父母对儿童阅读的重视，使儿童购买书籍的愿望很容易得到满足，过于丰富的读物资源反而降低了阅读行为本身的愉悦感，现在的孩子已经很难理解他们父辈在童年时代为得到一本心仪图书曾经遭遇过的曲折经历。有的父母在推动家庭阅读的过程中，忽视了自己孩子的个性特点与阅读兴趣偏好，盲从各类阅读书目和阅读方法指南，给孩子的阅读生活施加了不必要的压力。有的父母对家庭阅读抱有过高的期待，将家庭阅读设计成一项时段分明、程序严谨的系统性工程，孩子先读什么，后读什么，什么时间读，怎样与父母交流，该回答哪些问题，都被纳入了事先的规划中，本该自由随性、充满温馨气息的家庭阅读被异化为另类的应试教育。童年阅读的价值不应被忽视，但也不能被过度放大。儿童身体的运动舒展、自发的同伴嬉戏，甚至是毫无目的的闲逛、发呆，都应该是童年生活不可或缺的内容。童年文学生活是童年生活的重要组成部分，但不是全部。儿童阅读推广引发的负面效应，应成为儿童阅读研究的一项重要课题。

中 篇

❖ 童年文学生活的多维思考

  与童年文学生活发生关联的领域涉及面甚广，有的问题看似与此论题并不直接相关，而实际上却对童年文学生活的内容与方式发挥着潜在而深远的影响。本篇各章讨论的话题中，经典阅读、分级阅读、早期阅读直指研究的核心内容，如果将这些讨论看作是一种内在的本体研究的话，那么，本篇其他章节所涉及的儿童文学观念与艺术之间的互动关系、儿童文学的学科地位、教师阅读视野的建构，则可被视为一种外围的现象研究。此外，本篇通过对两个作家的具体作品的分析，探讨如何在儿童语文教育中兼顾文学品位与教育价值，以及儿童文学如何以稚趣的方式表达深刻的思想内涵，希望略带感性色彩的文本分析能够与严肃的理论思辨形成一种互补。

一　儿童文学：观念的制约与艺术的能动

　　长期与国际安徒生奖无缘，是中国儿童文学界的一个遗憾。文化的差异、语言的隔阂、观念的落后、评委的缺席，乃至政治的偏见，都可能是其中的原因。但作为一个被广泛认可的国际性文学奖项，作品的艺术品质始终是首要的考量因素。在为中国儿童文学走向世界付出种种努力的各个选项中，回归文学本位，思考中国儿童文学艺术品质与世界水平之间的真实差距，应是不可或缺的一项。

　　传统文化的积习和意识形态的强势介入，曾经使当代中国儿童文学在很长一个时期内，一直生存在教训主义和功利主义的阴霾中。在新时期启蒙话语的洗礼下，文学观念的突破成为中国儿童文学发展的一个重要动因，这种突破在很大程度上是通过对"十七年"时期文学观念的反叛来实现的。当我们今天重新翻阅20世纪80年代那些充满理论创新激情的文章时，不难发现，当时的论者大多将那个特殊的文学发展时期留下的种种艺术创造上的遗憾，归咎于政治因素的干扰以及由此导致的文学观念的落后。这样的判断并非没有道理，但却不够全面。任何的理论创新在塑造自身阐释力的过程中，难免要对审视对象的诸多要素有所选择，只有对某些要素的专注积累至一定程度时，新的观点才可能破茧而出。而这种出于理论建构需要的选择，意味着对研究对象另一些因素的忽视和遮蔽，从这个意义上说，任何的理论创新都难免带上某种片面性，需要经过一定时间的沉淀之后，做出某种修正。

　　如果我们过多地将"十七年"时期儿童文学的不足，归咎于强势意识形态压制下文学观念的缺失的话，就有可能忽视文学艺术自身的能动性，看不到艺术超越观念形态的自在力量。正如马拉美所说："诗不是用观念，而是用词写成的。"当文学家沉迷于对叙事话语本身的迷恋中时，文学话语常常能在一定程度上超越文学家本人有意识或无意识的意识形态预设。①

艺术超越观念的现象在世界儿童文学史上并非特例。《木偶奇遇记》作者科洛迪的创作观显然是教训主义的，马尔夏克、盖达尔等苏联时代的儿童文学作家的创作无疑都带有强烈的政治倾向性，其宣传主流意识形态的创作观念也是十分鲜明的。但这并没有妨碍那些带着种种时代局限性的作品，获得跨越时空的传播价值。今天的读者在意的已不是作者最初的主题指向，而是作品本身的童年审美趣味所带来的阅读欢愉。看似"落后"的文学观念何以能够创造出经典性的作品，这种现象背后所蕴含的文学艺术与文学观念之间丰富的关系层面，值得我们深思。

A. 马尔兹是 20 世纪 30 至 50 年代美国著名的左翼作家，他的作品大多着眼于表现资本主义社会底层民众所遭遇的苦难。二战后，在好莱坞从事电影剧本创作的马尔兹受到了清洗，于 1950 年以藐视国会的罪名被捕入狱。1951 年，《人民文学》（第 3 卷，第 6 期）刊载了他的两篇作品《马戏团到镇上来》和《世界上最好的工作》，在当时的政治语境下，编者的意图是明显的。《马戏团到镇上来》讲述兄弟俩得知马戏团到镇上表演的消息，耍尽各种小聪明，终于得到了帮马戏团搭帐篷以换取免费入场券的机会。12 岁的哥哥带着 7 岁的弟弟，在历尽千辛万苦之后，如愿以偿地走进了马戏表演场，就在期待已久的精彩节目即将登场之际，两个疲惫不堪的孩子实在抗拒不住睡意的来袭，相互依偎着熟睡了过去。如果我们暂时撇开作者的背景和创作动机，我们很容易将其视为一篇关于孩子的梦想得而复失的儿童小说。两个孩子在强烈愿望驱使下的艰辛劳作和未能享受劳动成果的遗憾，通过作者幽默而略带伤感笔调的书写，构成了作品具有普遍意义的童年审美价值。这样的解读显然与作者揭露资本主义社会的剥削无处不在，连孩子也不放过的创作意旨形成了鲜明的反差，而这种反差恰恰彰显了文学艺术内在的规定性对于作家创作意识的一种反叛与超越。

"十七年"时期的中国儿童文学中，这种源自作家内在艺术天分的

① 参见朱国华：《文学与权力》，华东师范大学出版社 2006 年版。

超越性尽管存在，却没能显示出足够强大的反叛力量。任大霖的《蟋蟀》是 20 世纪 50 年代一篇有代表性的儿童小说，作者通过孩子们参加农村集体劳动与玩斗蟋蟀游戏之间的矛盾，来展示新旧时代交替对儿童成长的影响。1991 年出版的《中国当代儿童文学史》在评价这篇作品时认为，作者在描写斗蟋蟀的场面时，新鲜亲切、饶有趣味，而对参加劳动的思想和场面的描写，则显得粗疏和呆板。"这说明作者善于驾驭的恰恰是他熟悉的充满乡土气息的儿童生活与儿童情趣。"① 对生活的熟悉与否并不能完全决定叙事的成败，从另一层面上看，这种描写上的不和谐恰恰反映了作家对儿童精神特质的真实认知与受制于主流意识形态的创作观念之间的矛盾与冲突，文学的艺术话语不自觉地对现实的政治话语提出了某种挑战，只是由于积淀于作者写作才华中的这种超越观念的力量还过于弱小，因而不足以对作品整体的艺术面貌产生根本性的影响。

翻阅"十七年"时期留下的大量儿童文学的"革命—建设"叙事文本，这种本真的童年叙事与功利的政治叙事之间的不和谐是一个十分常见的现象。一旦进入对敌斗争或革命建设的情境，作者的描述就显得十分粗糙，儿童形象就失去了童年生命应有的丰富性与独特性。而在描述非政治性的日常生活时，作家对童年生活的把握，即使以今天的眼光打量，仍不失其水准。对于当今的读者而言，这些作品显然已经不具备跨时空传播的可能。但是，从文学与文化研究的角度出发，对其进行文学史的梳理和再解读，却是一件有价值的事。重返历史现场是为了更好地观照当下。20 世纪 80 年代以来，中国儿童文学在观念层面上的突破与创新，应该说是取得了不少实绩。不论是文学创作观念、儿童阅读推广普及观念，还是儿童读物出版行销观念、对外传播观念等，都发生了深刻的变化，在某些方面已显示出与世界接轨的气象。笔者并不认为这种观念上的更新已无继续深化的必要，而是想强调，不应将中国儿童文学走向世界的希望过多地寄托于观念的更新，而忽略了文学艺术上的累积

---

① 蒋风主编：《中国当代儿童文学史》，河北少年儿童出版社 1991 年版，第 100 页。

与培植，这种忽视有可能影响我们对中国儿童文学与世界经典作品之间的差距做出准确的判断。

文学内在的艺术积淀，既是作家个人的文学禀赋与创作努力相融合的结果，也与作家所处时代整体的社会文化环境密切相关。中国现代意义上的儿童文学，自晚清至五四发端以来，已走过百年历程，不论是创作还是理论建设，都积累了相当规模的成果，但这些成果在很大程度上并没有转化为体现汉语叙事艺术特征、可资后人借鉴的文学传统，当下儿童文学作家在艺术上的某些突破，往往还是得益于从西方的儿童文学经典中汲取艺术养分。这种状况与中国现代儿童文学发展所处的时代背景有一定的关系。回溯百年历史，源自域外的早期艺术启蒙，开启了中国儿童文学与世界对话的通道。然而，当丰富而又庞杂的外来影响尚不及被充分消化之际，艺术上的追求就不得不让位于救亡与解放的现实需要。"十七年"时期，在相对封闭的环境中，政治话语对艺术话语的排挤，使作家的艺术创新受到了很大的限制，十年"文革"更是让儿童文学的艺术积累出现了完全的断层。20世纪80年代的启蒙岁月虽然美好却太过短暂，接踵而至的是90年代以来市场经济的冲击以及后现代消费文化对文学深度的消解。通过对历史脉络的简单梳理，我们发现，在中国儿童文学波澜起伏的百年历程中，能够留给作家较为从容地尝试各种艺术创造的可能、积淀自身艺术才华的时间并不多。因国家危亡与社会动荡造成的艺术传承上的断裂，影响了中国现代儿童文学自身艺术传统的形成。

巴西作家马查多是2000年度国际安徒生奖的获奖者。在获奖献词中，她对自己没有深陷文学的大众消费和批量生产模式深感庆幸，她引用1986年度获奖者拉伊森的话，表达了自己的文学创作心志："有着神秘洞察力的作家，把他们的观察变为故事，这是他们的需要，一种孤独的需要。"她认为，文学的价值在于能够与他人分享对生活的理解，"为此，我依赖书写的文字，依赖我的语言所给予我的资源。一切就来自这里——我与语言之间的恋爱关系。以这种爱和敬重的态度诉诸语言，才能讲述故事并建立起我自己的风格"①。马查多的表白展现了一位优秀儿童文学作家对艺术追求的执着与独到。

中国儿童文学若要获得世界更多的尊重，就需要构筑内在的艺术创造精神超越观念制约的力量。如果这种艺术上的超越力量能够与符合时代精神的各种文学观念形成合力，那么，中国的儿童文学或许就能够为世界儿童文学输送体现我们民族特色的文学传统了。

---

① ［巴西］安娜·玛丽亚·马查多：《关注那隐匿的》，见《长满书的大树》，湖北少年儿童出版社 2005 年版，第 216 页。

二 重新思考儿童文学的边缘化处境

童书出版的繁荣是当下一道亮丽的文化风景，在造就一批影响力甚高的童书作家的同时，也让相关的文化产业受益良多，儿童阅读推广运动的红火在很大程度上改善了童年的阅读生态，文学生产与消费的兴旺格局使中国儿童文学赢得了较高的社会关注度，但在主流文学领域中，儿童文学的创作、批评与研究依然身处边缘，常遭歧见。基于这一状况，儿童文学作家、评论家与研究者常常会在各种言说里自觉不自觉地流露出一种辩护者的姿态来。主流批评话语对浅语艺术深刻蕴含的无视，对以简驭繁的童年叙事特质的漠然，以及学术霸权导致的不合理的学科设置，都是经常涉及的辩护话题。在各种思想文化问题的讨论中，国内某一领域的现状一旦引入国际背景加以参照，往往都会反观出我们的诸多"落后"来，但沿用这一惯性思维来考察儿童文学时，似乎就显得不太灵验了。随着近年国际学术交流的频繁以及国外儿童文学理论论著的系统译介，我们豁然发现，儿童文学身处边缘并非中国特色，乃是国际惯例。

2008 年少年儿童出版社的"风信子儿童文学理论译丛"与 2010 年安徽少年儿童出版社的"当代西方儿童文学新论译丛"，为我们了解西方儿童文学研究的前沿信息打开了一扇富有学术分量的窗口。从西方学者阐释儿童文学相关问题的字里行间，我们亦可读出他们作为学科辩护者的姿态来。国际格林奖获得者彼得·亨特在《作者告诉我们什么》一文中称，在英国对童书作家的贬抑性评价是一个"稀松平常"的现象，为儿童创作常常被视为是二流作家的事，不值得严肃的艺术家加以关注。这给儿童文学作家造成了困扰，也让研究者深感不平："成人如此故意地弱化童年姿态的激烈程度是极端不公正的，是对童年是什么的一种令人发指的曲解。"① 美国大学体制中的儿童文学生存状态也无法令人乐观，作为一门教师教育的专业课程，儿童文学吸引了众多选课者，但任课教师往往都是副手，在讨论教师招聘计划和课程设置时儿童文学也常被忽视，缺乏高端的研究生课程和学术活动，与课程相关的图书资源数量稀少、内容陈旧。② 这是美国得克萨斯大学阿灵顿分校英语系研究生部主任蒂姆·莫里斯在《你只年轻两回——儿童文学与电影》一书中所描述的情形。

然而，就是在文学领地的边缘地带，欧美儿童文学的研究者们做出了令人敬畏的理论开拓。意识形态批评、女性主义、文化批评以及拉康的镜像理论、巴赫金的对话理论等，都得到了独到而深刻的运用，使儿童文学研究获得了理论深度上的掘进和研究视野上的拓展。富有创意的学术努力使这些理论在儿童文学领域中获得了释放其阐释能量的全新空间，反之，童年生命独特的心灵图景又丰富了这些理论话语的学术内涵。更为可贵的是，有的研究者对儿童文学身处边缘常遭曲解的现象并未止步于一般意义上的批评，而是将其作为一种文化现象加以考察。蒂姆·莫里斯在批评大学体制下儿童文学遭遇不公正对待的同时，指出"儿童文学从大学到小学的优先权递减"现象，实际上折射出儿童与成人之间复杂的文化权利关系。在对《黑美人》《鸡皮疙瘩系列》《秘密花园》等文本以及儿童电影和图画书的分析中，就渗透着论者关于文化权利关系的种种思考。③ 身处边缘非但没有导致研究品质的成色不足，反而促成了新的思想空间的拓展，这一点尤其值得国内研究者重视。从中亦可看出，所谓的中心与边缘反映的只是具体时代条件下受关注度的相对高低，而非价值的大小。

中外皆然的边缘化生态还为我们思考儿童文学提供了一个意味深长的启示：西方启蒙主义思潮开启的"发现童年"的历史进程至今还远未

① ［英］彼得·亨特：《作者告诉我们什么》，见《理解儿童文学》，少年儿童出版社 2010 年版，第 341 页。

②③ 参见［美］蒂姆·莫里斯：《你只年轻两回——儿童文学与电影》，少年儿童出版社 2008 年版。

结束，人类对自身生命成长初始阶段所倾注的智慧，相较于其重要价值而言尚不匹配，而这正构成了儿童文学依然值得创作者与研究者进行深度掘进的基本理由。要使这样一个独特的文学领域所蕴含的审美与文化价值得以充分发现，不但需要置身其间的儿童文学专业人士付出更有成效的努力，同时也呼唤着思想文化界对此投注更为丰厚的关注热情。《中国现代文学研究丛刊》（1997 年 1 期）曾开辟"儿童文学研究与儿童视角研究"专栏，呼吁研究者从现代文学发展的角度出发，参与到儿童文学的研究中来，但十几年后的今天，儿童文学与成人文学之间互通的格局并未完全形成。中国现代文学奠基者们对儿童文学的关注与亲历，曾经构成了五四新文学一道独特的文学与思想风景，遗憾的是，鲁迅、周作人、茅盾、郑振铎等先驱们当年对"小学校里的文学"所投注的博大的文化关怀，却没有在之后的中国现当代文学历史演进中，积淀为一种可贵的传统，这一点尤其值得当今作家与学者们慎思。

将儿童文学与成人文学置于平等的视域中，建立一种相互融通、互为支撑的文学关系，并不是要刻意拔高儿童文学的地位，更重要的是，这种文学关系的建立，可以为我们思考成人文学的某些现象提供独特的思想参照。评论家谢有顺在批评当代中国小说欲望化、碎片化的写作倾向时写道："这些年来，尖刻的、黑暗的、心狠手辣的写作很多，但我们却很难看到一种宽大、温暖并带有希望的写作，可见，作家的灵魂视野存在很大的残缺。只看到生活的阴暗面，只挖掘人的欲望和隐私，而不能以公正的眼光对待人、对待历史，并试图在理解中出示自己的同情心，这样的写作很难在精神上说服读者……'偏激的虚无主义'在作家那里一直有市场，所以很多作家把现代生活普遍简化为欲望的场景，或者在写作中单一地描写精神的屈服感，无法写出一种让人性得以站立起来的力量，写作的路子就越走越窄，灵魂的面貌也越来越阴沉，慢慢的，文学就失去了影响人心的正面力量。"① 我们不妨提炼一下这段引文中的关键词："尖刻、偏狭、阴沉、屈服感、虚无主义"，表明的是论者对当下成人文学创作的负面批评态度，而作为这种文学面貌对立面的

---

① 谢有顺：《从密室走向旷野的写作》，《文学报》2011 年 11 月 24 日。

"宽大、希望、温暖、同情心、正面力量"恰恰是优秀儿童文学最为基本的精神气质。儿童文学相较于成人文学，通常难以担当先锋的角色，在急剧变幻的文学潮流面前，往往显示出相对"保守"的面貌，这并非是儿童文学作家和批评家不思进取，而是因为作为儿童文学接受对象的儿童，相较于已经充分社会化的成人，其精神世界中隐含着某些人类文化"原型"性质的恒定因素，正是这种容易被误读为"保守"的恒定性，存留了文学最为基本的精神属性。当然，这并不意味着儿童文学（尤其是中国的儿童文学）已经具备了对成人文学发挥精神疗救的能量，但却可以为我们考察当下成人文学面临的问题提供一个新的思想维度。

作家的童年经验是文学研究的一个重要话题，目前的研究大多集中于探讨作家儿童时代身处的自然人文环境，经历过的家庭变故，遭遇的精神缺失以及由此生发的种种"情结"，还很少有关于作家童年文学经验的系统研究案例。文学审美接受在个体精神成长中发挥着重要作用，当下成人文学创作所呈现的面貌与这一代作家童年文学经验之间，有着不可割裂的内在关联性。童年文学经验在他们文学气质和文学观念的生成过程中，其影响是潜在而深远的。儿童文学构成了童年文学经验的重要组成部分，作家既往的童年文学经验，可以作为思考当下文学面貌的一个重要维度。而当下的儿童文学实际上正在建构未来作家的精神气质与艺术才华。从这个意义上说，儿童文学既是人类文学接受的发生学，又是标示文学可能发展方向的未来学。

如果将思考的视野稍加拓宽，我们会发现，和童年的文学经验发生密切关联的现象还有不少。自20世纪80年代"朦胧诗"退潮之后，中国新诗进入了多元共生的时代，诗人们在独语状态下展现强烈艺术个性的同时，也让新诗陷入"诗人多于读者"的尴尬之中，当我们对当代新诗的境遇表达忧虑之时，是否关注到了近些年来蔚为壮观的童诗创作热潮，遍布在小学校园中的小诗人们从小培育起来的诗歌审美趣味，完全有可能对未来新诗的创作与接受产生潜在的影响。多媒体时代快餐文化的泛滥，引发了"纯文学已经死亡"的无奈感叹，但我们是否注意到颇具声势的儿童阅读推广运动对经典阅读的坚守，而这也很有可能改变未来文学消费人口的构成比例。"普通学校教育训练出来的一般读写能力其实是会危害到小说作为一种艺术的未来，当小说去迎合流行口味，而儿童文学也去迎合更为低层的普通大众，这样便不可避免地导致文学的庸俗化。在此情况下，为了让儿童文学回归某种地位，于是儿童文学以往（至今仍是）被当作是培育有品位成人文学的沃壤。"① 西方学者对文学教育与文学发展之间的关联性思考，为我们重新认识边缘化生态中的儿童文学的价值提供了有益的借鉴。

对文学边缘（甚至是外围）地带的开拓，往往会给文学创作及研究引入新的动力源。晚清大众报刊的兴起对文学生产和消费方式的彻底颠覆，五四时期对传统民间文学以及世界弱小民族文学价值的发现，都曾经为中国文学的现代转型提供了强大的思想动力，现代意义上的中国儿童文学就诞生于这样一个文化眼光从中心向边缘游移的历史进程中。近年文化研究的热络，也是向边缘地带投射理论热情导致的结果。稿费制度、图书销售途径、大众文化消费偏向等，这些被文化研究视若珍宝的话题，在以文学史经典作品为中心，体现精英主义倾向的传统文学研究中，就曾被严重地忽视过。对边缘价值精彩发现的历史与现实，为我们思考当下儿童文学的境遇提供了深刻的启示。

儿童文学的边缘化生存状态并不是一个全新的话题，不少学者对此有过独到的思考。进一步探讨这一话题的目的并不在于改变文学系统的地位分布谱系，而是希望在一般的文学视野中，增添一份富含价值的童年精神。任何的文化生态圈都有中心与边缘的分野，儿童文学身处边缘有其历史的和文学内在的合理性，如果儿童文学身处文学的核心，反倒成了一种非正常的文学景象。对于中国的儿童文学界来说，既不能满足于社会认可度提升的表面风光，也不必太过在意主流文学界内身处边缘的寂寞，而应认真思考如何发掘自身领地中潜藏着的思想文化富矿，以扎实而独特的创作与研究实绩，彰显自身的存在价值，去赢得源自自身品质而非外来恩赐的应有地位。

---

① ［英］查尔斯·萨兰德：《评论的传承与意识形态立场》，见［英］彼得·亨特主编《理解儿童文学》，少年儿童出版社 2010 年版，第 67 页。

三 多元媒体环境中童年经典阅读的意义

当今的孩子可能难以理解，为什么父母说起自己童年那点"无聊"的琐事来，会那么神采飞扬——几个小朋友争阅一本故事书，每天中午围着收音机听小说连播，几毛钱的周末电影，可以使下一周的课间吹牛变得生机勃勃……这些经历对于在纷繁的媒体世界中成长的孩子来说，显然缺乏足够的吸引力。相反的，大人们对孩子过度热衷网络游戏，尽情模仿动漫作品的炫酷扮相，紧盯屏幕而冷落书本的种种表现，也充满了焦虑和不安。这种焦虑与不安并非当下的中国父母所独有，它还具有一定的普世性。

美国家庭媒介教育研究者 Wendy Lazarus 指出，差不多每隔十年，人们就会对媒体进行一次诘问。20 世纪第一个十年：我应该带孩子去看电影吗？20 年代：为什么我的孩子比别的孩子更熟悉收音机的节目？30 年代：收音机里的暴力节目是不是太多了？40 年代：卡通漫画会对我的孩子有坏影响吗？50 年代：电视对我的孩子究竟有好影响还是坏影响？60 年代：我的孩子从摇滚乐里学到了什么？70 年代：电视节目怎么有这么多的暴力镜头？80 年代：我的孩子是不是玩电子游戏玩得太多了？90 年代：我的孩子上网了，会变成什么样呢？尽管中美两国儿童媒体处境的历史演变和现实状况存在差异，但美国研究者对 20 世纪公众媒体焦虑心理的刻画，多少会让我们有似曾相识的感觉。

由儿童媒体环境改变所引发的焦虑，到底是一种符合事实的心态反映，还是缺乏依据的杞人忧天？这并不是一个易于取得共识的问题。近三十年来，西方学界形成了三种有代表性的观点。波兹曼在《童年的消逝》一书中认为，以电视为代表的电子媒体对童年生态造成了破坏，儿童在行为举止、语言表达以及消费习惯上越来越成人化，童年所特有的纯真品质遭到了消解。与这种悲观主义截然相反的观点则认为，儿童并非电子媒体的受害者，新媒体赋予了儿童更大的权利和自由，使儿童获得了成人难以企及的媒体能力，新的媒体技术更有利于儿童创造力的发展。《数字化成长：网络世代的崛起》一书的作者唐·泰普斯科特是乐观派的代表人物之一。帕金翰在《童年之死：在电子媒介时代成长的儿童》中则表达了较为温和的见解，他认为，媒体只是影响童年变迁的因素之一，人们更应该关注媒体技术被使用的真实社会环境，接受变化中的童年观念。

这些观点可以作为我们理解当代儿童媒体处境的一种参考。然而，对于切身经历着童年成长种种困扰的父母们来说，他们最需要的并不是媒介理论所揭示的宏大理念，而是能够帮助孩子健康成长的具体引导。我们不妨从一个真实的媒体事件谈起。

2013 年 10 月，中央电视台点名批评近几年国产动画片的代表作《喜羊羊和灰太狼》，指出其存在暴力失度、语言不文明等现象，并列出了具体的统计数字。如全集中灰太狼被平底锅砸过 9544 次，被抓过 1380 次，喜羊羊被煮过 839 次，被电过 1755 次。随后，该片制作公司因男童模仿影片中灰太狼的行为烧伤同伴，被判承担民事赔偿责任，这一司法判决引发了社会各界的不同反响。笔者注意到这样一个现象：接受采访的父母和教师大都认为，当下的动画片确实普遍存在带有暴力性质的动作和语言，极易成为孩子的模仿对象，制作公司应当为由此引发的伤害事件承担责任。在更为宽松的网络评论里，年轻的观众表达了不同的看法，他们认为动画片中的打斗场面未必都会被孩子模仿，制作公司被判担责，多少有点"躺着也中枪"的意味。有的网友回忆说，《猫和老鼠》《黑猫警长》《舒克和贝塔》等老动画片中，也不乏撕咬、火烧、棍击等场面，但这一切给他们带来的是童年的快乐记忆，而不是恶意的模仿行为。

《喜羊羊与灰太狼》的制作公司是否应该承担赔偿责任，还有待于司法程序的进一步厘清，但这一事件为我们思考儿童的文化消费行为以及这一行为所处的媒体环境提供了很好的契机。笔者无意对这一事件做全方位的解读，只希望从儿童媒体素养的视角做一些分析。

娱乐是儿童文艺作品的一项基本功能，但如何在创造快乐的同时，让作品更富艺术品位与精神气质，并兼顾儿童的社会认知能力，这是儿童文艺创作的永恒难题。世界儿童文学顽童题材作品的发展历史，或许可以为我们思考这一问题提供有益的参照。顽童题材的儿童文学最受小读者的青睐，也最容易引发各种争议。以北欧儿童文学泰斗林格伦为例，她创作了《长袜子皮皮》《小飞人卡尔松》《淘气包埃米尔》等一系列顽童题材的童话与生活故事，这些作品中的顽童形象激活了儿童天马行空式的想象，满足了他们渴望冒险、反叛成人过度管教的心理愿望。彰显着大胆、放纵、狂野特点的顽童故事，在 20 世纪 30 年代的瑞典曾引发过激烈的争议。反对者认为，这样的作品可能让孩子们"学坏"，从而破坏教育的正常秩序，甚至将此类作品列为学校图书馆的禁书。为了增加读者们对顽童形象的感性认知，不妨引一段林格伦对卡尔松恶作剧的描写——

> 卡尔松把吸尘器推过来。
>
> "女人就这样。"他说，"整个房间都吸干净了，却忘掉最脏的一点点地方！来，我从耳朵吸起。"
>
> 小家伙（书中的另一个男孩）从来没让吸尘器吸过尘，现在被吸了，痒得哈哈大笑，哇哇大叫。
>
> 卡尔松吸得很仔细。他吸小家伙的耳朵、头发、整个脖子、胳肢窝，从上到下，整个背部、肚子，一直到下面的脚。
>
> "这就是人们通常的'春季大扫除'。"卡尔松说。

卡尔松把吸尘器当作玩具，他要当"天下第一吸尘大王"，结果把窗帘给吸了进去，接着他就当起了"天下第一拔河大王"，把窗帘从吸尘器里拔出来，但这一切还不能让他感到满足，于是做出了上述举动。这样的描写很能满足小读者的阅读快感，也很容易引起大人们对于恶作剧被模仿的担忧。这还不是林格伦作品中"危险"尺度最大的场景，如果你对此已心存芥蒂的话，那么，皮皮爬上屋顶躲避警察的追捕；埃米尔把妹妹升到了旗杆的顶端；卡尔松张着背上的螺旋桨凌空飞翔，这等情节又会让你情何以堪？然而，半个多世纪以来，林格伦笔下顽童们演绎的故事，走出了最初所遭受的种种非议，被世界上 45 种语言传讲着，作家也因此赢得了世界性的文学声誉。直到 2002 年作者去世，林格伦一生并没有因为自己作品中的"危险性"描述而承担过人身伤害的法律责任。

我们看待经典儿童文学中的顽童行为时，不应仅着眼于其外在的行为特征，更应看到作家在其身上所注入的善良、勇敢、真诚的童年人性品格，顽劣热闹的场面张扬着童年自由浪漫的精神气质，并赋予故事欢愉幽默的艺术氛围。儿童读者在这样的文学世界里尽情宣泄旺盛的童年生命能量，内在精神需求的充分满足，足以削弱其外在行为的鲁莽冲动。当然，对于一个孩子的成长而言，这是一个长期濡染的结果，而非一蹴而就的功效。

让我们回到"喜羊羊"伤害事件上来。孤立地讨论动画片中的某些镜头是否导致了儿童的意外伤害，显然是不合宜的。简单地认定虚构性文艺作品中的一切都有可能被孩子在现实生活中所模仿，也缺乏可靠的依据。当我们对事件中各方的责任做种种评判的时候，是否考虑过以下这些因素——

这一事件中的三个孩子，他们所处的媒体环境究竟是怎样一种情形？除了观看动画片之外，他们还有哪些文化消费？他们是否拥有阅读优秀儿童文学的机会？他们观看动画片的过程得到过父母的陪伴吗？他们出自天性的游戏愿望获得过合理的满足吗？笔者没有做过实地的调查，无法对这些问题妄下结论。但可以想见的是，一个置身于丰富、健康的文化消费环境，接受过良好的儿童阅读教育，曾经从经典的顽童故事中获得过精神滋养的孩子，应该不至于对动画片中的剧情做出如此莽撞的模仿。

俄罗斯电影大师塔托夫斯基的童年阅读经历，有助于我们理解经典阅读对于童年成长的价值。妈妈从小就让他阅读《战争与和平》，并在数年时间里陪他赏析书中的细节，让他领略托尔斯泰文笔的精妙。长大后他回忆道："《战争与和平》于是成为我的一种艺术学派、一种品质和艺术深度的标准；从此以后，我再也没有办法阅读垃圾，它们给我一种强烈的嫌恶感。"阅读经典长篇巨著并不适合所有年幼的儿童，塔氏的童年阅读经验虽不具备普遍推广的价值，但它却能给我们以重要的启示：童年阅读高度的建立有着重要的意义，阅读的高度实际上就是一个孩子精神成长起点的高度，具备了这样精神高度的孩子，自然也就具备了分辨媒体信息良莠的能力。

媒体是指传播信息资讯的载体，包括印刷媒体（书籍、杂志、报纸等），电子媒体（电影、电视、广播等）以及网络媒体（网站、微博、微信等）。我们谈论儿童媒体素养时，往往不自觉地将媒体的内涵窄化了，突出了电子媒体和网络媒体而忽略印刷媒体。儿童的媒体素养是在成年人引导儿童合理接触和利用这三类媒体信息的过程中逐步形成的。人类文明已经进入了多媒体时代，我们不可能，也没有必要将儿童隔离于以视觉传播为特点的电子媒体与网络媒体之外。但也应该认识到，相较于印刷媒体，电子媒体所呈现的动感画面，网络媒体所提供的迅捷的互动平台，更易于激发孩子模仿和参与的天性。在社会层面上，可以对以儿童为主要接受对象的媒体内容做出适当的限制，儿童文学写作中已成惯例的某些题材禁忌，影视作品的分级制度等，都发挥着规避此类媒体信息负面影响的作用。甚至可以采用禁播等非常规手段来阻止负面信息的传播。2012年底，美国康涅狄格州一所小学发生枪击案，福克斯广播公司顾及影片的暴力情节可能会对人们的行为产生影响，决定延期播出最新卡通影片《家庭伙伴》和《美国老爹》。在家庭层面上，父母承担着培养儿童媒体素养的重要职责，以书籍为代表的印刷媒体具有独特的精神化育功能，优秀读物对儿童精神成长的重要性已被大量鲜活的案例和实证研究所确认。父母在为孩子营造良好媒体环境的种种努力中，与孩子分享优秀儿童读物是不可或缺的重要环节，良好的阅读品质将赋予孩子抵御低俗媒体信息的免疫力。

每一次革命性的媒体创新都会引发广泛性的社会适应问题，新媒体在颠覆传统媒体信息传播方式的同时，也深刻地改变了人们的物质生活与精神世界，童年生态所受到的影响更是显而易见。媒体的代际更迭通常是叠加式而非替代式的，传统媒体并不因为新媒体的产生而消亡，而是以新的方式与新媒体共同构成人类生活的媒体环境。讨论儿童的媒体素养的根本目的在于帮助儿童更为合理、更为从容地应对日益多元的媒体环境，让媒体成为童年成长的正面能量，而不是导致童年异化的负面因素。

四　童年文学阅读层次划分的可能性与有限性

在不少儿童阅读推广的场合，听众们经常会提出这样的问题："我的孩子上大班了，该给他读什么书？""能不能给不同年龄的孩子列一个详细的书单，我们照着书单给孩子选书就行了。"这些问题都来自家长和老师，他们的用意是好的，是希望孩子在不同的年龄阶段都能读到最适合、最优秀的儿童读物。

人类与其他动物的一个重大区别，是拥有一个漫长的童年。很多动物出生后，凭借着生物的遗传本能，很快就适应了环境，具备了独立生存的本领。而人类则不同，要经过长达十几年的童年期才逐渐走向成熟，童年对个体的发展而言是极为重要的，漫长的儿童期为个体的发展提供了潜力巨大的可能性。童年期的独特价值在文学世界中催生了一个十分独特的领域——儿童文学。根据童年期不同的年龄阶段，儿童文学还被划分为幼儿文学、童年文学、少年文学三个层次。儿童文学是以年龄作为界定标准的文学类型，这在文学大家庭里是十分特别的，可以说，儿童文学和成人文学的最大分野就是其年龄的层次性。在成人文学中，我们一般不会将具体的作品和读者的年龄直接挂钩，成人读者主要是根据自己的兴趣和需要来选择阅读材料。从儿童文学这种独特的分类形态上，我们就可以感受到年龄界限在儿童阅读行为中的重要地位。从襁褓中的婴儿到逐渐成熟的少年，个体身心各方面都在发生着阶段性的巨变，作为儿童重要精神活动之一的阅读，显然要与这样的阶段性特征相吻合，这就是儿童分级阅读的基本依据。

分级阅读在西方国家的儿童阅读中是一个十分普遍的概念，近年来也引起我国从事儿童阅读推广人士的关注，出版界对此也投入了极大热情，纷纷推出儿童分级读物。贵州人民出版社的"鹂声分级阅读"就是一套较早推出的文字类儿童分级读物。在幼儿园早期阅读领域占主导地位的图画书（也称绘本），十几年前刚刚引进国内时，一般是不标注读者年龄的。受分级阅读理念的影响，近几年出版的不少图画书也开始标明读者的年龄，如"蒲蒲兰绘本系列"。

关于分级阅读的讨论近些年成为了一个热门话题，各家意见纷呈。有人认为所谓的分级阅读不过是出版界的概念炒作；有人参照国外儿童阅读推广的经验，认为我国儿童阅读状况之所以堪忧，关键是没有做好阅读分级。

对于出版业而言，推出分级读物显然是一项成功的营销策略。儿童读物一经分级，就会以书系的方式推出，家长可以根据孩子的年龄依级购买。考虑到孩子未来的阅读需求，一般都会成套购买。这种营销策略，在提升出版业经济效益的同时，也为家长、教师选择儿童读物提供了方便。但是，目前国内推出的分级读物，大多是将已经出版的作品加以重新整合，依据作品内容的难易程度进行分级，国内作者原创性的分级读物还不多见。从分级的具体情况看，也存在不甚合理之处。例如，在不同系列的分级读物中，同一篇作品可能会被分到相去甚远的级别中去，其中的理由又难以说清。真正的分级读物，应该建立在作者、编者对儿童心理、儿童教育、儿童文化深刻认知的基础上，依照儿童阅读心理发展的阶段性特点，使分级读物有效激发儿童的阅读兴趣，促进儿童阅读能力的发展。这对儿童分级读物的作者和编者都提出了很高的学养要求。

风靡英语世界的《苏斯博士》（Dr. Seuss）就是一套由美国图画书作家 Seuss 创作的，真正体现分级阅读理念的儿童启蒙读物。美国的儿童分级阅读有十分悠久的传统，但一直到 20 世纪 50 年代，被广泛使用的许多分级阅读读物仍无法激发儿童的阅读兴趣。在这种背景下，苏斯博士推出了一套特色凸显的 Beginner Books，它用最少的词汇，以韵语歌谣的形式来讲述儿童感兴趣的故事。1957 年出版的《戴高帽子的猫》仅使用了 236 个单词；后来的《绿鸡蛋和火腿》甚至仅有 50 个单词；《苏斯博士 ABC》则从二十六个字母入手，演化出童趣盎然的儿童故事。半个多世纪以来，这套书在英语世界的儿童阅读领域产生了广泛影响，成为儿童循序渐进掌握英语阅读的良师益友。更为可贵的是，《苏斯博士》不是站在语言工具论的立场上，仅仅为了培养儿童的语言能力而创作，他的故事里渗透了对儿童精神文化的独特理解。对于和孩子们共读的成年人来说，陪伴孩子阅读的过程，也是他们认知儿童精神世界的过程。以这样的标准来衡量，国内的儿童分级阅读尚处初级阶段，培育和发掘对儿童分级阅读理念有深刻认识的作家与编者，是国内儿童分级阅读走向成熟的一个努力目标。

可以说，分级对于儿童阅读而言是合理的、必要的，但分级的标准又是相对的，所发挥的作用也是有一定限度的。

个体的身心成长既有普遍的阶段性，也有鲜明的差异性。年龄越小（主要指幼儿园和小学低年级），儿童阅读能力发展的阶段性特点就越明显，分级阅读对于此阶段的儿童来说就更具有价值。年龄越大，受家庭环境、心智发展等因素的影响，儿童阅读的个体差异性就越发明显，对读物进行分级的难度就更大。一般而言，学龄前儿童依照编辑精良的分级读物进行早期阅读是较为合适的，对已经进入自主文字阅读的孩子，就不必太过拘泥于读物的级别，而应根据孩子具体的阅读理解能力和兴趣爱好来选择读物，或通过专业人员寻求具体的指导。

儿童分级阅读的相对性还和作品自身的特点有关。以经典图画书为例，《猜猜我有多爱你》《活了100万次的猫》《爱心树》等，其读者对象的年龄跨度就很大。学龄前儿童首先是被其中形象的画面和故事情节所吸引，而随着年龄的增长，儿童读者则可以在成人的引导下，逐步认知作品中某些更为深层的内涵。这些经典的图画书甚至也会引发成人读者的阅读兴趣，他们可以领悟出其中丰富的人生哲理以及图画书这种艺术形式举重若轻、以简驭繁的独特审美意味。越是经典的读物，其读者的年龄跨度就越大，对于这些作品，如果硬性地把它纳入某个"级别"中去，就显得不恰当了。

儿童分级阅读的相对性，还体现在成人为孩子讲述故事的方式上。我曾经给五六个小班到大班的幼儿园小朋友讲过图画书故事《你出生的那个晚上》。作者表达的主题意旨是：每个孩子都是独一无二的，都是上天赐予我们的珍贵而神圣的礼物。作者对生命奇迹的赞叹，显然不是年幼的孩子所能领悟的，故事的讲述者也没有必要向年幼的孩子解释这一切。我在讲述中略去了诸如"生命因为有你而不同""你的名字充满了神奇的魔力"等较为抽象的表述。我发现听故事的孩子们完全被图画书中充满想象的画面所吸引，当他们看到一个孩子生出来后，月亮都笑了，星星偷偷地钻出来想瞧瞧他；看到一个孩子的名字会随风而飘，飘过田野、海洋、树林；看到瓢虫和小鸟见了孩子笑容就不肯离去。所有的孩子都沉浸在阅读的欢愉中。我把故事的内容引申到孩子们身上，我问他们："你会记得你出生的那个晚上发生了什么吗？"这个在成年人看来纯属无厘头的问题，却激发了孩子超然的想象，有的孩子说："我出生的那个晚上很冷，很冷。"有的孩子说："我在妈妈肚子里的时候就知道要出生了。"有的孩子甚至说："我看到妈妈把我生出来了。"儿童阅读，特别是学龄前儿童的早期阅读，往往是通过成人、儿童与读物三者之间的互动对话来完成的，是独具特色的文学接受方式。故事的讲述者如果能够对文本内容做适当的增删，把故事所呈现的美妙的想象世界与儿童的生活经验加以恰当的联系，一些看似"深奥"的作品，也能被年幼的孩子以独特的方式所接受。从这个意义上说，对儿童阅读进行分级的话语权，并不是完全由作者和编者所垄断，儿童自身、儿童阅读活动的参与者都可以做出合乎需要的自主选择。

我们在汉语的语境里讨论儿童阅读分级的话题，还应当注意到中西方语言文字上的差异性。与英语为代表的拼音文字不同，汉字是一种"表意文字"，每一个方块汉字都是一个独特的"音、形、意"结合体，不同的汉字依据意义的关联构成汉语的"词"，这与拼音文字由字母组合构成的"单词"有很大的不同。在英文中，"Fire""Arrow""Rocket"是三个独立的词，对英语儿童来说，他识别了外在形态上毫无联系的三组字母组合及其所表示的意义，才算是掌握了三个词汇。而汉语儿童认识了"火"和"箭"这两个汉字后，对于"火箭"这个词就较容易通过意义上的联想加以掌握，因为"火箭"这个词显然包含了"火"与"箭"的某些意义要素，这就是汉语"意合语言"的特点。在汉语儿童的阅读实践中，儿童常常会出现"猜词""跳读"的现象，实际上这就是他们对已经掌握的汉字进行意义整合，生成新词汇的过程。在英语世界里，儿童要获得独立的阅读能力，很大程度上取决于其掌握的词汇量。西方的儿童分级读物，一般也是以词汇量的多少作为基本的分级标准，上文提到的《苏斯博士》就是一个典型的例子，儿童分级阅读的理念与实践发源于西方，是有其更为深层的语言学和文字学渊源的。当我们引进西方的分级阅读概念时，就不能盲目照搬，而应根据汉语的自身特殊性，创作和开发真正属于汉语世界的儿童分级读物。

五　从文化的视角理解童年的早期阅读

早期阅读在当下已经成为一个热门话题，除了学前教育的人士从教育观念、策略和方法进行了大量的研究和推广外，出版业界也对这一领域给予了极大的关注，早期阅读读物的出版、系列教材的推出、研讨活动的举办，蔚然成风。由此带动了幼儿读物作者的创作热情，不少儿童文学作家推出了自己的低幼文学系列作品。在此热潮中，年轻的父母们也是一股不可忽视的力量，他们既是早期阅读读物及各类培训的消费者，也是家庭早期阅读教育的实践者。可以说，早期阅读已不再是单纯的教育现象，而是一个承载着多元价值的社会文化现象。从文化的视角追溯这一现象产生的历史，并对当下早期阅读所置身的时代文化特征加以考察，有助于我们获得对早期阅读的崭新认识。

（一）国际教育背景与民族文化传统

"利用图书、绘画和其他多种方式，引发幼儿对书籍、阅读和书写的兴趣，培养前阅读和前书写技能。"出现在 2001 年版《幼儿园教育指导纲要（试行)》中的这段文字，是国家层面的教育指导文件首次对早期阅读教育提出明确的要求。这并不是说，中国的早期阅读教育就发端于这一文件的颁布，在此之前的很长一个时期里，幼儿园教师和父母手捧图书念故事给孩子听，就是一种最为朴素的早期阅读教育形式。《纲要》对早期阅读教育的阐释，可以看作是系统化、体制化早期阅读教育在我国的正式启动。

由哈佛大学教育研究院儿童语言学家凯瑟琳·斯诺（Catherine Snow）领衔的北美早期阅读委员会，于 1998 年提交了《在早期预防儿童阅读困难》的研究报告，阐释了早期阅读的系统理论，提出了儿童早期阅读能力发展的教育目标及方法，在国际上产生了广泛影响。我国的早期阅读教育在世纪之交获得理论上的自觉，与这一国际教育发展的背景是有一定关联的。欧美国家对早期阅读的关注可追溯至 20 世纪初，被誉为"阅读障碍研究之父"的美国医生 Samuel Orton，在 1925 年出版了《学校儿童中的词盲》一书，对视觉加工障碍导致的阅读困难进行了研究。1966 年，美国学者玛丽·克莱（Marie Clay）第一次提出了"读写萌发"（emergent literacy）的概念，从认知心理学和心理语言学的理论出发，考察幼儿在接受正式的读写教育之前的读写能力发展问题。他认为读写能力的发展自个体出生后就已经开始，父母、教师以及周围环境在早期读写能力发展过程中扮演了重要的角色。1986 年，蒂尔（Teale）和苏兹比（Sulzby）在《读写萌发和书写》（*Emergent Literacy：Reading and Writing*）一书里对"早期读写能力"的概念做了更为详细的介绍，认为早期读写能力是指幼儿在正式学习读写之前所具有的关于读写的知识、技巧和态度。

　　早期阅读教育是以母语书面语言的经验获得为目标的一项教育行为，具有鲜明的文化差异性。基于拼音文字的欧美早期阅读理论在与汉语语境相遇时，必然存在一个文化适应的问题。"如果追溯中国的文化教育历史，我们就会发现，'早期识字'曾经作为中国儿童早期教育的代名词，远远早于'早期教育'概念就存在了。"① 而汉字中的象形要素似乎也为这种文字启蒙教育提供了某种合理性的依据，古籍中就不乏早慧儿童识字的相关记载。这一文化传统构成了早期阅读在中国推广初期的特殊困难。现代阅读心理学研究表明，识字是成熟阅读的基础，但对单个文字的识别与对完整语篇意义的理解之间尚有很大的距离，一个会识字的人未必就是一个优秀的阅读者。处于"前阅读"学习阶段的幼儿，其阅读能力发展的关键在于激发他们的阅读兴趣，养成阅读习惯，获得书面语言学习的感性经验，进而产生进一步学习书面语言的心理动力，而不是通过文字的识别实现对全篇意义的完整理解。虽然经历了十

---

① 　周兢：《早期阅读发展与教育研究》，教育科学出版社 2007 年版，第 4 页。

几年来早期阅读的推广，但将早期阅读等同于早期识字的观念仍未得以根本性的转变。受此影响，大量打着"早期阅读"名号，实际上仍以"早期识字"为主要内容的教材与读本，依然有着强大的市场号召力。

此外，在复兴中华传统文化思潮的影响下，早期识字与传统国学教育又形成了一股合流，对早期阅读教育也形成了某种干扰。《三字经》《千字文》《幼学琼林》等传统蒙学识字读本被一些倡导国学的人士视为经典，不少家庭和社会培训机构也将此类读物作为早期启蒙教育的教材，这是中国早期阅读教育面临的特殊问题。汉语语境下的早期阅读确有其特殊性，以汉字为符号介质的阅读材料如何有效地进入幼儿早期阅读的经验，幼儿对汉字符号为载体的书面语言敏感性的产生机制与阶段性发展等相关问题，都有待更为深入的研究。中国早期阅读教育应该在汲取西方这一领域研究成果的前提下，充分考虑到中国早期阅读所置身的文化传统，并对此做出系统的理论阐释。传统蒙学识字读本中所蕴含的道德伦理以及以念背为主的机械记忆的学习方式，显然不适应时代的要求，但中国传统启蒙识字教育所积淀下来的具有汉语自身特点的教育智慧，也不应被完全忽视。这需要不同学术背景的研究者摒弃学科本位的偏见，开展深度的合作研究。

（二）传统阅读与电子媒介的早期博弈

阅读行为是个体与阅读材料发生精神交互作用的过程，读什么和怎么读构成了这一过程最为重要的两个维度。我们可以从教育的角度去探讨"怎么读"的问题，至于"读什么"的问题，则更适合做社会文化视角上的思考。阅读材料的生产方式对阅读行为具有重要的影响，英国出版商约翰·纽伯瑞（John Newbery）于1744年创办了世界上第一家儿童读物印刷厂，出版发行精美廉价的口袋书，促成了西方现代儿童文学的发展，使更多的儿童拥有了属于自己的阅读世界。作为西方现代图画书诞生的标志，1900年出版的毕翠克丝·波特（Beatrix Potter）的《彼得兔的故事》，开启了一个"图本叙事"的时代，图文有机融合互补共同讲述故事的图画书，成为尚未具备成熟文字阅读能力的学龄前儿童最佳的阅读材料。可以说，印刷技术的进步和出版产业的发展是现代儿童阅读得以普及的一个重要条件。

随着人类技术的进步，纸质印刷品作为最重要信息载体的地位，也随之发生了改变，各种新型媒体的出现，对人类物质与精神生活的面貌产生了巨大影响。西方基于预防儿童阅读困难的早期阅读研究所经历的近百年历史，正是人类印刷媒体走向登峰造极，并与电子媒体产生激烈碰撞的时代。在这一人类文化生态的演变进程中，儿童阅读（包括早期阅读）的推广在某种程度上扮演了对抗和消解电子媒介负面影响的角色。20 世纪五六十年代，电视成为西方普通家庭的必需品，电视对儿童生活（尤其是儿童的阅读生活）的影响，就成为西方学术界的一个关注热点。美国学者尼尔·波兹曼（Neil Postman）在《童年的消逝》一书中认为：“16 至 20 世纪的书籍文化创造了另一种知识垄断。这一次，是将儿童和成人分离。一个完全识字的成人能接触到书中一切神圣的和猥亵的信息，接触到任何形式的文字和人类经历中有记录的一切秘密。”① 在波兹曼看来，童年生活的独特性是印刷文化造就的，纸质读物让成人和孩子拥有了各自的生活秘密，从而维护了儿童特有的纯真精神面貌，书籍成为构筑童年疆域的重要媒介力量。而当电视成为儿童汲取信息的重要途径后，成人与儿童之间的界限也随之消亡。这本出版于 20 世纪 80 年代的西方传播学名著，基于电视媒体无处不在的强大影响，对人类自近代以来建构的童年观念进行了“死亡宣判”。波兹曼的观点虽有失之偏颇之处，但他对电子媒介负面影响的深刻批判，对我们思考传统阅读方式对儿童成长的意义，仍具有重要的参考价值。

中国电视普及化的时代要比西方晚二十年左右，20 世纪 80 年代，当波兹曼等西方学者悲观面对童年的文化境遇时，电视才刚刚开始以奢侈品的姿态走进中国家庭，但也很快就成为印刷读物的有力竞争者，占据了儿童生活的重要位置。不过，从爱护孩子视力、及早掌握语言、提高学业成绩等朴素的愿望出发，中国的父母还是将“少看电视多读书”

---

① ［美］尼尔·波兹曼著，吴燕莛译：《童年的消逝》，广西师范大学出版社 2004 年版，第 109 页。

作为家庭教育的一项基本原则加以持守。"365 夜"系列读物（包括童话、故事、儿歌等分册）在 20 世纪 80 年代曾经拥有数百万册的发行量，成为中国家庭重视儿童阅读的历史记录。这些只有少数插图的儿童读物与当下图文并茂、印刷精美的图画书显然不可同日而语，但对于刚刚走出"文革"书荒的中国儿童来说，已经是阅读佳品了。听妈妈在睡前讲述"365 夜故事"成为 80 后一代童年阅读的最初记忆。中国特有的家庭教育观念在电视媒体普及的初期，发挥了消解儿童过度影像消费的功能，但这种局面并没有维持太长时间。80 年代中后期到 90 年代中期，随着录像机、VCD、DVD 等电子录放设备的普及，大量可以重复播放的影像作品，成为童年阅读更为有力的竞争者。

读写文化代表着人类理性发展的完美形式，获得成熟的读写能力是个体精神成熟的一个标志。电子媒体作为人类技术进步的重要成果，它极大拓展了人类认识世界的视野，提升了信息传递的效率，但对影像信息的过度依赖，又导致儿童阅读时间减少，读写能力下降。如果说电视媒体只是在接受信息的方式上与书籍阅读有着迥异的分野，那么，90 年代后期，互联网开始全面进入人们的日常生活，则使人作为精神主体与外在信息之间的关系，发生了革命性的变化。在印刷品时代，成人可以凭借着为儿童定制读物，给童年规划出一块成长的精神净土；在电视时代，成人可以通过设置特殊频道、控制观看时间，对儿童的影像接受行为有所制约；而在网络时代，父母与孩子之间的代际关系发生了根本性的逆转，数字化的文化生态使儿童获得了前所未有的"超越"成人的机会，儿童对数字新媒体有着极强的适应性，他们"凭着自身的能力成为文化产制者，并因此而躲避了'家长守门人'的控制"[①]。

（三）数字化时代早期阅读的文化角色

互联网的普及是人类迄今为止经历的最为深刻的技术与文化变革。

---

① ［英］大卫·帕金翰著，张建中译：《童年之死：在电子媒介时代成长的儿童》，华夏出版社 2005 年版，第 58 页。

单就信息的呈现方式而言，就是对传统文本的彻底颠覆。超链接技术将各种不同空间的信息组织在一起，形成网状的"超文本"，彻底摆脱了传统纸质文本线性的逻辑关系。读者不必沿着作者所设计的篇章语流顺序接受信息，可以随时打断作者的表述，置换到超文本链接指向的其他文本。近几年兴起的微博、微信等数字化"微媒体"以个人化、即时化的方式生产、传播海量信息，基于这些信息平台诞生的微童话、微小说、微寓言等新型文体，为读者提供了丰富多元的现场体验。然而，对微媒体信息的习惯性依赖，也使得本来富有逻辑的阅读思维呈现碎片化的特点。作为一个人人都可以参与的信息平台，微媒体内容和表现形式的娱乐化与平面化特点，决定了基于微媒体的阅读活动，只能是一种扁平化的浅阅读。

读写是人类重要的精神活动，是人类文化传承的重要途径。对于个体而言，成熟读写能力的获得是心智成长的重要标志。通过系统的读写活动，人才有可能进入深度思考的状态。这种具有精英性质的读写能力，一直是人类教育活动所致力达成的基本目标。早期阅读对幼儿"前阅读"和"前书写"能力的培养，就是为了使他们在接受系统的学校教育时，具备从事读写学习的心理动机。早期读写教育的这一基本价值取向，无疑正面临着数字化时代全新文化环境的挑战，这种挑战是全方位的，不仅来自网络媒体，也来自童书出版界。

笔者曾经参加过一次由出版社组织的童书数字化研讨会。会议探讨的主要话题是少儿出版界面对数字化阅读不可阻挡的趋势，如何实现成功转型。一位曾在传统出版行业创造过良好业绩的编辑认为，在未来数字化环境中出生的一代孩子，他们最初阅读行为所接触的可能不再是印刷精美的书页，而是缤纷多彩的屏幕。与会代表大多认为，童书数字化已是不可逆转的潮流，出版界应该把培养孩子的数字阅读素质作为一项重要工作，以推动数字化童书走向成熟。

数字化阅读必然是未来儿童阅读的一种重要形式，但这并不意味着它将完全取代纸质的儿童读物，人类文化的演进在很多领域都呈现出叠加式而非替代式的特点。以书写工具为例，电脑键盘的书写功能虽然已经足够强大，但钢笔、铅笔、毛笔乃至刻刀，都没有失去其传载文化的功能。物质形态的书籍在儿童阅读，尤其是早期阅读中所特有的优势也不是电脑屏幕可以完全取代的。年幼的孩子翻阅艾瑞·卡尔（Eric Carle）的图画书《好饿好饿的毛毛虫》时，将胖嘟嘟的小手指探进一个个由那只总喊饿的毛毛虫啃出的小洞，这种对幼儿肌体产生良性刺激的阅读体验绝非是五彩缤纷的电脑屏幕可以替代的。"图画书的这种亲身参与式的阅读，对于儿童成长具有特殊的、重大的意义。这种阅读向儿童暗示着，身体的行动能够使一个新的世界向自己敞开。"①

为传统阅读辩护，并非出于乌托邦式的浪漫情怀，而是基于对人类文化演进的一种基本信念。人类未来的文明形态难以预测，但文化的演进总是在各种力量的相互制衡中进行，却是不争的事实。技术上的新发明往往代表着最为激进的势力，而教育则通常扮演着相对保守的角色。激烈的文化变革在经历了最初急风暴雨式的突破之后，在其内部也会产生出进行自我修正的反拨力量。当碎片化、娱乐化的浅阅读已经成为常态化的阅读方式之际，源自内部力量的变化已开始出现。2012 年 12 月，著名的互联网企业腾讯在自己的网络平台上推出了名为"大家"的原创严肃评论专栏，由国内实力派作者担纲，所登载的文章追求主题的厚重、内容的深度和思想的张力，推出仅半年时间就引起了各方人士的关注。"大家"的出现至少表明了这样一种动向：数字媒体的领军企业也开始意识到，互联网上的文字狂欢应该得到某种程度的理性修正。

对于从事早期阅读教育的人来说，我们需要思考的问题是：既然数字化是人类文明进程中的必然趋势，那么，传统意义上的早期阅读在这样的文化潮流面前应该扮演怎样的角色。目前主流早期阅读理论所关注的依然是如何培养学龄前儿童基于传统文本的"前阅读"能力，对这种能力的培养实际上是在维护人类最为基本的，以语言文字符号为载体的理性精神。如果说，20 世纪 90 年代以前的早期阅读教育，在某种程度上扮演了以电视为代表的影像媒体的博弈者角色的话，那么，当下早期阅读教育则需要在一个更为多元的数字媒体时代中，充当传统读写文化守望者的角色。

---

① 朱自强：《儿童文学概论》，高等教育出版社 2009 年版，第 341 页。

（四）基于文化理解的早期阅读教育观念

本章的主旨不在于探讨开展早期阅读教育的具体方法与技巧，但笔者认为，观念有时远比方法更为重要。只有对当下早期阅读教育所处的文化境遇有了更为明晰的理解与把握，具体的早期阅读教育方法才会带来最佳的效应，至少可以减少因观念偏差而导致的盲目行动。

在幼儿园的早期教育实践中，我们不难看到这样的情形：老师将图画书制作成电子课件投影在大屏幕上，面对一群孩子声情并茂地讲述书中的故事，和孩子们讨论关于故事的种种话题。在无法做到人手一册图画书的情况下，电子课件为集体性的早期阅读教育活动提供了很大方便，但电子课件的过多使用恰恰消解了早期阅读最为基本的价值追求。早期阅读的一个重要任务就是培养幼儿对书籍阅读的敏感性与亲近感，与物质化书籍的直接接触是这一教育行为不可或缺的环节。如果年幼的孩子总是在 PPT 页码的隐现中，而不是在书页的翻动中去认识图画书所展示的内容的话，这样的教育活动是否还有助于他们书籍阅读意识的建立呢？笔者曾经在一所市郊小学观摩过一位教师每周一节的阅读课，课后我问那些兴致勃勃的一年级孩子："你们喜欢上阅读课吗？"最有代表性的回答是："语文课好无聊，我们喜欢阅读课，阅读课我们可以看录像。"学生们把教师每节阅读课上播放的图画书电子课件说成是录像。我很怀疑这样的课堂是不是称得上是真正意义上的阅读课，是否还能引领孩子们走上热爱阅读之路。这样的阅读课无非是让学生通过电子屏幕认识了更多的图画书，却无益于培养他们持久的阅读意识。小学尚且如此，更何况幼儿园。

图画书是早期阅读教育最佳、最主要的阅读材料，这已成为一种共识。图画书丰富的艺术表现形式和以图为主、辅以简约文字的叙事手法，为早期阅读提供了多维的教育拓展空间，但将图画书作为早期阅读材料的唯一选择却是一种偏见。《幼儿园教育指导纲要（试行）》（2001）在说明培养学龄前儿童"前阅读和前书写技能"目标时，就提及应当"利用图书、绘画和其他多种形式"开展教育活动，这里提及的图书应当指包括图画书在内的各种书籍。教育部 2012 年颁布的《3—6 岁儿童学习与发展指南》（以下简称《指南》）在语言领域关于"阅读与书写准备"的教育建议中有这样的表述："提供一定数量、符合幼儿年龄特点、富有童趣的图画书。""提供童谣、故事和诗歌等不同体裁的儿童文学作品，让幼儿自主选择和阅读。""当幼儿遇到感兴趣的事物或问题时，和他一起查阅图书资料，让他感受图书的作用，体会通过阅读获取信息的乐趣。"从这些表述中可以看出，《指南》对早期阅读材料的界定是多元的，既有图画书，又有其他形式的书籍。就当下通行的出版物形式而言，各种体裁的儿童文学作品中，既有以图画书形式来呈现的，也有以文字为主插图为辅的一般图书形式来呈现的。至于幼儿遇到感兴趣的事物或问题时，成人与幼儿一起查阅的图书资料，所涉及的书籍类型就更为广泛了。《指南》在说明结合生活实际，帮助幼儿体会文字的用途时，还建议"买来新玩具时，把说明书上的文字念给幼儿听，了解玩具的玩法。"这显然是一种纯文字的阅读体验。将早期阅读等同于早期识字的观念曾经束缚了中国早期阅读的健康发展，但如果将以"读图"为特征的早期阅读偏执地理解为"无图不能读"，显然是一种矫枉过正。应该说，图画书、带插图的文字书、纯文字书都可以成为早期阅读的教育资源，关键在于教育者应秉持正确的教育观念，遵循不同年龄阶段幼儿阅读能力发展的特点，有效地利用这些资源，使之指向合理的早期阅读教育目标。

图画书在引导幼儿理解读本内容，发展想象力方面有着独特的优势。通过观察画面、复述故事，可以帮助孩子建立画面与内容之间的联系。引导孩子根据画面猜测情节发展的方向，或依据自己的想象改编故事情节，则可以使阅读活动充满创造精神。以文为主兼有插图的文学类图书，幼儿可以在成人帮助下，充分感受文学语言特有的美感，提升对文学作品的审美感受力。对于纯文字类书籍，则可以通过聆听成人朗读书籍中的故事，或观察成人的阅读过程，帮助幼儿建立热爱阅读的情感态度，了解书面语言的价值，让幼儿意识到自己尚不能识别的文字符号中，居然隐藏着十分有趣的内容，这无疑将为幼儿今后系统学习以文字为主的阅读累积正面的心理能量。早期阅读材料的选择会潜移默化地影响幼儿未来的阅读倾向，通过恰当的教育方式，让幼儿在愉快的情境中感受到，文字阅读并不是一件枯燥乏味的事情，有助于他们今后成长为一名优秀的阅读者，也有利于他们步入成人世界后，能够更为从容地应对异常纷繁的多媒体世界，建构丰富多元并具有理性深度的精神世界。

六　经典童话与儿童心灵成长

　　童话在孩子的早期阅读经验中始终占有重要的一席。温馨的睡前时光，听妈妈讲着奇妙童话进入梦乡，已成了许多人美好的童年记忆。在一个价值取向比较单一的社会里，父母给孩子讲童话故事的动机也较为单纯，他们更多是把童话当作对孩子进行文学熏陶的一种方式，甚至仅仅是为了哄哄孩子，让他们不再吵闹，快快入睡。随着对儿童教育重视程度的不断加深以及社会价值观的日益多元化，更多的家长开始关注童话故事对儿童道德价值观成长的影响。有的家长提出：经典童话故事所呈现的生活形态过于单纯、美好，童话所蕴含的主题思想过于理想化。在童话里，好人总有好报、恶人总会受到惩罚，美丽的公主总是嫁给英俊的王子，故事的结尾也总是大团圆式的"从此他们就过上了幸福的生活"。家长们担心孩子从小欣赏这样的作品，今后当他们面对更为复杂的现实生活时，会产生精神上的落差。

　　童话是一种以幻想、夸张、拟人为表现特征的儿童文学样式。家长们常常提到的经典童话故事，主要是指以格林、安徒生为代表的早期童话作品。从文学发展的角度上说，童话起源于古代的神话故事和民间传说，我们今天读到的《格林童话》中的《灰姑娘》《白雪公主》《青蛙王子》等就是格林兄弟花费毕生精力在德国民间文学的基础上加工而成的，巫婆、仙女、王子、公主这些西方民间文学中常见的人物形象在格林童话中占了相当大的比重。他们采集整理这些民间故事的初衷主要还不是为了给年幼的孩子提供读物，而是为了保存德国的传统文化，在最初的版本里存在很多血腥、暴力等不适宜儿童阅读的内容，后来，格林兄弟意识到自己编写出版的童话已经成为儿童读者的选择，他们将原有的故事加以大幅度的润色改写，最终成为现在大家所熟知的版本。安徒生是第一个自觉为儿童创作童话的作家，他的很多作品也深受民间文学的影响，如《野天鹅》《豌豆上的公主》等，大家熟悉的《皇帝的新装》也是以民间故事为底本创作的。

民间文学往往寄托了当时社会底层民众许多在现实生活中无法实现的美好愿望，扬善惩恶、好人好报成为民间文学永恒的故事主题与价值追求。家长们担心这样单一化的主题思想倾向与丰富多样的社会现实价值观产生矛盾，以致影响孩子们的健康成长，这也是可以理解的。关键的问题是，我们该如何认识儿童文学阅读的价值与功能。让学龄前儿童接触经典的儿童文学有着多方面的价值，如认知的价值、道德教育的价值，但作为文学阅读，更为核心的应该是它的审美价值以及由此引申出来的愉悦和宣泄功能。

与其他文学样式相比，童话对年幼孩子具有特殊的吸引力，年幼的儿童还不能将自我从所处的客观物质环境中清晰地分离出来，对他们而言，身边的一切和自己一样都是有生命的。这种物我不分，以自我为中心的"泛灵主义"心智特点，决定了他们对童话有着天然的亲和力。大部分童话都是以拟人手法来表现故事内容的，在童话里，猫狗鱼虫、花草树木，甚至一块石头、一粒沙子，都被赋予了灵动的生命，有着与人一样的生命形态，它们能说会道，具有喜怒哀乐的情感，经历着悲欢离合，这种拟人化的故事情境与幼儿"泛灵主义"的心智特点是十分吻合的。

在现实生活中，父母们也许都有过这样的感觉，面对吵闹不已的孩子，只要妈妈开口讲："鸭妈妈带着她的孩子来到美丽的小河边……"一旦进入这样童话讲述情境中，孩子立刻就会停止吵闹，依偎着妈妈，融入童话的世界。有的孩子一边听一边追问："鸭妈妈后来怎么样了……再后来呢？"幼儿在接受童话时是非常投入的，他们甚至将自己和童话中的形象完全等同起来，与童话情境融为一体。这也导致家长们担心童话的主题内涵会对孩子的精神成长造成不良的影响。但对于年幼的孩子而言，全身心融入童话故事中，是他们的一种精神需求，是一种充满欢愉的精神游戏。精神分析学派的心理学家弗洛伊德认为，童话犹如梦一样，它能帮助儿童宣泄不安、恐惧、仇恨等情感，缓解儿童的焦虑情绪。当代美国心理学家加德纳对儿童的艺术心理进行了大量的实证研究，他认为年幼儿童虽然"酷爱听童话故事，也会深受故事中戏剧性冲突的吸引，但是他们似乎无法理解每一个角色的动机和目的"，他们还无法真正把握作品所隐含的主题意义。① 家长们十分在意的经典童话中过于单纯的道德价值观，对于年幼的孩子来说，并不是他们所在意的，他们更在意的是故事情节本身的生动有趣。

孩子从出生到长大成人是一个从自然人走向社会人的过程，这一过程的每一个阶段都有其鲜明的发展特点。卢梭认为童年是"理智的睡眠期"，年幼孩子的理性思维尚未充分发展，面对美丽的童话世界，孩子更多的是以自己丰富的感性投入到文学接受活动中去的，而童话主题所蕴含的道德寓意，孩子们未必能够加以深刻的体认，更难说就一定会成为他们今后的道德价值观。当他们年龄渐长，逐渐认识到幻想世界与现实世界的分野，就不至于把童话故事中的一切照搬到现实世界中来了。家长们对经典童话主题思想倾向的种种担心，是把儿童的文学欣赏活动与道德认知活动完全等同起来，文学显然具有一定的教育意义，但是文学最为核心的价值是其审美价值，充满幻想色彩的童话故事，对于稚嫩的心灵世界是必不可少的精神营养。

家长们常提到的经典儿童文学作品，大多限于《格林童话》《安徒生童话》等早期的儿童文学经典，这也说明儿童文学的普及程度还有待提高。《格林童话》《安徒生童话》当然是儿童文学不朽的经典之作，但从格林、安徒生时代以来的两百多年间，世界各国已经诞生了众多适合学龄前儿童欣赏的优秀儿童文学作品。起端于 20 世纪 70 年代末的我国新时期文学，也产生了大量体现时代精神，符合进步儿童观的儿童文学作品。遗憾的是，这一切尚未进入更多家长和幼儿教师的视野。在我国学术界，学科间的交流与融合一直是一个待解的难题，就学前教育而言，研究学前教育的人往往对儿童文学不甚了解，而从事儿童文学研究的人又缺乏学前教育的必要学养，这种学科之间的隔阂导致了大量优秀

---

① ［美］霍华德·加德纳著，齐东海等译：《艺术·心理·创造力》，中国人民大学出版社 2008 年版，第 169 页。

儿童文学作品被隔绝于具体的教育行为之外。

我个人就有过这样的经历，一家学前教育刊物约我为幼儿园教师推荐一些优秀的儿童文学作品。我选择了琼·艾肯的《馅饼里包了一块天》和冰波的《梨子提琴》，为了避免重复推荐，我特地咨询了几位有一定教学经验的幼儿园教师，结果发现，这两篇在儿童文学领域中颇有知名度的作品，老师们都感到十分陌生。后来与一位学前教育刊物的编辑交流，得知一线幼儿园教师发表的各种语言文学教育活动设计方案中，所涉及的儿童文学作品也较为单一，选择的范围十分有限。这些现象都反映出儿童文学与学前教育之间的隔膜状态，应当引起足够的关注。

如果家长和老师们能静下心来通读一遍《格林童话》和《安徒生童话》这两部儿童文学的经典之作，或许就会发现，两部作品中所涉及的故事题材和主题意蕴其实是非常丰富多样的。让我们读一读《老鼠、小鸟和香肠》，感受一下两百多年前格林兄弟给我们带来的奇妙想象和生活智慧：老鼠、小鸟和香肠住在一起，小鸟每天飞到森林里去衔柴回来；老鼠担水，生火，布置饭桌；香肠则负责做饭，他们分工合作，生活得十分惬意。但小鸟在朋友的唆使下，觉得自己干的活最累，让老鼠和香肠占了便宜。于是他们通过抽签的方式重新安排了各自的分工，由香肠去背柴，老鼠做饭，小鸟去担水。当他们离开了自己最擅长的工作岗位，原来的和谐生活就变得一团糟，一个和美的家庭最终走向了灭亡，妙趣横生的故事情节与生活哲理相得益彰，有机融合。

让我们再翻开《安徒生童话》，暂时翻过被人戏称为"老三篇"的《卖火柴的小女孩》《皇帝的新装》《海的女儿》，翻到《小意达的花》，和孩子一起走进那个只有天真烂漫的小女孩才能看见的，在国王花园里举行的午夜舞会。在这里，你大可不必考虑所谓的主题思想对孩子道德观念的影响。中国现代儿童文学的开拓者周作人先生，在近百年前就对这篇童话有过独到的评价："它那非教训的无意思的意思，空灵的幻想与快活的嬉笑，比那些老成的文字更与儿童的世界接近了。""非教训的无意思的意思"正是许多优秀儿童文学的标志。著名儿童文学作家、学者梅子涵在为图画书《三个强盗》写的导读中表述了他对儿童阅读的独到见解："成年人阅读和孩子的阅读有很大的区别。成年人太成熟和深入了，而孩子还在简单的乐趣里。虽然简单，可是他们有自己的细致和踏实，他们的欣赏和思维里会有自己的秘密花园。"

与孩子分享经典的童话，受益的不仅仅是孩子，作为成人的父母可以透过这个独特的艺术世界，以审美的方式理解孩子的心灵世界，并使自己的精神境界得以升华。从某种意义上说，儿童文学还是一种形态独特的心理学，弗洛伊德、荣格、贝特尔海姆等世界著名心理学家都通过童话揭示了儿童心理的深层结构。如果说，这些心理学研究成果对一般的读者稍显艰深的话，那我们还可以打开日本临床心理学家河合隼雄的《孩子的宇宙》，去体验一番书评家所描绘的阅读感受："我仿佛进入了超写实的剧场，借由一幕幕童话经典故事主人翁特写式的心理解析，导引着成人们更趋近孩子心中既陌生又熟悉的神秘宇宙。在探索孩子宇宙的旅程中，早已丧失了童年的我们，仿佛抹去了厚重的尘埃，一步步贴近了自己早已遗忘的、纯真而深邃的灵魂。"①

---

① 何琦瑜为该书撰写的书评，详见《孩子的宇宙》，东方出版中心 2010 年版。

七 建构教师的阅读生活

"三日不读书，便觉言语无味，面目可憎。"谈论读书如何重要、如何高雅时，这句古训常被派上用场。古人或许言重了，但阅读对于当下很多人来说已是一种奢侈，却是不争的事实。书自然不缺，而且还很丰富，读书的时间少了点，但也未必都没有，最为稀缺的恐怕是一份阅读所需的心境，这是现代人共同面临的精神困境。

把读书的价值说得至高无上，也大可不必，世上有价值的事绝不仅限于读书。读不读书，读什么书，什么时候读以及怎样读，都是个人的选择，与旁人关系不大。但教师的阅读却有点特殊性，它不仅关涉教师的个人修养，还带有一定的社会性意义。教师作为知识的加工者、传播者（有时还是创造者），教育观念的更新、教育水平的提升，都与阅读密不可分。

近年来，儿童阅读推广活动十分热络，不少学校把建设书香校园作为治校理念。作为一名从事儿童文学教学与研究工作的教师，我在儿童阅读的讲座和论坛上，常被问及这样一些问题：有什么方法可以提高学生的阅读兴趣？××年级的学生适合读什么书？怎样指导孩子们读书才有效果？学生读过之后要做摘抄吗？怎样把阅读和写作结合起来？有的学生只喜欢读搞笑的作品该怎么办？

这些问题都很有价值，体现了老师们对阅读教育的思考，每个问题都可以作为一个专题细加探讨。但我不想给出一堆技术性很强的解决方案，原因是，这样解决问题的路数已经有很多人在忙乎了，何必再多一人置喙其间。况且有迹象表明，技术性的阅读指导方案在实施过程中效果并不佳。其实，读什么，要比怎么读重要得多，阅读是一个十分个人化的精神活动，一部作品（尤其是文学作品）是怎样被个体（尤其是一个年幼的孩子）所接受，阅读心理学虽有所揭示，但还很难描绘出一个十分清晰的路径来，也无法给出标准化的解决方案。但阅读并不神秘，因为有太多的事实经验表明，广泛阅读是走向阅读成功的通途。

"要想提高孩子们的阅读兴趣和水平，最简单也最有效的阅读指导就是，老师首先要成为一个热爱阅读和善于阅读的人，然后把你的阅读感受分享给你的学生，这就足够了。"我在很多场合做了这样的表白后，常常会遭遇到老师们失望的眼神，他们显然对我提出的这个技术性含量不高的解决方案心存疑惑。当我对此番有点"另类"的见解做了解释，列举了若干成功案例之后，老师们的疑惑有所解除，甚至表示出了对这种主张的某种好感。但问题并没有就此解决，接下来我要迎接的是各式各样的抱怨，最大的抱怨是没有精力和时间进行广泛的阅读。事无巨细的班级管理，上级布置的临时任务，层出不穷的教学规范，名目繁多的课题研究，这一切已经让老师们应接不暇了。下了班还有家务需要料理，还有孩子需要照顾，如此下来，哪里还有阅读的时间和精力呢？

工作和生活压力的确对教师的阅读生态构成了某种破坏。近些年教育行政部门出台的种种以"规范化"为特色的评估常遭人诟病，但细究起来，这些措施背后似乎都隐含着某种良好的意愿。将教师没有时间和精力读书的原因全都归咎于规范化的教学管理，也不甚合理。教学管理的政策制定者们可能存在这样的思维：有了这些规范化的措施，至少能使大多数老师的教学活动保持在一个平均水准上，总比放任自流要好得多。况且，把这些措施取消了，老师们难道都会通过自觉的阅读去提升自己的业务水平吗？这似乎也有道理。组织行为学中的"80/20 法则"，倒可以为解决这个两难问题提供一些思路。在一个组织中，80%的贡献往往是由 20%的成员提供的，剩下的 20%的贡献则是由 80%的成员提供的。让我们设想一下，如果放弃一些无关紧要的规范化教学管理规定，为老师们提供一个宽松的，能够通过自主阅读提升业务水平的氛围，或许并不是所有的老师都会利用这个时间去阅读，但也一定会有一些老师能利用这样的机会来改善自己的阅读生活，而这一关键的少数在群体中所发挥的积极效应，却是不应低估的。在这里不妨套用一句曾发挥过深远影响的改革口号：让一部分人先"读"起来！

　　我曾有机会到一所师范大学里做访问学者。幽静的环境、丰富的藏书，加上一份恬淡的心境，让我深切体验到深度阅读的魅力，诸多平日里不得而解的问题，在这样的氛围里，都豁然开朗了。出于职业的敏感，我也十分关注当下大学生的阅读状况。这所大学的图书馆条件很好，数百万的藏书量，先进的阅读服务，还附设有情调优雅的小型咖啡吧，称得上是阅读天堂了。学生们的向学精神也值得肯定，阅览室里的座位总是供不应求，期末复习期间更是一座难求，图书馆不得不专门制定规章，以杜绝事先占位的"不端"行为。但我也发现，学生们在阅览室里做作业的居多，摆放于自习桌旁的一排排开放式书架上的藏书，并未受到太多的关注。大学时代如果没能养成博览群书的习惯，走出校园后，在竞争激烈的职场中，就更难进入深度阅读的境界了。强势的就业导向使大学生的阅读过度倾向于实用性，人文社科类的书籍被逐渐边缘化。就师范专业而言，教学法和教学基本功训练占据了大量课时，这对培养教师的基本专业技能来说，是无可厚非的，也有利于毕业生获得更强的就业竞争力。但对于一个未来的教师而言，在接受教师教育的过程中，除了专业知识的学习和专业技能的训练之外，对人文社科类书籍进行广泛而有深度的阅读，也是一项不可或缺的专业素养。凡是有一定教学经验的教师都有这样的体会，教学基本功对于初登讲台的新教师而言，显然起到举足轻重的作用，但从教三五年后，对教学能力发挥更为重要作用的已不是那些操作性的方法，而是教师内在的文化素养，而文化素养的生成必然离不开广泛而有深度的阅读。

　　构建良性的教师阅读生活，不仅仅是为了教学业务上的成长，同时也关系到老师个人的身心健康。一位在郊区小学任教的语文老师向我抱怨说，每天为了对付班上的一群捣蛋鬼要不断地变换各种招数，常常搞得身心疲惫，教学上也只能穷于应付。我为他提供了一些儿童文学阅读材料（儿童诗、童话、故事等），并建议他先做一名儿童文学的真诚读者，再把学生培养成老师的"读友"。每节课不必上得太满，剩下一点时间给孩子们读一读那些优秀的童话、优美的童诗。几个月后，这位老师带着满脸的春风，和我分享了学生们在优秀儿童文学滋润下的可喜改变——上课纪律明显改善，几个霸道的调皮鬼为了不耽误听故事，还会主动帮老师维持课堂纪律，有几个孩子在周记中写了几首诗……我不知道我的"馊"主意是否触犯了某一条森严的教学规范，但从老师疏朗的眉目间，我分明感受到了文学阅读的魅力。阅读的收获还不仅限于此，这位老师还告诉我，以前对儿童文学的了解十分有限，不少优秀的作品都没有读过，为了巩固已经取得的教学效果，他已经开始系统地阅读中外儿童文学作品和理论书籍，这对改进语文课堂教学大有帮助，还从中悟出了不少教育原理。

对于一个有志于（或者不得不）终生从教的教师而言，阅读既是提升业务能力的有效途径，也是改善职业生存状态、保持身心健康的内在需求。一个有着良好阅读状态的教师，能够更好地把握学生的心理，可以将个人的阅读收获转化为教学资源，并从教学工作中体验到职业的成就感。

八 文学品位与教育启示的有机融合

——以安徒生《小意达的花》为例

给小学语文教师介绍儿童文学，选择安徒生，个中缘由很好理解，安徒生是儿童文学绕不过的标志性人物，是一座让人敬仰的文学丰碑。在安徒生的一百六十几篇童话中，选择《小意达的花》，是因为它不甚著名却又十分独特。

《小意达的花》是安徒生早期作品之一，收录于1835年出版的安徒生第一部童话集《讲给孩子们听的故事集》中。故事讲述了一个天真烂漫的小女孩意达和一个学生谈论起在皇宫里发生的奇事：当国王和他的臣仆迁到城里去的日子里，花园中缤纷斑斓的花朵们都跑进宫，开起了盛大舞会。小意达刚开始不敢相信真有这样的事，但在爱幻想的天性驱使下，她开始对神秘的花朵世界产生了无限向往。此时，故事进入了核心情节：小意达在自己的梦中亲眼看见了花朵们盛大、华美的神秘舞会。

窗槛上的花儿离开了花盆，在地板上围成一条长长的舞链；一朵高大的黄百合花弹奏起美妙的钢琴曲；蓝色的早春花唤醒了病恹恹的花儿一起加入舞会；一个黄蜡人骑在一根桦木条上跳起了波兰马佐尔加舞；睡在抽屉里的小意达的玩偶苏菲亚被扫烟囱的人唤醒，成了舞会中最亮丽的人物，花朵们把她围在月亮正照着的地板中央欢舞。就在舞会渐入佳境之时，故事的欢快基调却发生了突转——花儿们对苏菲亚道出了哀婉的心愿："明天我们就要死了。但是请你告诉小意达，叫她把我们埋葬在花园里，那个金丝雀也是躺在那儿的。到明年夏天，我们就又可以活转来，长得更美丽了。"这时舞会进入了高潮：客厅的门开了，一大群美丽的花儿跳着舞走进来，戴着金皇冠的花王和花后身后是一支由花儿们组成的乐队，演奏着滑稽的乐曲，花儿们相互致意，拥抱接吻，更多的花朵加入了最后的狂欢，舞会在高潮中结束。

故事从梦境回到了现实，小意达用一个绘有鸟儿图案的纸盒子，把死了的花儿都装了进去。她自言自语地道出了花儿们在她的梦境中表达的心愿，她要把死去的花儿们葬在花园里，好叫它们在来年夏天再长出来，成为更美丽的花朵。故事的最后，小意达和她的两个表兄一起为花儿们举行了葬礼。

首先和大家分享这篇童话在拟人化手法上的独到之处。

拟人化是童话创作的常见手法。让动植物能说会道，具有人的行为、思想与感情，这似乎成了童话最常见的形态，但拟人化手法艺术品位的高低之别往往被人忽视了。优秀的拟人化童话应当保持童话形象"物性"与"人性"的高度和谐。所谓"物性"就是被拟人的"物"本身所具备的特性，如花的多姿与美丽；所谓"人性"就是"物"身上被作者所赋予的人格化内容，如花儿们能走动、说话。在真实的物质世界里，花是长在地里或种在盆中的，它们无法随意移动，这是花的基本"物性"特征，而在安徒生的笔下，花的这一"物性"被超越了，花儿们可以离开自己固定的处所举行舞会，可以和玩偶们对话嬉戏，甚至还会表达对生的不舍、对死的哀婉等思想情感。但安徒生没有忘记，花儿依然是花儿，而不是别的什么，于是他十分巧妙地保留着花朵自身的某些物质属性，这种保留非但没有成为童话艺术构思的障碍，而且还为整篇童话奠定了独有的艺术氛围。《小意达的花》在"物性"与"人性"关系上的处理达到了很高的艺术境界。细心的读者也许会发现，全篇童话中花儿们说的话并不多，而更多的是通过点头、鞠躬等方式来传递信息、交流感情，这样的描写使"不真实"的花儿变得富有真实感了。

如果我们再读一读童话的开头，就会对这一艺术特征有更好的把握。一篇充满神奇色彩童话的开端，讲述的却是一个十分平常的植物学现象：小意达发现昨天还美丽鲜艳的花朵第二天却已枯萎。她天真地问："为什么花儿今天显得这样没有精神呢？"她得到的解释是："这些花儿昨夜去参加一个跳舞会啦。因此它们今天就把头垂下来了。"鲜花经夜而枯萎这一常见的植物变化现象，在孩子天真的问答间被抹上浓浓的童话幻想色彩。这种建立在充分尊重"物性"特征基础上的有节制的拟人化手法，为读者营造出一种亦真亦幻的艺术境界。这与很多平庸的童话作品随意将无限夸大的"人性"强加在"物"身上的做法，有着天壤之别。

作为小学语文老师，阅读《小意达的花》还可以获得教育层面上的启迪。

中国人认识安徒生首先要感谢五四启蒙运动的重要人物——周作人先生，他是中国介绍与研究安徒生童话的第一人。作为中国现代儿童文学理论的奠基人，他在阐释自己的儿童文学见解时，特别提及了《小意达的花》。他在《儿童的书》一文中指出，这篇童话的特殊价值在于"它那非教训的无意思的意思，空灵的幻想与快活的嬉笑，比那些老成的文字更与儿童的世界接近了"。如果让我们按照通常文本解读的路数，要提炼一下《小意达的花》的主题思想，确实不太容易。这篇童话除了让小读者感受到小意达天真烂漫的奇异梦境之外，我们似乎很难发现它有一个微言大义的主题。"无意思的意思"这一张扬儿童非功利精神的文学命题，在儿童文学领域已是耳熟能详，而在相邻的小学语文教育界似乎还未引起足够的关注。对于有着深厚的"文以载道"传统的小学语文教学而言，"无意思的意思"的作品，正可为语文教育提供另一种教学思路。

像《小意达的花》这样的童话适宜于小学低年级学生的听赏和中年级学生的自主阅读。在童年幻想力极为发达的阶段，正需要这样非功利的文学滋养。"记录本周发生的有意义的事"是不少老师布置周记写作任务时提出的要求，也是学生难以下笔的根源。如果让孩子们写一写充满童年梦幻色彩的随性之作，学生们或许会给你带来意外的惊喜。

安徒生走进中国已有百年历史，几乎成了儿童文学的代名词，可谓家喻户晓，但我们对安徒生作品的阅读，却存在很大的偏颇，《皇帝的新装》《卖火柴的小女孩》《丑小鸭》《海的女儿》等名篇，成了不少人走不出的圈子。今天借着《小意达的花》的评介，希望大家对安徒生作品的了解能走向深入。

九　以稚趣的方式传达哲理意味

——以《今天明天》与
《后天大后天》为例

　　在不少人的印象中，中国的幼儿文学总是和浅显的内容、过多的知识传授、甜腻的语言叙述联系在一起。李珊珊的幼儿文学新作《今天明天》《后天大后天》改变了这种阅读印象。以年幼儿童为读者对象的文学，无疑要写得浅显有趣，但优秀的作家总能以独特的方式彰显浅显故事背后的丰富哲理，这种哲理并不是成人强加给幼儿的所谓道德教训，更不是刻意为之的技巧性包装，而是作者建立在对幼儿精神世界深刻把握基础之上的艺术创造。在李珊珊的两本新作中，丰富的哲理内涵获得了稚趣的文学表达。作者没有满足于对幼儿外在言行的简单描摹，也没有沉迷于浅薄的搞笑氛围的营造，而是将关于时间、快乐、孤独、死亡等带有哲学意味的话题，融汇于幼儿稚嫩的言行中，表达了幼儿对自我、世界乃至彼岸境界的质朴认识。作品主题的丰富层面，使儿童读者与成人读者都能从中捕捉到与自己审美能力和旨趣相吻合的元素，在一定程度上实现了读者对象的超越性。

　　幼儿在日常生活中的懵懂无知以及由此导致的种种可爱与拙笨行为，作家是较为容易捕捉到的。但如果缺乏对幼儿内在精神特质的体认，作品对外在生活形态的刻画就会显得肤浅、粗糙。李珊珊的可贵之处在于，她能站在幼儿本位的立场上，将常态化的幼儿生活现象溶解于幼儿充满灵性的精神世界中，通过一个个充满稚趣的故事，来表现一个年幼孩子打量世界时的惊讶、欢喜、不解和困惑。

　　在《关于蒙头睡觉》中，作者讲述了小丘奥德因为睡觉时要把被子蒙在头上而被妈妈阻止。妈妈给出的理由很简单，也合乎正常的生活逻辑——蒙头睡觉不利于身体健康。孩子心中装着大人永远搞不懂的理由，丘奥德对自己行为的辩解令人捧腹——既然不能蒙头睡，为什么要蒙身体睡呢？既然身体会冷，那么头也会冷，眼睛、鼻子、下巴、牙齿都会冷，所以蒙头睡才是合理的，如果不蒙头睡觉，那么也用不着蒙着身体睡了。当妈妈说不盖住身体会得感冒时，孩子则反唇相讥：如果不盖住头，头也会感冒的，他还以爷爷没有蒙头睡而得了感冒作为证据，向妈妈以理据争。母子间看似无厘头的争辩，实际上传达着幼儿对自己身体的一种独特认知。在年幼孩子的心灵里，身体各个部分都有着独立的生命与人格，这种思维在稚拙言语的演绎下，营造出独具幼儿文学特质的审美语境。儿童的身体叙事与成人有很大的不同，后者充满了太多关于社会、政治、意识形态的隐喻，而儿童的身体叙事则更多地呈现着生命本真、淳朴的原生状态。身体化思维是幼儿特有的心性特点，幼儿往往以自己的身体参与到对周围环境的认知中去。在《袜子上的洞洞》《梯子》《手指头》《刷牙》等故事里，孩子的身体都不同程度地参与了审美叙事。例如，把空中的雷声说成是打喷嚏和放屁，将洗发水说成是鼻涕等等。

作为一部长篇系列故事，作者以"今天""明天""后天""大后天"等延续性的时间概念为题，这既是一种叙事的智慧，也增添了故事的哲理意味。"我不知道太阳是从哪里来的，我不喜欢它——是的！今天明天后天大后天，一直到看不见，都别想让我喜欢它。"这类表述在系列故事中不时出现，体现了幼儿对时间问题的独特认知，也使系列故事在结构上获得一定的关联性。

时间意象不仅出现在书名上，还在多个具体的故事中得以展开。在《日历》中，幼儿面对妈妈买来的日历，对时间问题展开了孩子式的思考，以一个年幼孩子充满稚趣的口吻，道出了对时间内涵的独特理解。妈妈在日历上不断将值得纪念的日子画出来：家人的生日、重要的节日、体检的日子等等，而故事的小主人公丘奥德却说："在此之前，我不知道还有这么多日子需要记忆：珍贵的、快乐的、悲伤的、有趣的。我的记忆是很模糊的。我只记得某个炎热的下午妈妈不给我吃冰块、我被一只癞蛤蟆吓哭、我的脚指头被石头砸了。爸爸揍我的时候我也记得，但不记得自己是怎样停止哭泣的。"妈妈告诉他，第二天就是他的生日，过完生日就长大了一岁，就要表现得更乖一点。在丘奥德看来，这样的要求太不合理了："我认为长大了一岁就应该得到更多的自由。就像小姐姐那样，她只大我一岁，却可以随便花存钱罐里的钱。"作者并没有试图向小读者解释什么是时间，但通过小丘奥德的语言，既表现了孩子与大人对于时间迥异的理解，也让儿童读者（某种意义上也包括成人读者）对时间问题有了具象化的认识。

年幼儿童对语言本体的认识也是一个富含哲理意味的话题。人是通过语言来建构周围世界意义的，幼儿在进行这种建构时饶有趣味的言语，构成了这两本书独特的审美意味。丘奥德从爸爸妈妈说悄悄话的情景中，引申出了对"秘密"一词各种各样有趣的联想（《秘密》）；从房间里的几把椅子、几张桌子、几盆花，到房屋的几扇门、几面墙，再到和妈妈一起上市场买来的几个西红柿、玉米和土豆，丘奥德认识了"数字"这个词的含义（《数字》）；年幼的妹妹丘浅浅被绳子绊倒后，将绳子命名为怪物，后来一听到"绳子"这个词就感到无比害怕（《绳子》）。这些故事将关于语言本体的哲学意蕴与儿童的生活情趣融为一体，展示了儿童文学的思想格调与美学魅力。在《说反话》《儿童》《颜色》《"挖"和"埋"》《雪》等故事中，孩子对语言本体的认识也有不同程度的体现。此外，《巧合》对于偶然性问题的联想；《外公的河》对于死后彼岸世界的想象；《好朋友》对于各种人际关系的思考，都显示出作者对于幼儿文学哲理内涵的追求。

李珊珊两本新作采用了儿童主观视角的叙事方式，这在中国幼儿文学中是不多见的。叙事方式的创新不可避免地增加了叙事难度，因而给作品留下了一些难以避免的遗憾。

在《鸡蛋》中，有这样一段表述："通常被心爱着的东西都很脆弱。小孩子是被爸爸妈妈的心爱着的，所以小孩子有时候会觉得很委屈，会哭、会躲起来，这是孩子的脆弱。鸡蛋也是被心爱着的，它是母鸡的心爱，之前它在母鸡柔软的肚子里，所以它们出来了以后也很脆弱，妈妈做饭的时候轻轻地就能把它敲破。"这样的表述无疑是富有诗意和哲理的，但很难想象这是发自一个五岁孩子的心声，显然与这个年龄阶段孩子的智力水平与语言发展能力不相吻合。在同一篇故事里，妈妈把小丘奥德带到厨房，拿着一个鸡蛋给他讲解蛋黄和蛋清的区别，而随后小丘奥德对鸡蛋的哲理思考，显然与其对具体事物的认知水平之间存在反差。这种与孩子实际年龄明显不符的自我言说在故事里时有出现。此类瑕疵在《今天明天》中表现得更为集中与明显，在《后天大后天》中则有了明显改善，这可能是因为随着写作进程的推进，作者对儿童主观视角叙事的把控力在逐渐增强。

　　仔细阅读文本，会发现一个很有意思的现象。如果将《外公和外婆》《走路》《电影院》《陪伴》等存在上述瑕疵的故事移植到更大年龄的孩子身上，就显得合理多了。在此我们不妨做这样的猜想：如果这不是一部系列化的长篇作品，而是一篇篇独立的，由不同年龄阶段，甚至不同智力水平孩子的自我言说演绎的故事，那么，以上所提及的叙事瑕疵在很大程度上就会得以修正。由此联系到当下儿童文学的创作生态，系列化创作已渐成主流，在商业化时代，系列化写作显然有助于作品的传播和品牌形象的树立，独立的短篇往往不被重视。短篇创作对作者文学才能的历练功效已被诸多文学创作的成功实践所证明，一个作家致力于短篇精品的打磨不失为一种更有眼光的艺术追求。通过一系列独立短篇的创作实践，逐渐形成自己独特的创作风格，继而从中发现成功的人物形象，再加以系列化创作，或许是一条通向更为久远的成功之路。

下 篇

❖ 与儿童的文学对话

　　"童年文学生活"研究是以读者为中心的研究。研究的目的不仅是建立一个逻辑严密的理论体系，更为重要的是要让在学理论述中得以确证的观念与方法，直接造福儿童读者。引导儿童读者爱上优秀的儿童文学，让他们在纷繁多变的时代文化氛围中，保持一份对文学世界的向往，提升他们的文学感悟力和理解力，这是儿童文学研究者应当着力而为的分内之事。本篇中的十篇儿童文学导读文章，就是笔者尝试以文学对话的方式，进行的一次童年文学生活建构实践。这些导读文字力求以平等对话的姿态，和孩子们谈论文学的美、文学的幽默、文学的可爱与文学的深刻。第一章是笔者个人对儿童文学导读写作的思考与总结，可当作本篇的综论。

一　与儿童进行文学对话的应有姿态

　　童年的文学生活充满了对话关系。当一个孩子手不释卷沉浸于阅读世界时，他是在与文本对话，同时也是在与创造文本的作者对话；当爸爸不同意买下他心仪已久的一本幻想小说时，他大声抗议甚至拒绝吃饭，这也是一种对话，是与充当"把关者"角色的长辈之间的对话；文学阅读课上老师刚提出一个问题，教室里齐刷刷升起一片小手臂，性急的几位顾不上举手发言的规矩，叫着嚷着说出自己的看法，这是小读者与他们的文学阅读引导者之间的对话；几个小家伙躲在校园的某个角落，嘀咕着最近读的故事里谁最炫酷、谁最搞笑，这是伙伴们之间的文学对话。可见，童年文学生活中的对话关系是多维的，可以在不同的主体间展开。本篇所讨论的话题是如何实现成人与儿童之间平等、有效的文学对话。具体地说，就是通过恰当的方式，引领儿童读者认识有可能会被他们忽略的优秀儿童文学；以平等的语气与他们谈论存在于文本中的、属于文学的美，这种美很可能在他们囫囵吞枣的阅读中被快快地掠过了；再告诉他们如果能从书中发现一些问题并用心琢磨，将会带来哪些特别的乐趣。

　　市面上的儿童文学读物常常会附上专家的点评，报刊上、网络上介绍儿童文学、评论儿童文学的文字也不少。其中虽不乏精辟的见解与独到的分析，但给人的总体印象是，这些篇章中的大部分是为成人写的，是写给家长和老师们读的。真正基于童年立场，充分照顾到儿童阅读心态与审美体验的导读文章尚不多见。有鉴于此，我希望尝试着以一种更为平等的对话姿态来撰写儿童文学导读。通过这些导读性文字不仅可以引导小读者喜欢上某一本具体的儿童文学作品，还能引发他们对文学进行一些符合他们心性特点的思考，让他们觉得这样的思考不是无聊的，还蛮有意思。我深知这样的写作颇有难度，只能以"虽不能至，而心向往之"的态度勉力而为。以下是对本篇中的十篇儿童文学导读文章写作的一个总结，也作为本篇的综论。

（一）引导儿童读者走向原作

并不是每一部作品都需要导读，像《哈利·波特》《霍比特人》这样的作品，阅前的导读就显得有些多余。作品极高的社会声誉，加之同名影视的强势导引，孩子们自然会全身心地融汇到那气势磅礴的幻想洪流中去，倘若有人此时还在他们的耳边絮絮叨叨地说个不停，只会自讨没趣。最需要进行导读的作品有以下几类：1. 文学品质高，但因种种原因出版后没有引起读者充分关注的优秀作品，其导读文章可以发挥积极的推广引介作用；2. 那些在读者中已经有一定影响，思想和艺术内涵较为丰富的作品，其导读文章的作用在于引导读者更好地理解作品，提出某些值得讨论的话题；3. 诗歌、散文等文体也是导读文章应当着力之处。喜欢故事是儿童的天性，在自主选择读物时，他们会天然地偏向叙事性文体而忽略抒情、写意类文体，而后者对儿童读者语言美感的涵养、文学品位的生成又是不可或缺的。

导读的最终目的是让小读者走向对原作的阅读，让他们在作者创造的文本世界里感受、体验、学习、思考。写作导读文章的一大难处是，如果不进行作品内容的概述，就很难展开进一步的导读，作家笔法的精妙、风格的独特、细节的精彩都无从谈起。而一旦把故事情节介绍得太清晰，读者进入原作阅读时就会失却很多自我发现的惊喜体验，对于散文类作品这个问题就更为突出。我在文章中一般只介绍大致的内容背景和轮廓，尽量避免把故事梗概完整地写出来。关键是在原作中找出特别吸引孩子并能反映作品艺术风貌的段落，引出原文并加以简要评述，评述应力避抽象并尽可能与小读者的现实生活相联系，借此引发读者到原作中去寻求更为完整的阅读满足感。

以《认识幻想小说的"真"与"假"》为例，这是一篇为陈丹燕幻想小说《我的妈妈是精灵》写的导读。妈妈居然是精灵，这样的惊天大秘密因小女孩陈淼淼一次无心的小失误被揭穿了，故事随后的传奇性一定是读者所期待的，如果故事梗概把一切都说透了，原作阅读的惊异感就会大打折扣。我采用的写法是，引两小段原文，一段是妈妈作为精灵现出原形时的场面，让小读者体验幻想叙事的奇异性；另一段是精灵妈妈到学校门口接女儿回家的情形，在这里精灵妈妈和普通孩子的妈妈一样，关心着自己女儿的衣食住行、考试成绩，极富人间气息。在两段文字之间，我和小读者谈论幻想小说真实感与虚幻感相互交织的艺术特征，以及幻想小说与读者们所熟悉的童话之间的区别，激发小读者到原作中去寻求更大的惊喜，亲自体验幻想小说独特的艺术风味。

《童年的万花筒，文学的万花筒》一文介绍的是英国作家依列娜·法吉恩的作品《万花筒》，这位安徒生奖获奖作家的作品引进出版后并没有引起太大的关注。作品融小说与散文笔法于一体，童年真实情景与孩子虚幻想象在书中交互呈现，与那些情节线索清晰的小说相比，阅读的难度自然要高一些，如果让这样的作品静静躺在书架上不加以引介，被小读者主动接受的可能性就很小。我选取了一段描写村庄景色的段落，文字很优美，但此类静态的描写与当下孩子的阅读口味有一定距离。我在导读中特别强调，故事小主人公与他爸爸不一样，他看到的不仅是美丽，还看到了躲藏在美丽背后的神秘，希望读者到原作中去探寻小男孩发现的神秘。文中的另一段引文是小男孩生病时产生幻觉的画面，作者以十分逼真的笔调来刻画虚幻的感觉，让人感觉小男孩病中的幻觉完全有可能出现在真实的生活中，更突显了故事的神秘感，与前一段引文形成一种呼应关系。

（二）与读者分享文学的感动与思考

导读文章并不是原作的推广广告，它是一个先行的读者向后来的读者分享自己阅读感动的篇章，应力求写得充满感情、富有美感。你不能站在一旁事不关己地介绍，某一本书多么有趣，某一段描写非常精彩，某一首诗歌十分迷人，你应该让小读者感受到，你是一个热爱阅读的人，被一本好书吸引了，陶醉了，现在想把这种美好的感觉告诉自己的好朋友。在介绍班马写的散文《黑马》时，我写道："让我们来认识一匹黑马吧，要是让你骑着一匹马游历世界，那真是爽极了。如果我告诉你，这不是一匹真正的马，而是一辆自行车，你会很失望吧。且慢失望，因为在作家笔下，一辆其貌不扬的自行车却有着和一匹骏马一样的魅力，作家的文学才华让这种魅力表现得淋漓尽致。"（详见《在优秀选本中领略文学的美好》）这样写可以让小读者体会到，向他们介绍这篇散文的人也曾有过失望与惊喜交织的阅读经历。

桂文亚的散文中有不少是作家自传体的童年生活记录，其中一篇写的是"我"和妹妹用一把玩具铺里买来的宝剑，让一群欺负过她们的野孩子闻风丧胆的故事。在介绍故事时，我没有进行单调的转述，而是以文学化的语言将原作的概貌呈现在读者面前，并把自己对童年的体验和观察也融入其间："我建议大家在阅读集子之前，先翻到书末的'作家相册'一睹这位小侠女长大后的风采，请特别留意台湾小学语文课本中的那张作者的'标准像'。看过之后，或许你会一愣：这么温文尔雅的女作家，怎样会有如此狂野的童年经历呢？我看了之后也是一愣的，愣过之后我又想，唉！这才是童年啊，可惜了，我未曾拥有过，估计现在的孩子们能够拥有的，恐怕也不多吧。"（详见《漫步桂文亚的散文世界》）我不仅写出了对原作的欣赏态度，更表达了对当下孩子童年生活的感慨与同情。

给小读者分享阅读的感动固然重要，但儿童的文学阅读又不能仅仅停留在感动这个层面上。引导他们更好地理解作品的思想与艺术内涵，更是导读文章所应当着力的目标。不能想当然地认为，对作品的理性分析是针对大人们的事，它只会让孩子们倒胃口。著名儿童阅读研究者艾登·钱伯斯就批评过这种看法，他对孩子们具备评论作品的能力充满信心："儿童具有评论的天赋，而且自成一格。不管提问、报告、比较和判断，对儿童而言都是出于直觉的。"孩子的思辨能力不可小视，只不过他们的思辨有别于成人严谨的逻辑演绎。倘若我们能在充分展示感性材料的基础上，恰当地进行一些理性分析，对他们文学理解力的提升显然是大有助益的。

"搞笑"成了当下童书的一种时尚，几乎没有孩子能够抵御它的魅力。但阅读带来的"笑"是可以多种多样的，不一定都是放肆的狂笑，也可以是忍俊不禁的微笑，甚至是没有显露在脸上的暗暗一笑。在充分展示了秦文君《调皮的日子》的幽默风貌之后，我给小读者留下了这么一段话："大家都把所有会引人发笑的内容当作幽默。幽默和滑稽是有区别的，幽默是在轻松、欢快的喜剧气氛中表达作者对生活的独特理解，充满趣味又让人回味。而滑稽往往是通过夸张、变形的动作、语言来逗人发笑，笑过之后也就忘了。滑稽是显而易见、容易察觉的，而幽默则需要读者用心领会。"（详见《真正的幽默而不是简单的搞笑》）我并不奢望小读者读过之后立刻就会对幽默和滑稽的区别产生深刻的理解，但这样的提示多少可以让他们知道，让人发笑的作品并不都长着单调的模样。

在《一个孩子的天问与呓语》一文中，我把舒比格笔下孩子天真稚趣的呓语与屈原的《天问》进行了对比。介绍张品成的《赤色小子》时，我和读者谈论"好人"与"坏人"在不同的生活境遇中是如何转换的。在《诗，带着点难度的美》的最后，我把评论家孙绍振对王宜振诗歌的评价带给了小读者。这么写就是为了把儿童读者带入对文学更深的理解中。

（三）持守关怀童年的写作立场

导读文章不该是把孩子拉进文学世界，就算是完成了任务，它还应当在与小读者的文学对话中，借助文本的艺术力量传达真切的童年关怀。让小读者体会到，文章作者关心的不仅是他们是否会爱上文学，更在意文学的阅读是否给他们带来了心灵的释放，让他们的烦恼得以理解、委屈得以倾诉。一篇优秀的导读文章不应成为原作的附庸，它还应该拥有自己独立的文本价值。

喜欢对寻常事物发出天花乱坠的疑问是孩子的天性，很多时候孩子是以发问的方式表达自己对世界的奇妙发现，他更在乎大人们对他所提的问题是否表现出关注和欣赏的态度，而不是得到一个确切的回答。不解童心的成年人难以把握其中的妙义，常常不把孩子的发问当一回事。

当大人向孩子发问时，情况却正好相反，每一个问题都是冲着答案而来，孩子的回答若不符合大人心中预设的答案，得到的回报很可能就是一份委屈。儿童与成人间的问与答实际上构成了一对颇有意味的文化关系。

舒比格的《爸爸、妈妈、我和她》就充满了孩子各种各样妙趣横生的提问，我在导读中写了这样一段话："舒比格生活在那个山清水秀、童话般的国度——瑞士。他是一个永远长不大的孩子，他似乎躲在全世界孩子的心里，睁着好奇的眼睛打量这个有点怪异的世界，发出了一串谁也无法给出答案的问题。问题有时并不是为答案而存在的，问题本身就很有价值，也很有意思。有意思的问题，有时会让人觉得生活也蛮有意思的，尽管我们每个人都有无聊的时候。有意思的问题，甚至会让我们产生这样的想法：就让这些问题永远是问题吧，何必要急匆匆地去得出答案呢。每天被作业本和试卷上的问题与答案搞得晕头转向的读者们，真该暂时放下那些没完没了的问问答答，来读一读舒比格笔下那个孩子提出的，无需答案又充满智慧的问题。"（详见《一个孩子的天问与呓语》）我的用意是在引发小读者阅读原作兴趣的同时，表示我对生活中那些爱提奇怪问题的孩子的一份同情，希望那些因发问不得理会，或因回答不被肯定而遭受挫折的孩子获得些许的心灵抚慰。

当然，我们也不能把童年关怀简单地等同于对孩子的同情与理解，还应当用关怀的力量去激发孩子真诚地面对未必完美的真实生活。高璨是近年颇受诗坛关注的小诗人，在介绍她的诗集《阳光的脚步很轻》时，我选了她的《阳光》作为示例："阳光很慷慨，又很吝啬/他有一身金子的/礼服，一顶金子的/帽子，还有一对金子的/靴子"。诗人梁晓声对此诗给予了很高的评价，他认为高璨不是在运用奇妙的比喻来形容太阳，她是以一颗单纯的心直接面对太阳，因而才写出太阳本该有的样子，使诗句有了打动人心的力量。现在已经有越来越多的人认识到，语文学习不仅是言语技巧的操练，更是对孩子精神世界的塑造，但这种理想的语文学习环境并非每个孩子都能拥有。比喻是小学语文课堂的必修内容，但几乎所有的老师都是把比喻当作一种修辞手法教给学生的，没有什么人会在乎一个孩子在操持这个修辞手法时的心灵状态，我希望借助梁晓声对高璨诗歌的评价，引发小读者对自己语文学习状态的思考："在语文练习册里，我们做了很多有关比喻的练习，我们会判断被老师们故意弄得很难的句子是不是一个比喻句，试卷中那些关于比喻的考题也难不倒我们，但是，很少的时候，我们会去思考，一个比喻句是不是真的很美妙；更少的时候，我们会去在意，一个比喻用得真诚不真诚，是不是可以打动人心。"（详见《诗之精灵跳跃在童心》）我同情孩子们语文学习的现实处境，更希望孩子们能够用自己的心灵力量去战胜环境的异化。

二　童年的万花筒，文学的万花筒

　　这是一本显得有点寂寞的书，中文版推出后没有引起读者们太多的注意。不太流行的书里有时会隐藏着很多有意思的东西，等待着一双富有发现力的眼睛。英国作家依列娜·法吉恩的《万花筒》就是这样一本书。

　　这本书介绍起来有点麻烦，它不像一般的故事书，介绍一下故事情节，读者就可以了解书的大致内容了。要说故事，书中倒有不少，但并不是由一条线索贯穿始终的完整故事，故事显得有些零散，但却不乏趣味。故事的主人公是一个名叫安绍尼的男孩，他居住在一个被他爸爸称为"地球的眼睛"的村庄里，这地方美极了，书的第一章就是对这个村庄的一番描绘——这里有绵延起伏的山峦，哗哗流淌的溪水，蓝天映衬下的农屋，果实累累的果园。而最令安绍尼着迷的是那个充满神奇魅力的磨坊：

　　　　从来没有一个磨坊的水池像这样平静，这样闪亮的。那水就像平整光滑的桌面，镶嵌在鸢尾属植物叶片和驴蹄草叶子构成的框子里。

　　　　这里那里有一片片很小很小喜水的丛生灌木，里边藏着一些母松鸡的窝。当这一桌面般的水伸展开去，到了小径旁，很快缩小成一条美丽的分叉小溪，上面的支流唱着歌流入孤独的群山里，而下面的支流汩汩而下，成为一些小小瀑布，跌入山谷。

　　　　……

　　　　那是一个充满危险，被神秘符咒镇住，值得冒险探奇的地区。那个平静的磨坊水池上也笼罩着永远无法破除的符咒。它躺在静止不动的恍惚中，保守着成百上千个正在长眠的秘密，这种秘密随时随地会被惊醒过来。那个中了魔法的公主，是不是就是那水边金色的鸢尾花，是不是就是那动作敏捷的母松鸡，掠过那银子般的水面？

上面这段引文的前半部是关于山间景色的描写，一般人感受到的是一种自然之美，而安绍尼看到的是美丽背后躲藏的神秘。他父亲用"地球的眼睛"来比喻整个山村，安绍尼理解的"地球的眼睛"就是那个磨坊的水池。"它就像母亲抬起闪亮的眼睛一样透过繁花缤纷的果园望着他，邀请他前去，走近些，再走近些，并且透过那只美丽的眼睛，看看它在天空看到了什么，在大地上看到了什么。"

书的第一章，就像一篇写景的散文。如果你的语文老师非得让你做什么好词好句摘抄作业的话，你就把这些灵动的语句抄在作业本上，也抄在你的童年记忆里。

安绍尼就在这样一个美丽而神秘的地方开始了他的童年生活。这个敏感、聪明、喜欢幻想的孩子不断和身边各式各样的人打交道，他旺盛的幻想力使他不断地发现生活中的神奇之处，并在他灵光闪烁的大脑里变幻出多姿多彩的故事来。安绍尼是用自己的身体、语言和内心的幻想演绎一个个真实的、幻觉的、亦真亦幻的故事。

让我们来读一读"假装吃东西的人"这个故事吧。

这一天安绍尼到木匠埃利的作坊里玩，埃利是个远近闻名的好木匠，村里的很多木匠活都出自他之手。要表现木匠的好手艺有很多途径，比如可以写他做的家具如何精致，他搭盖的房子如何坚固等等。作者描写的角度却很特别，他抓住了一个细节——木板上的纹路，并把它和被安绍尼称作"地球的眼睛"的磨坊水池联系了起来："刨好的橡木板像磨坊池塘的水面一样。而且像一点也不起皱的池塘水面有许多阳光的斑点一样，它那美丽平整的表面有许多纹路浮在上面，有波浪形的线条和缎子般的圆点。你假如凑近看木板的表面，那成堆的点和线就像在你的眼皮底下浮动起来，就像你看水中的点和线一样。"这些纹路引发了安绍尼与木匠埃利之间一段很有意思的对话：

安绍尼摸了摸那些纹路。

"它们在动吗?"他问道。

"嗯,"木匠说,"当这棵老树还活着的时候,这些地方确实是动的。"

"树能动吗,大卫斯先生?"

"任何生长的东西都能动,安绍尼少爷。你看,这些线条表示他的年龄。一棵树每年长一个新的年轮,它被拦腰截断的时候,你就能根据它的年轮看出它的年龄来了。"

安绍尼摸了摸自己小小的身体。"我有六个年轮。"他说。

"你肯定是一颗很细很小的小树苗。"埃利说着又刨了起来。

"你有多少年轮,大卫斯先生?"

"将近五十个吧,说不定还要多一点。我自己也说不准。"

"要是你拦腰截断,你就说得准了。"安绍尼提醒他说。

埃利又笑了。"那不由我来确定了,安绍尼少爷。当我一截两半的时候,那得由老天爷来数我的年轮了。"

"那你就死了?"安绍尼问。

"我们都有一死,亲爱的,树也好,其他的一切也好。"

"那它现在死了吗?"安绍尼把他的手放在木板上。

"它再也不会长叶子了。我记得自从它长在那边老宅基地上,我看见它长了好多好多次叶子,我也收集过好多好多次橡树的果实去喂猪。后来有一个夏天,大约十五六年以前,下了一场雷雨,它被雷电打中了,从此就撇下老宅基地孤零零地长在那里。"

"它好像没有死,"安绍尼说着,小手指头在波纹上摸来摸去,"它一直在动。"

……

安绍尼的问题显得那么幼稚,但在幼稚的背后却有着不一般的深刻。这一老一少的对话还要延续挺长的,读者们可以先想象一下,这样有趣的对话再发展下去,会是一幅怎样的场景,然后带上一份期待去读一读原作。大人和孩子的思维是多么的不一样，木匠埃利看到的是一棵树的植物学上的特性，而安绍尼对一棵树生命历程的理解却特别得多，这些稀奇的想法虽然不符合科学的原理，但放在文学作品里却显得趣味十足。文学和科学都很伟大，却很不一样。想象是儿童的天性，出于天性的想象往往是最有意思的，这种想象平日里可能会躲在你心里的某个角落，当遇到某种机会时它就会冒出来。安绍尼在与一位善解童心的长者对话时，这种机会就出现了。有时，这样的机会就存在于阅读中，就像你读到了安绍尼的故事，他的奇思妙想也可以成为你想象力突然生长的机会，阅读不仅仅是被动地吸收别人的故事，也可以引发出属于自己的故事。读到以上介绍的这个章节时，你会觉得这像一篇小说。像小说的章节还有"巴巴和拉拉""一个人倒了霉还会殃及别人"等。

安绍尼在各种猎奇探险过程中，真实的情景常常被他的幻觉所融化，演变出一个不可思议的幻想世界来。"跳来蹦去的大娘"就是这样一个奇妙的故事。

安绍尼听伙伴说，山梁下的小小农舍里住着一个叫跳来蹦去的大娘，是个女巫，这女巫有许多神奇的本领。例如，她可以用咒语让人手上长的瘊子消失。这让安绍尼的幻想喷涌而出，他整天琢磨着怎样去农舍里探个究竟，又害怕那个可怕的女巫会向他扑来。有一天他病倒了，一家人围着他忙里忙外。人生病时对周围事物的感觉和平时本来就有点不同，对幻想力旺盛的孩子来说，就更不同了，安绍尼在病床上有了一次和女巫交往的神奇经历。让我们来看一看安绍尼是怎样走进幻想世界的：安绍尼躺在床上，迷迷糊糊地想睡觉，可是身边的聊天声让他无法入眠。

当他抬起眼睛看时，只见跳来蹦去的大娘正坐在他的床边。他把她看得很清楚，好多好多年以来，他从来没有把一个人看得那么清楚过。她那双黑色的眼睛好像把他的全身都看得很透很透，但是他一点也不害怕那对眼睛。尽管这对眼睛没有一点笑意，但是它们似乎看到了一切，这总是一种安慰。她把她的一只手放在他的前额上，身子俯下来，在他的耳边轻轻地说话。

"现在，孩子，安绍尼一定得去睡觉。"她悄悄地说。

"可我没法去睡觉，这里聊天的声音那么响。"安绍尼烦躁地说。

"那就把聊天的声音停下来吧。"

"是我在聊天？"

"当然是你喽，你这只喜鹊。你要老是喋喋不休，安绍尼怎么能睡着呢？来吧，现在来吧！"

她不断地在他的耳边悄悄地、悄悄地说着话，一直说到那只喜鹊从安绍尼的头脑里出来听她说话。它飞了出来，飞出了安绍尼的耳朵，落在了跳来蹦去的大娘用钩针编织的披肩的肩头上。安绍尼看看那张床，只见一个跟他一模一样的男孩十分安静地躺在床上。

"他睡着了吗？"变成喜鹊的安绍尼问。

"我想是吧，现在他摆脱了你，你这只淘气的鸟。跟我来吧，我会把你放在一个让你聊个够的地方去。"

……

接下来，安绍尼在女巫的带领下，来到了他平日里早就想进入的那个神秘的农舍，也就是女巫的家。在那里他经历了许许多多，作为一只喜鹊度过了幻想世界中的七年，又回到了真实的世界里来。当他病好后，还真的到了那个女巫住的农舍里作客，那个跳来蹦去的大娘和他一起喝茶、吃点心，还遇见了他在幻境中见到的那只"金色眼睛的灰猫"，眼前这位和蔼的大娘却没有半点女巫的气息。读到这样的故事，你是不是会觉得像童话，而且是一篇很独特的童话。书中描绘的幻想世界并不是孤立的，而是和现实世界发生着各种各样的关系。安绍尼进入和走出幻想世界时又是那么的自然，仿佛就像是从一个房间走到另一个房间一样。这些独特的阅读体验，都在书里静静地等着你哩。"太阳的山""杰可勃的梯子""神奇的钟""修道院院长的厨房"等都是充满幻想色彩的章节。

当我们读到书的结尾时，又有一个特别的感觉在等着你。第十九章"罗马木偶"的标题下，有两行小字："在这期间，安绍尼因为生活的缘故，离开了地球的眼睛好多年。"这仿佛在提醒读者，可爱的安绍尼长大了。最后一章的标题是"我看到的美丽图像（穿过栅栏门）"——

> 他可以到这里来，穿过栅栏门走过去，河还是那些河，蝴蝶花还是那些蝴蝶花，山还是那些山，就跟他原来知道的那样。他回去的那幢房子，过去是他的家，现在还是他的家。当他穿过那些梨树和苹果树时，来到他自己的家门口，安绍尼停下来看看自己的身后，地球的眼睛依然跟从前一样富有魅力，闪烁着具有魔法的光华。

这个结语让我们明白，前面每个章节所讲述的故事构成了安绍尼的一部童年传记，记录了一个孩子成长的过程。这个过程既有可以用眼睛看到的外在活动，也有属于心灵世界的各样秘密。

这本书之所以叫作《万花筒》，一是因为，安绍尼得到过一个真正的万花筒，他从万花筒缤纷的图案联想到了生活中的多彩画面。二是因为，安绍尼充满神奇幻想的童年故事就像是一个多彩多姿的万花筒。三是因为，这本书有的地方像散文，有的地方像小说，有的地方像童话，有的地方又像传记，这么丰富的样式，本身就是一个文学的万花筒。

三　一个孩子的天问与呓语

　　这是一本薄薄的书，一本乍看起来有点幼稚的书，但又是一本十分独特的书。在这本书不长的篇幅里，你会读到一个孩子所展现的人类思考的秘密，你会在"胡说八道"的故事背后发现隐藏其间的隽永哲思。让我们翻开瑞士作家舒比格的《爸爸、妈妈、我和她》，在享用文字盛宴的同时，也别错过了由德国画家贝尔纳为本书绘制的同样别致的插图。

　　舒比格生活在那个山清水秀、童话般的国度——瑞士。他是一个永远长不大的孩子，他似乎躲在全世界孩子的心里，睁着好奇的眼睛打量这个有点怪异的世界，发出了一串谁也无法给出答案的问题。问题有时并不是为答案而存在的，问题本身就很有价值，也很有意思。有意思的问题，有时会让人觉得生活也蛮有意思的，尽管我们每个人都有无聊的时候。有意思的问题，甚至会让我们产生这样的想法：就让这些问题永远是问题吧，何必要急匆匆地去得出答案呢。每天被作业本和试卷上的问题与答案搞得晕头转向的读者们，真该暂时放下那些没完没了的问问答答，来读一读舒比格笔下那个孩子提出的，无需答案又充满智慧的问题——

　　如果我们说谎会发生什么灾难？那是因为我们使用的语言错了吗？

　　有没有人能一下子就想象大的东西，而不必先把东西缩小？

　　奶奶病了，她知道不知道她身体里起了什么变化？

　　为什么所有的东西都刚好往下掉？地球呢？它也是往下掉吗？谁能证明让奶油面包掉下去的是地球的引力？难道不可能是奶油面

包的引力？

　　不同的东西怎么可能有一样的特性呢？

　　为什么会有相同的东西，而不是每一种东西都不一样？

　　白天从哪里来？黑夜到那里去？

　　当我把这些问题从书中的具体细节中剥离开来，罗列在这里的时候，你可能还无法感受到这些问题所有的幽默和智慧。其实，以上的问题在书中都和具体的生活情境联系在一起。这一切，留待读者们到书中去体验吧，阅读原作的乐趣是任何故事梗概无法替代的。让我们读一读下面这则故事：

　　　　当我出生的时候还缺很多东西，譬如说，新的音响，还有我妹妹的床，因为那时候也还没有她。她的名字叫安妮，我有时候只叫她"她"。譬如说，当妈妈问，是谁又把电话筒拿起来玩了的时候，我会说："她。"

　　　　那些还缺少的东西到底在哪里？像我妹妹，当她还不在我妈妈肚子里的时候，在哪里？只要我想这个问题的时间长一点，我就会头晕。我还是把这个问题留给爸爸好了，他喜欢想这些伤脑筋的问题。

　　　　这个世界上还少了什么树？少了什么动物？这又是另外一个问题。他们的名字又是怎样来的？

　　这些问题谁能回答呢？一个孩子的脑袋里冒出了这么奇异的问题，本身不就很有意思吗？这些问题的提出，并不是为了追求答案，而是让人体会到思考的乐趣。当然，也有些问题，"我"给出了自己的解释：

　　什么是癌症？当得知奶奶患了癌症后，"我"是这样解释癌症的：

　　"癌细胞就是童话中从锅里漫出来的甜粥，它从锅里不断地溢出，一直流到门口，挡也挡不住，最后还淹没了整个村庄。"

　　什么是死亡？当奶奶走向生命终点时，"我看到奶奶苍白的手指，我突然感到害怕，它们不在玩弄被子的边缘，不在摸索睡衣的纽扣孔。

我好害怕，因为它们太安静了。死亡对于所有的人类、动物和植物来说是一件很正常的事，但是对于一个垂死的生命也许就不是这样"。

读了这些片段，我们不得不承认，书中那个不时问这问那的孩子，是一个天真的哲学家。这让我想到了屈原。一个瑞士作家笔下的孩子和两千多年前中国的诗人会有关系吗？有的。如果你读一读屈原的《天问》，就可以感觉到两者间有着怎样的相似。《天问》你可能读得不太懂，这没有关系，借助注释，只要读懂了其中某些句子的某些含义就可以了。

　　"上下未形，何由考之？"（天地未形成时，人们怎么考察天地的形状呢？）

　　"冥昭瞢闇，谁能极之？"（昼夜还分不清时，谁能探究清楚那时的世界到底是怎么回事？）

　　"明明闇闇，惟时何为？"（天地间有明亮的白天，黑暗的夜晚，为什么会是这个样子呢？）

　　"日月安属？列星安陈？"（太阳和月亮是怎样附着在天上的？众多星宿是怎样陈列在天上的？）

　　"东西南北，其修孰多？"（东西方向和南北方向，哪个方向的长度更长呢？）

　　"南北顺堕，其衍几何？"（如果说大地在南北方向上的形状是狭长的，那么南北的长度又比东西长多少呢？）

　　"日安不到？烛龙何照？"（哪里是太阳光照射不到的地方呢？那条传说中眼睛会发光的龙是在何处照明的？）[1]

屈原的《天问》远不止这些，但从以上这些发问中，我们就能感觉到，屈原不仅仅是一个伟大的爱国诗人，他心中所装的远不止那个在昏庸的楚怀王统治下，让他忧伤欲绝又牵挂不已的楚国。他的心思早已超

---

　　[1]　此处译文参考何新著《宇宙之问——〈天问〉新考》，中国民主法制出版社 2008 年版。

越了纷繁的人间，达至浩瀚无边的宇宙，对天地万物发出了永恒而智慧的疑问。这些疑问屈原自己无法回答，千百年来也无人能给出唯一的答案。这又有什么关系呢？引发人们更好地思考自然、思考人生的问题，它一直存在着，让人惦记着它，这就够了。

读了几则屈原的天问，你不觉得屈原有点像个天真的孩子吗？是啊，很多问题是再平常不过的自然现象而已，天上的日月星宿，地上的东西南北，从来就是那个样子嘛，有什么值得大惊小怪的。许多伟大的人物总像孩子一样，对万物充满了好奇，总想在看似寻常的事物上，问出个究竟来。我们也可以这么说，伟大的屈原内心深处还活着一个对天地万物充满好奇想象的孩子。或者说，舒比格笔下的那个爱发问的孩子，发出了和屈原类似的"天问"。

《爸爸、妈妈、我和她》不是一本有着连续故事情节的书。这本书是童话还是散文，或者是小说，都有一点像，似乎又都不是。属于哪一类书已经不重要了，重要的是它是一本很特别、很有智慧的书，你可以从书的任何一页开始读起，书里到处都是像这样充满了思维跳跃感的片段式故事——

我妹妹很讨厌我拿她的东西，虽然有些东西以前是属于我的。譬如说，三轮车。

她给我们家带来了噪音，她出生之前我们家是很安静的。那时候妈妈的肚子大得离谱，圆鼓鼓的像团肉球。我妹妹当然没看到那个肚子，她觉得很不公平，所以我必须一而再、再而三地比给她看妈妈的肚子到底有多大。看起来真的很夸张，但是那时候妈妈的肚子就是这么夸张。

妹妹把一个洋娃娃包在枕头里，然后塞进裤子，她的裤子像是要爆开来。

今天下了很久的雨，妈妈站在窗户前，雨点飘过她的脸庞。我问她在想什么，她说："想关于寒冷。"

妹妹一边把枕头埋在玩具娃娃车里，一边大叫："那就赶快穿上你的外套！"

　　我也试着想象寒冷，可是我已经记不得我想到了什么了。我只知道那是想象的本身就很冷。如果你想象寒冷，当然最好是在冬天；如果你要想象流汗，最好是在夏天。

　　舒比格就是用这样呓语般的语言讲述着"我"和爸爸、妈妈、妹妹之间的故事。讲述了奶奶的生病和去世，妈妈的离家和归来，沉稳严谨的爸爸，令人讨厌又可爱的妹妹，以及与这个家庭有关的各式各样的人和林林总总的事。在看上去有点像"胡说八道"的絮絮叨叨中，透露着一个孩子关于生命、关于死亡、关于成长、关于自我，天真、幽默又不乏深度的思考。

　　著名评论家刘绪源先生在谈到舒比格另一本风格同样别致的《当世界还小的时候》时，说了这么一段话："这一本书，真是让人从心底里喜欢。那样一种想要分析一番却无从下手，但又能隐约而真切地感受得到的人生体验；那样一种稚拙的叙述，让你一边读一边就会笑出来，而实在又讲不出多少笑的理由。"① 我写本篇文章时，也有类似的感觉。

---

① 刘绪源：《儿童文学思辩录》，海豚出版社 2012 年版，第 188 页。

四　真正的幽默而不是简单的搞笑

　　秦文君的儿童小说《调皮的日子》该推荐给哪个年级的学生阅读？这个问题还真有点不好回答。我查阅了有关资料，发现这本书被推荐的年龄跨度特别大，一到六年级都有。不同年龄的孩子都可以从书中找到属于自己的阅读快乐，这本身就挺特别的。秦文君的文学创作开始于1982年，早期的作品大多属于表现成长主题的少年小说，如《男生贾里》《女生贾梅》等，《调皮的日子》则是反映小学生校园与家庭生活的儿童小说。

　　在打开书之前，让我们先来做一个想象力实验吧——

　　一个名叫朱多星的调皮鬼，被寄养在姑妈家，与同样调皮的表弟小沙一起生活。姑妈是个心地善良的超级胖子，姑父是一个身材超瘦的牙医，心地不坏，却读不懂孩子的心。身边还有这么几位名字含义与实际表现截然相反的同学：林第一，学习成绩糟透了，看电视的功夫却超级一流。张潇洒，一点潇洒样都没有的胆小如鼠的小子。此外，还有一个喜欢穿绿裙子、绿鞋子，戴绿发夹的班主任。

　　想想看，这样一群人会演变出怎样的故事来，如果把你的想象写下来，说不准会让原书作者大吃一惊的。

　　《调皮的日子》诞生的缘由也是很特别的，秦文君回忆说："那个时候我的女儿痴迷电视，没有一个良好的阅读习惯，因此我就想能不能为她写上一本书，自己编故事，激发她的阅读欲望，这样能让她感觉更亲切、更熟悉。开始的时候，我每章写的都很少，一千来字，但编到后来，发现女儿非常喜欢读。有的时候，我忘记了的故事情节，女儿会提醒我，妈妈，不是这样的。后来，图书要出版的时候，我跟女儿商量，决定让她为我的书做插图，这样，《调皮的日子》书中的插图都是我女儿做的。"

《调皮的日子》是由五十多个 2000 字左右的故事构成的儿童小说，说的是朱多星被寄养在姑妈家的日子里，与表弟小沙以及身边的同学演绎出的一连串妙趣横生的故事。

在《咳嗽明星》一章中，你会认识那个为了逃避考试而假装咳嗽的林第一。他的咳嗽能变化出无数花样来：一会儿是鸽子的响声，一会儿是公鸡打鸣，一会儿又像是羊叫，据说他半夜里可以发出像锣鼓声、号角声的咳嗽，好听得可以跟音乐会一样卖门票。可是，秋游到了，老师宣布生病的同学不能参加，林第一慌了神，告诉老师，他的咳嗽很特别，一吹野风肯定就好。

在《小贩》一章中，朱多星和表弟小沙为了得到门口卖烧饼小贩设立的百元大奖，狠下决心要练就半分钟吃完两个烧饼的高超本领，以至于不论姑妈烧出多么好吃的菜，两个孩子都懒得动筷子。终于，他们可以在规定时间里眼不眨嘴不嚼地吞下两块烧饼了，可惜的是，在小沙现场表演给小贩看时，百元大钞就要到手的美好感觉让他心里一激动，咳嗽了一声，以半秒之差落败（半秒是怎样计算出来的，你们悟出其中玄机了吗）。小沙为了夺取最后的胜利，信心百倍地又买下十张烧饼，摆出一副志在必得的样子，可是第二天起，小贩就不见了踪影。

除了这些发生在孩子身上的趣事外，还有一些故事则写出了孩子眼中的大人世界：超瘦的姑父想要增肥，朱多星他们就向班上最胖的同学要了一份胖子食谱，想以 5 元钱的价格卖给姑父。当牙医的姑父看到食谱后，却跑去找那位胖同学帮他治起了牙齿。超胖的姑妈想要减肥，喝了一种减肥药水，一天要上十几次厕所，身材确实瘦了下来，人却病得不轻。

以上的介绍会激发你的阅读冲动吧，本书最符合那些对阅读提不起劲儿的同学的口味。你可以悠闲地翻开书，从任意一个故事读起，都能读得趣味盎然。当然，这并不是说《调皮的日子》是由一堆毫无关联的故事组成的。如果你愿意从头开始仔细阅读的话，就会发现这部小说中隐藏着两条线索。第一条线索是，姑妈家那只总蹲在窗台上左顾右盼、会跳迪斯科的猫朱咪咪失踪后，朱多星表兄弟俩煞费苦心的寻猫过程。

第二条线索是，朱多星、小沙和几位同学与患有先天性心脏病的女孩金妞之间的交往故事。病弱的金妞被妈妈关在家中，朱多星他们商量着怎样把金妞带到当医生的爷爷家去治病。围绕着这两条时隐时现线索的是一连串的调皮故事。小说的线索并不十分鲜明，穿插其间的每个故事都可以独立存在，这是小说的情节特点。

这部儿童小说还有两点值得介绍。

一是小说十分别致的结尾。作者让两个顽皮的孩子带着金妞坐上了驶向金石滩爷爷家的轮船。在轮船的餐厅里，他们居然找到了丢失多日的小猫朱咪咪。此处作者的笔锋一转，从故事的叙述中走了出来，写道："就在我想为这本书写上最后一个句号时，心里忽然掠过一阵不安：等待三个孩子的将会是什么命运？朱咪咪怎么会上轮船的？这一趟海上的旅行是否会出现些意料之外的惊险故事？""这么一想，我就觉得意犹未尽：还可以为这本书写无数个不同的结尾……"作者为这部小说设计了五个迥然不同的结尾，也向读者提出了想象力的挑战——你还能设计出更加奇妙的结尾吗？

二是作者创作了两个续篇。表现几个孩子在爷爷家奇遇的《年糕包子兄弟和紫苜蓿农场》以及有点大团圆味道的《哥哥弟弟生活记》。文汇出版社将三本书合在一起出版，称为秦文君"男孩三部曲"，大家也可以借此来了解一下文学创作中常见的三部曲小说的特点。

如果你仅仅读了以上这些介绍，可能会觉得《调皮的日子》与当今盛行的"淘气包""捣蛋鬼"之类的校园小说没什么区别吧。其实不然，秦文君是一位有着自己独特写作风格的作家，这部小说充分展示了作家的幽默才华。幽默成了当今作家们吸引小读者的制胜法宝，很多作品都打着幽默儿童文学的旗号，但其中的不少作品其实称不上真正的幽默，充其量只能说是滑稽而已。这类作品破坏了小读者欣赏幽默的胃口，以至于大家都把所有会引人发笑的内容当作幽默。幽默和滑稽是有区别的，幽默是在轻松、欢快的喜剧气氛中表达作者对生活的独特理解，充满趣味又让人回味。而滑稽往往是通过夸张、变形的动作、语言来逗人发笑，笑过之后也就忘了。滑稽是显而易见、容易察觉的，而幽默则需要读者用心领会。

以下是《苍蝇博士》一章的节选，讲的是朱多星的姑父一家人对付苍蝇的故事——

苍蝇一会儿飞进书房在书堆上停着，像是在认字造句；一会儿飞到餐桌上，津津有味地舔着菜汤；还有一次，它居然站在表弟的药瓶上吃哮喘药水，也许它的喉咙不怎么舒服。

那只苍蝇比别的苍蝇要大些，胃口一定也超群，所以不论姑父家吃什么，它都要飞过来品尝，连辣椒也不放过。也许它看过书房里的医书，知道偏食有害健康。

……

姑父忍不下这口气，就用土办法，打开门窗，开足电扇，又叫大家每人使两把扇子拼命扇，看着那苍蝇被大大小小的旋风扇得晕头转向，逃出门去。姑父笑了笑，让大家停了扇子去关门窗，可还没等把门关紧，那只苍蝇又飞进来，就像它理所当然是这儿的房客。

大家笑起来，说这只苍蝇像是苍蝇中的博士，是本事最大的苍蝇。

姑父也笑，看样子也想赦免它了。可是，那苍蝇不感恩，第二天清早飞在姑父的鼻子上跳舞，把姑父吵醒了。

……

再以后，好像谁也懒得去管这只苍蝇的事。它呢，脾气更坏了，嗡嗡地叫得更响，我想，它一定在说："混蛋，这样多寂寞。"

要在一家人对付苍蝇的故事中制造一些笑料，并不是件难事。但这段文字之所以让人忍俊不禁，很大程度上并不取决于人物的举止行为，而是作者独特的联想。苍蝇到处乱叮，这本来并没什么可笑，但作者对苍蝇的表现进行了违背人们生活常识的联想，使得这只苍蝇的一举一动似乎都有着特别的含义，它的智慧似乎超出了一屋子里的任何一个人，作者讲述故事的语气从容不迫，读者们却已经被逗乐了。

不知道大家注意到了没有，以上引文的最后一个自然段，当故事中的人物对这只苍蝇都失去兴趣的时候，作者却换了一个叙述的角度，把苍蝇的嗡嗡声译成了人话，这样叙述中的突变也产生了一种不经意的幽默感。

秦文君式的幽默藏在小说中的很多地方，等着你去发现。

小读者们，让我们放下那些轻浮的，让你读过就忘的搞笑，走进会使你久久回味的幽默中去吧。

五　文学人物别样的"好"与"坏"

先说说我小时候看电影的一些经历。电影院是童年快乐的加工厂，战争片尤其受孩子们的欢迎。不论人物如何众多，总离不开敌我双方，敌方是坏人，我方是好人。电影导演似乎也喜欢迎合观众这种好坏分明的癖好，银幕里的好人总是英武高大，满面红光，说话铿锵有力，目光炯炯有神，而坏人则是一副油头滑脑、贼眉鼠眼的模样。那些伪装成好人的坏蛋，一不小心露出狐狸尾巴的一角，给那些眼尖的小观众带来识破真相的意外快乐："这个人一定是坏的！"黑压压的影院里，时不时会冒出几声尖叫来。

不少儿童小说也有类似的情形，《小英雄雨来》《小兵张嘎》《闪闪的红星》等，这些诞生于20世纪五六十年代的小说里，好人坏人总是分得一清二楚。张品成的《赤色小子》写的也是战争，里面自然也有敌我双方，也有好人坏人，但他们身上的"好"与"坏"就显得要复杂一些、特别一些。读读这样的小说，可以改善一下你的文学胃口，让你对小说人物的丰富性和多样性有更多的了解。

瘦小是个孤儿，被村里的大户人家疤胖收养了。你可别以为疤胖是个大好人，他不过是用每日给狗少喂两口的残羹剩饭，养着瘦小。十岁的瘦小起早贪黑，砍柴放牛，单薄的身躯不堪过度的劳累显得愈发瘦小，正与他的名字相符。疤胖在瘦小的心中一直占据着救命恩人的崇高地位，没日没夜地做牛做马都是出于一片报恩之心。红军来了，打土豪分田地，瘦小这才知道，自己的爹娘是被疤胖侵吞了田产，举告无门自杀而亡。读者们想象一下，一个年纪尚幼的孩子，突然明白了一段惨烈的身世，他该如何去面对那个伪善的"恩人"？他的内心将会涌起怎样的波澜？

　　"瘦小晓得这一切后，蹲在树后坡上那棵老枫树下'呜呜'哭了一日，心里愤愤，发誓有一天要狠狠在疤胖那胖嘟嘟的脸上响亮亮扇上一掌。"埋藏在童心的愤恨，总要以孩子的方式得以宣泄，复仇的怒火终于在独自一人游戏时找到了出口。看守晒谷场的瘦小，闲来无事，望着场边的一棵古樟树发愣。这树相传是百年前一个名声显赫的匪首种下的，在幻想力旺盛的孩子眼中，自然也就沾上了匪气，树身上凸起的无数疤瘤，在愤恨的眼神里渐渐幻化成疤胖那张丑陋扭曲的脸。于是，瘦小拼力将烂泥团向想象中的仇人的歪鼻突眼砸去，直到臂膀酸痛袭来，方才罢手，心中升起了一股说不出的快慰。没想到的是，自己的报仇游戏尽然让疤胖陷入了众人的围攻。原来，瘦小砸向古樟树的泥巴，有的击中了古树背后院墙上的红军标语，"打土豪，分田地"的"豪"字周围一片泥糊。在那个阶级斗争气息异常浓烈的环境中，疤胖很自然地被村民们当成了破坏革命的嫌犯，五花大绑吊在树上，包围着他的是汹涌的叫骂，厚重的巴掌在他脸上扇出声声脆响。

　　瘦小心里那复仇欲望拱动了一下，却被另一种东西压下去，他弄不清那东西是什么。这时，一只手从黑暗中探过来捏住瘦小的小手。

　　那是木崽，他另一只手捧了大团稀泥。

　　"你瞄了他脸上那疤扔，试你眼力行不行。"木崽说。瘦小接过那泥，在掌心抓捏着，念头上来时，他总有种亏心感觉，觉得不公道不磊落不男子汉，甚至觉得原本这也许是自己事先设下的阴谋……

　　瘦小惶然，但立刻镇定下来，手心一使劲，稀泥就全尽从指缝间挤将出来。这情形让木崽发觉，不由就瞪大惊疑的眼睛。瘦小却不理会，从人缝里往前挤，挤到那穿长衫红军官长面前。火光映着瘦小那窄窄面颊，塑着一种奇怪的表情。那人愣了一下，说："瘦小，你别过来！"木崽却在后面喊："瘦小，你过去！过去扇那疤胖，扇他！"

瘦小当着众人的面说出了真相。他的诚实和勇气没有赢得赞许，众人向他投来疑惑和抱怨的目光，群情激奋的场面一下子冷却了，四散人群的脚步变得懒软无力，有人为失去一场可以泄愤的暴力游戏发出遗憾的叹息。

在仇恨与良知交织而成的心网上，那一道流淌着温暖人性的脉络，你看到了吗？爱憎分明是我们在不少类似题材的小说中捕捉到的人物性格特点，受压迫者心中的那份仇恨令人理解和同情。但人的心灵不是一个平整单调的世界，天生的恻隐之心闪烁出熠熠的光芒，让人物拥有了更为感人的力量。人物内心矛盾冲突的描写，不应当仅仅作为一项冷冰冰的写作方法加以学习，作为一个文学读者，我们更需要敞开心扉去接纳来自作品的情感洗礼，若能在此基础上悟出些许描写技巧，那更是不错。想知道那个可恶的疤胖是如何回报瘦小的搭救之恩吗？瘦小又是以怎样的方式宣泄对昔日仇人的一腔愤恨呢？请看原文！

这是《赤色小子》这部小说集中的一篇，名字叫《真》。我希望读者们将这篇小说和该集中另一篇小说《盲点》对照着读，你或许可以体会到作者在处理少年内心矛盾方面的独具匠心。一个婴儿在即将被洪水吞噬的当儿，被家人塞进一口新棺材顺流而下，棺材店的掌柜收养了他。与瘦小相比，这个被取名为板送的孩子要幸运得多，养父待他亲如己出，吃的穿的从没委屈过他。红军来了，村里的伙伴们怂恿他一同参军。扛枪操练、挥刀杀敌对一个乡村孩子来说，有着巨大的吸引力，更何况有的同伴已经入伍，习武演练的喧嚣不时撞击着板送燥热的耳膜。参军的冲动与难以割舍的养育之恩将少年的心缠绕得隐隐作痛，他突然冒出一个奇怪的念头："要是养父能打我一次就好了，哪怕只有一次，我就有了离他而去的理由。"这条充满情感纠葛的心路是怎样走过的，期间经历了怎样的周折，留待读者们自己体验吧。

硝烟弥漫的战场从不缺少年英雄的身影，他们是那么的机智勇敢，那么的奋不顾身，同时又会披着藏着点不让大人们知道的小秘密，悄悄地违反一下纪律，满足一下对战争的种种好奇。当然，关键时刻他们总能克制住自己的盲目冲动，出色完成战斗任务。《一隅》这篇小说的主人公毛弟改变了人们对小英雄的印象。毛弟也是一个孤儿（作家似乎对描写孤儿的生活情有独钟），身材瘦小、表情木讷的他，在村里那群灵巧机敏的孩子中，永远是一副落落寡合的模样，谁也不在乎他的存在。其实，毛弟呆滞的外表下埋藏着强大的生命能量，一旦有了适合的土壤，毛弟的生命就蓬勃地舒展开来。祠堂后面的那片林子，被村人视为风水宝地而免遭刀斧之害，数百年来肆意生长成一片与众不同的绿色世界。毛弟只要一踏进林子，血就沸腾了，脸上的表情也活络了许多，焕然变了个人——

> 毛弟就这么在林子里和那些细小生灵乃至草木对话玩耍，看那洋溢了喜悦的一张脸，能猜度此刻毛弟的心境。这林子是属于他的世界。毛弟没爹没娘无亲无友，这小虫小兽草木花鸟便是他的亲朋哩。无论在人群中毛弟如何的拘谨麻木呆滞，但一置身于这林子便就是一个血旺活泼的细伢了，喜怒笑骂，跳跃嬉闹，俨然被仙术点化，复活了伢崽活泼天性，还原了毛弟鲜活本色。小鸟小兽各个不一，毛弟就是它们的父母兄长；虫群蚁阵蠢动纷呈，毛弟就是它们的指挥官长。毛弟也常常感觉自己渐渐变小乃至融化，成了鸟兽花草中的一员，和大家嬉闹玩耍无间，同甘苦乃至同生同死了。

一个乡村孩子与一片林子的故事本来可以一直这么平静地持续下去，但战争容不下这样的平静。一次偶然的机会，红军团长相中毛弟当他的勤务兵，军营生活有着和那片林子一样的神奇魔力，平日里愣头愣脑的毛弟成了团长眼里乖巧、手脚利落、办事稳重老成的好伢崽，还被团长收为干崽（干儿子）。毛弟指望着能有一场战斗，拼杀几个敌人，印证自己不是孬种，足以配做团长的干崽。展现少年英雄本色的机会终于来了，一次反扫荡战役即将打响，为了诱敌深入，团长决定把那片林子布置成迷魂阵，用爆竹将敌人的火力引向林子。这可要了毛弟的命，那林子里的生灵是他的心肝骨肉，无论战场的纪律如何严明，无论做个英雄的梦想如何美妙，也敌不过毛弟保卫心中圣地的冲动。当团长在雾霭中静候佯攻的枪声在林子里响起的时候，突然从相反方向的灌木丛中发出一串脆亮的爆响，那是毛弟干的！故事暂且介绍到这里，这个故事颠覆了读者们以往对战斗小英雄的所有印象。毛弟这样的行为是"好"还是"坏",作者没有给出定论,只是在小说的结尾这样写道:"团长不知道,那个瘦瘦小小的毛弟此刻正泪流满面唏嘘不已,他哭着呆立在那颗老樟树前,说不清弥乱于心中的那些东西是悔是恨是喜是忧……"

《赤色小子》这部集子共有十篇小说,每一篇都会给你带来一些阅读感受上或大或小的意外。作者张品成是个编织故事的高手,但这些故事不是凭空捏造的,都有着深厚的生活基础,少年时代在赣南宁都一个小山村里的生活为他的写作提供了丰富的素材。那里曾是红军和白军交战的主战场,在村头的墙壁上,张品成曾经用小手抠出了当年赤卫队书写的标语。后来,他走村串户采访了许多从那段历史深处走过来的老人,创作素材记录了足足七大本。

六 认识幻想小说的"真"与"假"

故事总是最受欢迎的，那就先讲个故事吧。

一个叫陈淼淼的女孩，一个当外科医生的爸爸，一个在家里当插画家的妈妈，这是非常普通的三口之家，他们生活得平静而幸福。可是，有一天爸爸妈妈宣布要离婚了，对于一个孩子来说，这是件难以接受的事情。陈淼淼的好友李雨辰就是一个单亲家庭的孩子，她早就从好友的经历中知道了父母离婚对自己意味着什么。而李雨辰已经拥有的单亲生活经验此时成了陈淼淼的救命稻草，两个孩子开始商量怎样才能成功阻止陈淼淼父母离婚。"妙招"终于诞生了——首先是装病，因为面对生病的孩子，父母的心就会软下来，他们会围在孩子的病床前嘘寒问暖，根本就没时间去闹什么离婚。于是，陈淼淼躲进厕所里猛喝生水，可不争气的肚子咕咕叫了几声后，就没了后续动作。她半夜里悄悄地起床把头发淋湿，再对着空调一阵狠吹，第二天昏头昏脑的，可就是发不起烧来。一招不灵，再出一招，学坏吧，两个清纯的女孩开始学骂人，可要让脏话从她们口里喷涌而出，实在太难了。最狠的一招，就是离家出走，她们放学后四处漫游，寻找可以过夜的地方，最后终于找到一家24小时营业的豆浆店。豆浆喝了一杯又一杯，闲话聊了一茬又一茬，最后，竟累得趴在餐桌上睡着了。

怎么样，这样的故事你觉得如何？也许有点意思吧，但也不见得太精彩。父母闹离婚让孩子受伤害的故事，似乎并不少见。报刊上，电视节目中，这样的故事不算少吧。如果仅仅是这样的一个故事，就不值得推荐给大家了。

这部小说的名字叫《我的妈妈是精灵》。

你想知道陈淼淼的父母为什么要离婚吗？理由一定会让你大吃一惊

的，因为她的妈妈是个精灵，是一个真正的精灵，就是我们常在神话传说里遇到的精灵噢！这么奇怪的事女儿居然不知道，在陈森森眼里，妈妈只有一个小毛病显得特别，那就是怕酒，妈妈怕酒怕得有点与众不同。后来，陈森森才知道，作为精灵的妈妈，只要一沾酒，就会现出原形。陈森森晚饭前给一家人倒饮料时一次非常偶然的失误让妈妈现了原形，也让自己的生活发生了惊天动地的变化。

让我们来欣赏妈妈现出精灵原形时的惊心一幕吧——

陈森森和往常一样，晚饭前给一家人倒上饮品，爸爸的杯子要倒黄酒，自己的杯子倒雪碧，爸爸妈妈怕她牙齿变黑，不让她喝可乐。而妈妈是个可乐爱好者，自然要在她的杯子里倒可乐了。

就在这时候，我发现自己把爸爸和妈妈的杯子搞错了，等我反应过来，妈妈的杯子底已经被我倒上了一点黄酒。可它的颜色真的与绍兴黄酒的颜色差不多，我知道妈妈从来不喝酒，甚至也不吃醉虾。可杯子底的那一点点酒色，真的看上去一点危险也没有。那天我们体育课上跑了步，我的腿很酸，《成长的烦恼》马上就要开始了，要是我不赶紧坐下来吃，就来不及看开头了。我借着妈妈的杯子尝了尝，只是有一点酒味道，和可乐里的中药味道也没差多少。

爸爸在后面的大摇椅上大喝一声："陈森森，不准偷喝可乐，牙齿要黑的。"吓我一大跳。

妈妈听到，也在厨房里跟进一句："陈森森，不要偷喝。"

小孩子的灵魂长得不牢，是不可以吓的。被他们俩一喝，我马上把真的可乐哗地冲了进去。是怕他们发现了我的真实小错误，还是什么别的，我不知道。小孩子在爸爸妈妈的一声大喝里，就会做出莫名其妙的事。

妈妈的杯子里倒满了真的可乐，我也不能把整杯可乐都倒掉啊，太浪费了。

那时候我想，下次我一定注意。因为心虚，我特别把可乐大瓶子竖在妈妈的杯子旁边，证明里面全是可乐。

这时，妈妈把饭盛来了，自从爸爸开始在晚上喝点酒，妈妈就坐在离爸爸最远的那一边桌子吃饭，她甚至不喜欢闻到酒的味道。

妈妈喝了她的可乐。

妈突然满脸一白，含着第一口可乐，推开桌子跳将起来。她的眼睛瞪得好大，惊慌地看着爸爸，然后又射向我。

爸也跳起来，一把接住了妈妈。

妈妈的身体在爸爸的胳膊里轻轻挂下来，像一块最轻的绸子。爸爸挽着妈妈的身体就往他们卧室里去。在走廊拐弯的时候，我看到妈妈垂下来的双腿像绸子衣服被风吹过的时候那样，飘了起来。

像太阳从云里一点点爬出来，阳光一点点地在地上亮起来那样，妈妈那飘飘摇摇的两只脚一点点地变成了蓝色。

……

我大叫一声。

我从来没听过有这么尖、这么恐怖的声音，我都让它吓住了。

在我吓得尖叫的时候，爸爸已经把妈妈抱进他们的卧室。遥远的灯下，我看到妈妈的脸也变成蓝色的了，像一块蓝色的手帕，那么轻，那么薄，那么飘飘摇摇的。接着，看不清了，被蓝布遮住了起来似的，妈妈的脸不见了。

妈妈成了一团蓝色的影子。

妈妈变成精灵之后的故事，留给大家到原作中去体会吧。

《我的妈妈是精灵》是一本幻想小说。幻想小说有点像大家熟悉的童话，童话也是幻想出来的。可是，它们之间还是有很多不同之处。我们读童话的时候，从头到尾故事里的"人物"（经常是被拟人化的动物）始终都是在幻想情景中活动的。读者会觉得鸭子能说话，大象会伤心，这再正常不过了。但幻想小说就不一样了，它往往先让故事发生在真实的环境中，然后会有一个很偶然、很特别的机会，故事的主人公突然闯入了幻想世界，此时他或她会被眼前发生的一切惊得目瞪口呆。优秀的幻想小说，由于把这个从真实世界闯入幻想世界的瞬间写得非常精彩，因而也会让读者们大吃一惊。阅读幻想小说的一大乐趣，就是和书中的人物一起体验这种一惊一乍的感觉。

你看上面这一段，刚开始的时候，陈淼淼一家晚餐前的情景和我们家的有什么不同呢？几乎看不出有什么区别，陈淼淼所做的一切都合乎常理——一个乖孩子，做事有点毛手毛脚，犯了点小小的错误，怕大人责怪，想遮遮掩掩地蒙混过关，大家都有过类似的经历吧。而正是这么合乎常理的小失误，才让妈妈的现形显得令人惊奇。大家可能对"幻想"这个词有点误解，以为幻想就是可以随便乱想，让啥变啥，说变就变，无所不能。这样毫无根据的随意幻想，写起来舒服，读起来却没意思。合乎逻辑的幻想才是最精彩的。所谓合乎逻辑，就是要让人读了，觉得这样的变幻合情合理。

《我的妈妈是精灵》还有一个特点，那就是进入幻想世界后，作者一方面让读者体验幻想世界的神奇，另一方面还让读者觉得这一切都是真的——这么奇妙的事情似乎就发生在我们身边。

妈妈精灵的身份暴露后让陈淼淼体验了不少奇异之事：她带着女儿从窗户飞出去，飞过繁华的街道，飞过平日里经常引导淼淼过马路的警察的头顶。她还让自己的眼睛变成一朵美丽的蓝色花朵，飞到淼淼同学家，把同学家请的家庭教师所教的内容，探个一清二楚。这么一个充满神奇力量的精灵妈妈，却也有与普通妈妈一样的特点，她依然要照顾淼淼的衣食住行，关心她的学习成绩。让我们来读一读这样一段描写——

妈妈在分班考以后，常常抽空到学校门口来接我，她说我太瘦，背那么重的书包，那么累，会长不大的。她帮我背书包，然后把手搭在我肩上，搂着我走。要是李雨辰和我一起走的话，妈也会为她背书包，可李雨辰不要。

那时妈妈就说："我真的要帮你背啊，你看，要是我只背一个书包的话，会把肩膀压歪的，我就不好看了啊。"

李雨辰就笑了，把书包递给我妈。

妈就也摸摸李雨辰的头。

可李雨辰不知为什么老是对妈不好意思似的，要绕到我这边走。

要是我们经过街拐角，红衣服女孩还没有收摊，妈就站下来买三张葱油饼，一人一张，吃着回家去。妈妈说葱油饼不是给肚子吃的，是给鼻子吃的。葱的味道很香，吃完以后，整个脸上全是葱油的香味。我们就吸着鼻子回家。

这样的描写非常具有真实感，一点幻想的味道都没有。是的，这正是一部成功幻想小说特有的魅力，一个来自幻想王国的精灵妈妈，像一个真实世界里的妈妈一样和两个孩子一起说说笑笑，充满了人间气息。作者就是要在幻想和现实的交错中，让读者去体验亦真亦幻的美妙感觉。

介绍到这里，有的读者可能会想到，文章开头提到的陈森森父母闹离婚到底是怎么回事？最终的结局是什么？精灵妈妈当初是怎样和爸爸相识的？爸爸和妈妈结婚时知道她是精灵吗？这正是小说扣人心弦之处，大家翻开书，好好享受一顿幻想大餐吧。

小说结尾可别轻易放过，那是非常感人的一幕，森森、爸爸和李雨辰一起送妈妈回她的精灵故乡，这是一个无奈、忧伤又充满温情的场面。读者们会再次体验穿越真实与幻想界限的美妙感觉。

本书的插图也很有特点，作者为了给幻想故事营造一种真实的氛围，用照片呈现了陈森森家真实的环境：走廊、妈妈穿过的拖鞋、爸爸睡的沙发，还有妈妈带她飞上天时看到的街道，妈妈下凡人间前躲藏过的教堂，更有意思的是，照片里还有其他精灵的身影。在书的扉页上，有一张真实的上海某街区的地图，上面清楚地标明陈森森家、肯德基餐厅、精灵车站的位置以及往上海火车站和虹桥机场的方向。大家可以对着地图找一找幻想的真实感，或真实的幻想感。

小说的作者陈丹燕介绍说，这本小说的灵感来自给女儿小时候讲的故事。女儿不听话时，她曾经想出鬼故事来吓唬她，年幼的女儿居然真的以为妈妈是一个能够上天入地，无所不能的精灵。女儿长大了，再也不相信妈妈编的故事了，而当作家的妈妈却写出了更多让人信以为真的精灵故事来。

七　走进鲁迅的文学世界

　　提起鲁迅，相信同学们多少有点了解。在教科书里，在报刊上，在电影、电视里，我们多多少少接触过鲁迅。但要是问同学们，你们读过多少鲁迅的作品呢？回答恐怕就不太乐观了。鲁迅作为伟大的文学家、思想家，他的作品所表现的生活是广博的，他的思想是深刻的，对于当今的小学生而言，鲁迅的作品似乎显得过于深奥了，难免让人产生距离感。但是，作为一个中国人，如果不从小对鲁迅的作品有所了解，又是一件令人遗憾的事。

　　现在，有了这样一本书——《小学生鲁迅读本》，它为小学生们打开了一扇通向鲁迅世界的窗口。本书的两位编者钱理群和刘建发，一位是著名的鲁迅研究专家，北京大学教授；一位是小学教师，热衷于在教学中传播鲁迅的作品。他们说："我们承认，鲁迅的大部分作品可能不太适合小学生阅读；但我们同时也坚信：鲁迅仍有不少的作品是深受孩子喜欢的。"两位编者希望完整地呈现"童年鲁迅"，展现鲁迅的赤子之心，给孩子一个"可亲，可爱，又特别"的鲁迅形象，让孩子"爱其文，亲其人"，让鲁迅走进孩子的生活世界、内心世界，成为孩子学习、成长中的朋友，为童年的心灵打下一个底子，让鲁迅对孩子的未来产生积极而有益的影响。出于这样的考虑，两位编者从鲁迅的大量作品中，或选原文，或对原文进行删节、压缩，或对文章进行创造性的重新组合，使鲁迅的作品更适合小学生的接受水平，让同学们以一种独特的、富有趣味的阅读姿态走进鲁迅的世界。

　　让我们先来读一读这样的一段故事：鲁迅家里的女佣长妈妈，曾经给年幼的鲁迅留下了深刻的印象——

一年中最高兴的时节，自然要数除夕了。辞岁之后，从长辈得到压岁钱，红纸包着，放在枕边，只要过一宵，便可以随意使用。睡在枕上，看着红包，想到明天买来的小鼓，刀枪，泥人，糖菩萨……然而她进来，又将一个福橘放在床头了。

"哥儿，你牢牢记住！"她极其郑重地说。"明天是正月初一，清早一睁开眼睛，第一句话就得对我说：'阿妈，恭喜恭喜！'记得么？你要记着，这是一年的运气的事情。不许说别的话！说过之后，还得吃一点福橘。"她又拿起那橘子来在我的眼前摇了两摇，"那么，一年到头，顺顺流流……"

梦里也记得元旦的，第二天醒得特别早，一醒，就要坐起来。她却立刻伸出臂膊，一把将我按住。我惊异地看她时，只见她惶急地看着我。

她又有所要求似的，摇着我的肩。我忽而记得了——

"阿妈，恭喜……"

"恭喜恭喜！大家恭喜！真聪明！恭喜恭喜！"她于是十分喜欢似的，笑将起来，同时将一点冰冷的东西，塞在我的嘴里。我大吃一惊之后，也就忽而记得，这就是所谓福橘，元旦辟头的磨难，总算已经受完，可以下床玩耍去了。

这是鲁迅文集《朝花夕拾》中《阿长与〈山海经〉》的一段，读了这段故事，你是否对鲁迅文章的印象有所改变，鲁迅生活的年代离我们虽已遥远，但每一代人的童年却有着许多永恒不变的内容。除夕年夜饭的味道、压岁钱的数目和玩具的品种一定大不一样了，但是，那一份盼望的心情，等待中的焦急，以及对大人们设定的繁琐规矩的逆反心理又是何其相似。在这里我们初识了这篇文章的主人公——长妈妈，她是一个地位卑微的女佣，她并不姓长。鲁迅家中先前有过一个身材高大的女工，大家都称呼她"阿长"，后来她离开了鲁迅家。对于新来顶缺的这位女工，大家懒得改口，她就被称为"长妈妈"了。这位连自己的姓都被人忽略了的农村妇女，却依然怀着对生活的美好憧憬，她从自己服侍的小主人大年初一清早懵懂的"恭喜"声中，获得了极大的精神满足。

以上所介绍的仅仅是鲁迅和长妈妈相处过程中的一件小事，大家如果读一读原文，就会发现鲁迅对于长妈妈的感情是从抱怨到喜欢再到敬重的，之所以会有这番变化，这和鲁迅童年的阅读生活有关。图文并茂的《山海经》是童年鲁迅渴望已久的读物，他四下打探而不得。鲁迅的童年时代，孩子的愿望是不被重视的，家中的大人们谁也没有在意孩子这样一个微不足道的期盼。更何况在"四书五经"一统天下的时代，《山海经》属于难登大雅之堂的"闲书"，但其中由"人面的兽，九头的蛇，三脚的鸟，生着翅膀的人，没有头而以两乳当作眼睛的怪物"所勾画的奇妙神话世界，却是孩子的最爱。长妈妈，这位没有文化的农村妇女用自己不声不响的行为，满足了幼年鲁迅对幻想读物的渴求。当告假回家的长妈妈，给鲁迅带回四本一套的《山海经》时，对鲁迅的心灵震撼是极大的："我似乎遇着了一个霹雳，全体都震悚了……这又使我发生新的敬意了，别人不肯做，或不能做的事，她却能够做成功。她确有伟大的神力。"

　　《山海经》给鲁迅带来了极大的快乐，但另一本同样图文并茂的书《二十四孝图》，却成了最让鲁迅反感的书。这本宣扬孝道的书，一定是大人们乐于让孩子阅读的。鲁迅写道："我所收得的最先的图画本子，是一位长辈的赠品：《二十四孝图》。这虽然不过薄薄的一本书，但是图上说，鬼少人多，又为我一人所独有，使我高兴极了……但是，我于高兴之余，接着就是扫兴，因为我请人讲完了二十四个故事之后，才知道'孝'有如此之难，对于先前痴心妄想，想做孝子的计划，完全绝望了。"孩子要孝敬父母，本是合乎常理的事情，《二十四孝图》这本书为什么会让鲁迅产生这样的想法呢？因为，其中一篇叫作"郭巨埋儿"的故事让鲁迅感受到了封建孝道的残忍，以致年幼的鲁迅对自己的祖母在感情上产生了隔阂，这其间具体的来龙去脉，留待大家到书中去寻找吧。

　　这本书的第四部分"父子之间"特别值得向同学们推荐，虽然只有三篇文章，却很有特色。《他健康，活泼，顽皮》选自鲁迅《且介亭杂文》中的《从孩子的照相说起》，是鲁迅写自己的儿子周海婴的。《他对我一切顺其自然》选自周海婴的《鲁迅与我七十年》，写出了周海婴眼中的父亲形象。母亲许广平则作为旁观者静静地欣赏着父子之间《融融洽洽的相聚》。

　　一般的父母都喜欢孩子乖巧听话，而周海婴小时候却很顽皮，面对孩子的顽皮，给人留下严肃印象的鲁迅会是怎样一种表现呢？你读一读这几篇文章，就可以领略出鲁迅与周海婴之间不同于常人的父子亲情了。

周海婴回忆说："我幼时的玩具可谓不少，但我却是个玩具的破坏者，凡是能拆卸的都拆卸过。目的有两个：其一是看看内部结构，满足好奇心；其二是认为自己有把握装配复原。所以，我在一楼的玩具柜里，除了实心木制拆卸不了的，没有几件能够完整活动。但父母从不阻止我这样做。"他甚至还拆卸过父亲的留声机、母亲的缝纫机。童年特有的好奇心和幻想力，就这样在宽容的父爱里得以茁壮地生长。

有时候，对于孩子太过调皮的行为，鲁迅也会施以体罚，但即使是体罚，也充满了鲁迅式的慈爱与幽默。据许广平回忆——

> 他总是临时抓起几张报纸，卷成一个圆筒，照海婴身上轻轻打去，但样子是严肃的，海婴赶快就喊——"爸爸，下回我不敢了。"
>
> 这时做父亲的看见儿子的楚楚可怜之状，心软下来，面纹也放宽了。跟着这宽容，小孩子最会体察得到，立刻胆大了，过来抢住那卷纸筒问："看看这里面有什么东西？"
>
> 他要研究纸里包藏着什么东西用来打他。看到是空的，这种研究的迫切心情，引得鲁迅也笑起来了。

这样一幅其乐融融的场景，反映了鲁迅对于儿童教育的思想，他有两句十分著名的诗："横眉冷对千夫指，俯首甘为孺子牛。"面对攻击，鲁迅愿做一个横眉冷对的战士，在天真烂漫的孩子面前，他愿意放下成人高傲的姿态。这里提到的"孺子"，首先指的是自己的儿子，同时也指年青的一代人。鲁迅希望通过牺牲自己，来帮助年青一代健康地成长，用他自己的话说就是：放年青一代"到宽阔的光明的地方去；从此幸福地度日，合理地做人"。我们从鲁迅和儿子周海婴日常相处的细节中，可以品味出一丝这样的意思来。

《小学生鲁迅读本》的内容十分丰富，分为六个部分，分别是："难忘童年""小动物情缘""草木，水，火，雪""父子之间""寓言与诗""鲁迅翻译的童话"。另有一个附编"鲁迅故事"，专门收集他人回忆鲁迅的文章。此外，本书的前言和后记，对我们了解鲁迅也很有帮助，希望大家不要错过。

八　漫步桂文亚的散文世界

　　一群孩子之间的打打闹闹、喊喊杀杀，这样的故事不算稀罕，但以下这个场面应该会给你一些不一样的感受——

　　夕阳像一颗透明的橘子球，映照在山间秋收后的稻田上，突然，田野的寂静被划破了："接招吧！讨厌的小噜苏。"一个小女孩从小土丘上飞奔而下，手中的竹剑在空中嗖嗖作响，接招的是另一个大一点的姑娘，两支竹剑在夕阳里角力着，庄严而隆重。莫不是两位浪迹江湖的侠女在此狭路相逢拼死相杀吧。不，这不过是姐妹间的一场演习，为的是两天后和真正的对手"决一死战"。

　　紧握竹剑的手突然松开了，姐姐意识到，单靠眼下这点装备是必输无疑的。对手可不是等闲之辈，不但装备精良，武功高强，而且还善于用计，之前的战役中，姐妹俩已经为此吃过不少苦头。姐姐灵机一动，计上心来，为了报上"一剑之仇"，姐妹俩打破了积攒已久的扑满（储钱罐），来到一处玩具铺前。此时，一把红色宝剑正高悬在店铺的门檐上，剑鞘上镶着绿宝石，绘着金边和云纹，艳黄的剑穗正迎着微风飘动。捧上一堆零钱，换回一把利剑。

　　我得意地摘下剑来。我们锁上房门，披上大毛巾，一遍又一遍地把剑从剑鞘中抽出，那银色的剑身泛着冷冷的正义之光，激发出我们的万丈豪情。我们从这一张竹床跳到另一张竹床，天山魔女的白发被利剑削得不剩一丝丝了，庐山老怪从此遁迹江湖，毒王八蝎逃得比四脚蛇还快。

　　两个豪情侠女面对劲敌会是怎样的一番情形呢？三个前来应战的男

孩都愣住了，他们完全被这把闪着寒光的利剑给镇住了，头碰头嘀咕了好一阵，丢下一句："我们不玩了。"扭头便走。读者们可以想象一下，此时此刻，两个女孩心中会升起怎样的一股侠义豪情啊！作者这样写道："呼啸声即刻响起，小噜苏他们三个飞上了土丘顶，修长的人影与竹剑在夕阳的映照下，显出一种无法形容的顺畅和愉悦。妹妹愣了，我也愣了，保安（狗的名字）的尾巴重重垂了下来。"这就是台湾作家桂文亚在她的散文《二郎桥那个野丫头》里讲述的童年故事，文中的那个姐姐就是童年的她，此文收在《班长下台》这部散文集里。我建议大家在阅读集子之前，先翻到书末的"作家相册"一睹这位小侠女长大后的风采，请特别留意台湾小学语文课本中的那张作者的"标准像"。看过之后，或许你会一愣：这么温文尔雅的女作家，怎样会有如此狂野的童年经历呢？我看了之后也是一愣的，愣过之后我又想，唉！这才是童年啊，可惜了，我未曾拥有过，估计现在的孩子们能够拥有的，恐怕也不多吧。

　　以上这个故事展现的只是作家性格中的一个方面，一个优秀作家的心灵世界总是丰富多样的，这一点往往从他们的童年生活中就表现出来了。作为一个孩子，尤其是一个女孩，哭鼻子总是难免的，但《珍珠泪》却可以让我们领略一下那个侠肝义胆女孩的另一面——

　　"我"所喜爱的杜老师因为父亲生病已经请假好几天了，在一个没有月亮的晚上，"我"提着妈妈准备好的一袋水果去看望老师，心里正想着杜老师有没有钱给她爸爸治病。就在此时，心想事成的奇迹居然发生了——

　　　我低着头一路走，忽然看见石子路上有一堆闪烁的东西。啊，那是什么？这样亮，这样晶，一小点，一小点，还这样的多！我弯腰蹲在路上，用手去捡，兴奋得发抖……是……钻石吧！是谁把钻石掉得一地？也许天太黑，装钻石的袋子破了，漏了出来？

　　　我就着星光仔细看了又看，一点不错，我断定真的是钻石！是世界上最珍贵的宝贝！耐着性子，忍住欢呼，我蹲在地上，仔细地捡，再仔细地装进外套口袋。

秋天了，夜晚已有凉意，风缓缓吹拂，我闻见桂花香，心中一阵激荡，杜老师，我来了！

……

在明亮的日光灯下，那些黑夜里闪着美丽光彩的钻石，就像变魔术似的，统统没有了！我定睛一看，啊，怎么可能！它们是一堆尖尖的、脏脏的、破破的碎玻璃哪！啊！真是太丢脸太丢脸了。

我哭了，哭得又伤心，又失望。

老师却笑了。笑得好可爱，好美丽，好亲切。

"谢谢你，谢谢你，好孩子，好孩子。"

然后我看见老师笑了又哭了，珍珠般的眼泪，轻轻滑落面颊，比钻石还晶莹，还闪亮。

文中的"我"是一个天真、善良，充满幻想又有点柔弱善感的女孩。《班长下台》这部散文集中，作家所书写的生活是丰富多样的。在《和火车赛跑》里，你会看到一个发生在"我"和火车之间的秘密故事；在《班长下台》中，你会知道一个女孩用怎样特殊的方式展现自己的尊严；《我爱蓝影子》则写出了少男少女间纯真的情愫……除了童年故事，还有不少篇章是作者长大成人之后对各种生活现象的感悟和思索。

老师们常常抱怨学生的习作太过干瘪，父母们总在担心贪玩的孩子学不好功课，《班长下台》这部散文集里所展现的童年或许能给我们一些启示。多姿多彩的童年是一笔可以终生享用的财富，作家桂文亚发掘了几十年，至今还不断有新的产出。未必每个孩子都会成为一个作家，但浸渍着自由、浪漫与幻想气息的童年时光，一定会在每一个经历过的人的心里留下美好的印迹，让这些印迹伴随一生该是件多好的事啊！

儿童文学中的散文和其他文体相比有着它自己的独特风采。童话需要作家超越时空的非凡想象，小说则要面对真实的生活展开奇妙的虚构，诗歌靠的是诗人将让人意想不到的生活秘密融化于个人情感的独特本领。那散文呢，散文首先需要的是作者个人丰富多样的人生阅历。稍微了解一下作者的经历，你就能体会到作者的创作源泉来自何方。1949年出生于台北的桂文亚，当过报社记者、童书编辑、大学教师。她还是一位地地道道的旅行爱好者，海峡两岸、世界各地都留下了她的足迹。台湾作家林良这样写道："她给人的印象，就像是爬行在地球仪上的一只会思想的蚂蚁，球体上的每一个色块，都曾经出现过她的身影。地球上许多角落的山水人民，都成为她的散文世界里的山水人民，尽管她的老家在安徽，尽管她生长的地方是台湾。她是一位行路万里的散文人。"丰富的阅历，仅仅是写好散文的一个基础，一个优秀的作家还必须具备在平凡中发现美的独到眼光，对生活中一切有价值的细节始终保持着一种敏感的捕捉力。被捕捉到的细节，经过作者个人的情感和想象的融合，就演变成了一幅幅散文的画面。这样的一种文学敏感，在童年的某个阶段里，每个人都曾经拥有，只不过有的人能保持下来，有的人在长大的过程中，渐渐消失了。

作者小时候是个爱画画的孩子，一盒普普通通的水彩颜料，就可以让她独自一人玩一场颜色变魔术的游戏，不同的颜色组合演化出种种奇妙的联想："挤一点瓦蓝，加上点橘红，和一和，成了小姑娘裙摆上的秋香；深绿加浅绿，也是绿，但是沉稳的窗纱绿。"这样的描写是可以用眼睛感知的，虽美但还算不上妙。让我们再往下读，看一看作者的情感与想象是如何升华的："墨绿若增上深蓝就有了浩瀚海洋的波涛，若添上漆黑，就有了暮秋枯叶的萧条，搁进了浓黄，又回到春临大地的明丽。"只有用丰富的内心世界做调色板，才能调制出这般色彩来。这一段描写出自《美在颜色》一文，作者接着是这样描述自己对色彩的感悟的：

　　要谢谢爸爸妈妈给我一双完好的眼睛，让我认识了美，学习如何区分这之中精细的差异。要感谢爸爸妈妈，给我十个灵活的指头，让我会吃饭、写字、跳绳、弹钢琴，还会调弄颜色盘。在长长的人生纪念册上，为金色的童年谱唱七彩的音符。

　　更要谢谢许多颜色小精灵，在我阅读的时候，像圣诞树梢一路披挂的彩灯，闪动着晶晶亮的眼睛，微笑着说：记得吗？朋友！

　　怎么不记得呢？春眠不觉晓是"绿"，花落知多少，是"红"；床前明月光是"银"，疑是地上霜，是"白"；空山松子落，是"茶褐"，幽人应未眠是"浅灰"；朱雀桥边野草花，是"淡淡的紫"，乌衣巷口夕阳斜，是"冷冷的金"。

在这里，美轮美奂的中国古典诗句，都已化作作家调色盘中的颜料。从中我们也可以看出，广泛的阅读所积累起来的古典文学修养对一个散文作家是多么重要。作家的文学才华不是体现在一堆诗句的堆砌，而是自然而巧妙地将这些诗句融入自己所书写的情感世界。桂文亚的文学感觉是敏锐而独特的，大家不妨仔细读一读《你一定会听见的》《响在心中的水声》《秩序之美》《欢愉的雪》等篇章。

如果你愿意付出一份阅读的耐心，散文世界就会回报给你一份清新的美好。桂文亚《班长下台》这本散文集，就是这样一个可以给你带来美好阅读体验的世界。

九　在优秀选本中领略文学的美好

　　著名儿童文学学者方卫平教授选编和评析的《中国儿童文学分级读本》会给你带来不一样的阅读体验。这套分级读物共六本，每个年级一本，其中小学五、六年级卷的书名分别叫《天空飞过一群鱼》和《共有一个地球》。这套书的一大特点是，入选的均为中国作家的作品。方老师认为，虽然翻译的作品和中国作家的原创作品都是用汉语呈现的，但是，原创儿童文学更能展示汉语的魅力，能够让读者在享受文学阅读快乐的同时，更深切地体验母语的美好。

　　如果你喜欢天马行空般的幻想，祝贺你，你算是一个真正的孩子，同时还要祝贺你，你是一个有创造力的孩子。童年是属于幻想的，而幻想是一切创造的起点。我们身边太多的东西让孩子们失去了幻想的机会，课业的负担甚至让孩子们没有了幻想的时间。要进入幻想世界，需要放松的心情、闲暇的时间，还需要一个没有人打搅的，只属于孩子自己的空间。有一个孩子这样展开了自己的幻想：

　　　　我喜欢有雾的早晨，还有下毛毛小雨的早晨，你呢？
　　　　每次遇上这种天气，我最喜欢一个人跑到田埂上，看那白茫茫的天空。因为……
　　　　"嗖，嗖——"无数的长着翅膀的鱼从我的头顶飞过，五颜六色的，像儿童节的气球在天上飘。天哪！这是真的吗？我使劲地揉揉眼睛，吧嗒吧嗒不停地追着他们跑。一不小心，把拖鞋都弄丢了一只。
　　　　"哦！洗澡去了！哈哈哈……"鱼儿们开心极了！
　　　　"喂！布，你好啊！"

"啊？是……是，在叫我吗？"

"哈哈，哈哈……"

于是，"我"开始向周围的人打听是不是也见到了天空中飞过的一群鱼，身边人的回答让人失望，不过还好，一只流浪的野猫给出了让人惊讶的答案："天空飞过一群长翅膀的鱼，翅膀没长结实的那条会掉下来，刚好砸在我的头上，嘿嘿！我就美美地吃了一顿。"接下来还有怎样的奇事发生呢？留待读者们自己去发现吧！这篇作品的题目就叫《天空飞过一群鱼》，作者赵益花，不是很著名，但作品却很有味道。选择非知名作者的优秀作品，是这套分级读本的一大特色。

幻想总是给人荒诞不经的感觉，大人们常常不相信幻想，很多不可思议的事物只有想象力旺盛的孩子才看得见。建议读一读那本十分著名的图画书《迟到大王》，你一定会开心极了，那个上学迟到的孩子告诉老师，是因为路上遇到了狮子才迟到的，这样荒唐的理由老师当然不会相信，结果他挨了罚。不过，那个不相信孩子幻想魔力的老师，最终的结局比孩子更惨。

充满幻想气息的作品在读本中还有不少。例如：《魔法出租车》（闵小玲、张兰），《弹簧小子》（李志伟），《住在摩天大楼顶层的马》（汤素兰），《九十九只猫和一只老鼠》（葛竞），《心理跟踪器》（李建树）等。

充满幻想的篇章很有意思，表现真实生活的佳作味道也不错。让我们来认识一匹黑马吧，要是让你骑着一匹马游历世界，那真是爽极了。如果我告诉你，这不是一匹真正的马，而是一辆自行车，你会很失望吧。且慢失望，因为在作家笔下，一辆其貌不扬的自行车却有着和一匹骏马一样的魅力，作家的文学才华让这种魅力表现得淋漓尽致。

孤旅中，常常是我的黑马陪伴着我。

它是一辆黑色的旧旧的自行车。

它真是我的黑马，我的许多经历都与它有着联系。确实奇怪，我对这半机械式的冷冰冰的铁质产品竟抱有一种深深的亲情。

……

默默无语我的黑马，你同我在一起。

那是无法忘记的，我与你的自得——在绿色列车从我们行程的公路边呼啸而过时，我蹬着车冲着那车窗口的旅客大叫："我比你们更有劲！"那也是无法忘记的，我与你的自怜——在风雨泥泞的途中，那些骄横的摩托车从背后擦着驶过时轻蔑地溅我们一身泥浆，我低头咬牙唤道："伙计，他妈的我们走我们的！"

这样一部黑色的、破旧的，被"我"称作黑马的自行车，孤独地陪伴"我"走过江南的风景、北方的原野。在泥泞的苏北河滩上，这匹黑马在"我"残酷的驱使下，颠簸着、坎坷着、挣扎着，把"我"驮上河岸。"我支起了它，看着它在地上淌下了一大摊的泥水，我真有点惊喜交集，并感到它的车架和钢丝之中似乎也有某种生命的意味，顿时，我是那样亲热地拍它的坐垫，就像是拍一个患难之交好友的肩一样。"这匹黑马曾被孤独地留在小客栈外的夜色里，半夜里"我"被风雨声惊醒，"我真感到了一种内心的不安，对不起我的黑马，若真是一匹马总还会有一个马棚和一堆干草，可我的自行车却毫无任何享受，此刻，还可怜地孤立在风吹雨打的夜中"。和这一匹患难与共的黑马分手，写得更是让人心动，那份独特的离别之情正躺在读本的某个角落，等待读者们的品味。

在大家的阅读经验里，借助生活中的某样东西寄托作者感情，这样的作品读者们一定接触过不少。大家好好琢磨一下，这篇作品所表达的"人"对"物"的情感是不是有点与众不同？老师们在分析课文时，经常会提到某篇文章运用了"托物言志"或者"借景抒情"的写法，"托"和"借"好像只是一种手段而已，它言了"志"抒了"情"之后便没有其他的意义了。而这篇散文中，"我"和"黑马"是完全融为一体的，"黑马"已经成了"我"生命的一部分，难分彼此，这才是真正的"情景交融"。优美抒情型的散文很常见，向读者们介绍这篇班马写的《黑马》，是想让读者换一换阅读散文的口味。方卫平老师在书中的"分享阅读"里说，这篇散文"挟着一股驰骋大漠般的苍凉与豪放的气脉"，在笔法上则显得"有些刚硬、粗犷"。这样的表达你可能有点陌生，小学高年级了，该读一读稍稍深一点的文字。各种风格的散文在这两本书中还有不少：例如，台湾著名儿童散文作家桂文亚的散文，冰心的寄小读者系列等。

高年级读者也许会认为童话是一种比较幼稚的文体，其实，这是一种误会。有些童话是为年龄较小的孩子创作的，也有不少童话，它们不但适合大孩子阅读，甚至大人们也会喜欢，周锐的《森林手记》就是这样一篇童话。

三名兽语大学的学生为了准备毕业论文，放弃了去动物园实习的机会，选择直接到森林和野生动物打交道。学习虎语的"我"阴差阳错地成了老虎的俘虏，被关了起来供动物们观赏，这之后发生的故事一定够刺激。

动物们模仿着人类在动物园里的行为，向关在围栏里的"我"扔各种水果，"我"在饱食之后，又把水果往外扔，动物们兴奋极了，开始对"我"品头论足起来。一头犀牛认为，"我"这只动物一点都不好看，连犀牛都不如，而且很笨，明明有四条腿，却只用其中的两条腿走路。"我"很不服气地回答："我们当然也可以用四条腿走路的，只是我们不高兴这样走。"

我绝不承认自己不如犀牛。本来我对在动物园当动物不是很热衷的，但这样一来，我意识到被展出是一种荣耀，甚至可以说，是一种权利——一种已经属于我的、但被觊觎的权利。我绝不放弃荣耀，出让权利。在这种情况下，从我身上表现出了作为高级动物的某些特点。

那犀牛想闯进动物园，但对于我来说显得过于稀疏的栅栏，对于犀牛来说可就显得过于紧密了。它终于没能挤进来，我胜利了。

"我"作为一只动物时的这段心理活动写得很特别，这篇童话构思上的独特之处就在于将人和动物的角色进行了换位。当人成为动物中的一员时，拥有高等智慧的人类在动物的"善"面前，会显露出"恶"的一面，接下来的故事就表现了这一点。

被老虎们囚禁了一段时间后，"我"恳求回到人类社会中去，于是"我"给老虎出谋划策，愿意充当人质帮助虎王赎回关在人类动物园里的动物。让"我"感到不可思议的是，老虎们居然让"我"这个人质自行回到人类社会中，去向市长提交一份释放所有动物的最后通牒。"我"也没有辜负老虎们的信任，在完成任务后主动返回了森林。接着，"我"从随身携带的收音机里听到了市长接到最后通牒后，接受记者采访的广播：

> 被困在森林里的大学生，本市通过这温暖的电波，向你表示慰问。关于用整园动物（包括许多珍稀动物）来交换一个普通的学生，你知道，这不够现实。交换只能在价值相当的情况下进行。且不算熊胆、貂皮之类的经济账，单以花去的劳动力相比，它们只是抓了你一个，而我们抓了那么多个，很不容易呢。希望你能依靠人类的智慧自行脱险。再说你是学兽语的，完全有可能用伟大的个性去感化它们，从精神上压倒它们……

读了市长的这段回复，你猜猜看森林中的"我"会有什么感受？"我"身边的老虎们会有什么反应？作为读者的你们又作何感想？人类之所以常常做出伤害野生动物的行为，其实就是因为很多人像这位市长一样，将自己高高地凌驾于动物之上，深刻的哲理在这篇童话中得到了风趣而幽默的表达。最后的结局如何呢？悄悄告诉你，那个傲慢的市长，还有这个国家的总统都被老虎们请进了森林。

两册读本包括了童话、寓言、小说、诗歌、散文等各种文体，方卫平老师给每一篇作品都做了精彩的评析，可以帮助读者们提高文学鉴赏水平。作为分级读本，编者是根据小学高年级同学平均的阅读能力来选编作品，尽管读者们的阅读基础和阅读兴趣有所不同，但每一位读者都可以从71篇深浅有别、风格各异的佳作中发现自己的最爱。

十　诗之精灵跳跃在童心

　　大多数情况下，孩子们辛辛苦苦写在作文本上的文字，都只能被称为习作，意思是这只是写作的练习，还够不上真正的作品。不过，例外总是有的，文字表达需要练习，也需要天赋，尤其在诗歌领域，例外发生的可能就更大些。人们常说孩子是天生的诗人，孩子的心是诗之精灵最喜欢光顾的地方，那些钻进了很多很多诗歌精灵的童心，就成了一颗诗人的心，于是小诗人就诞生了。有时，小诗人不但会给孩子们带来美的欣喜，甚至还会让大诗人大吃一惊，高璨就是这样一位小诗人。《阳光的脚步很轻》是她十一岁时出版的一本诗集，给很多人带来了欣喜，也带来了惊讶。

　　写诗需要想象，读诗也需要，让我们换一种方式来读诗。在翻读诗篇之前，先打开书的目录，对着诗的题目，在自己心中做一个想象游戏。比方说，你看到了"阳光"这个题目，闭上眼，驰骋你的想象，调动你的语言才华，想一想"阳光"这个词在你脑海里的景象。如果你愿意，就再往前走一步，想一想你可以用什么样别致的语言，把这种景象表达出来。或许，你想不出一首完整的诗，甚至想不出一句完整的诗。没有关系的，哪怕在大脑里闪现出一个自以为得意的比喻也行。然后，你再翻开诗集，翻到诗人抒写这一景象的那一页，看一看在诗人的笔下，"阳光"又会呈现出一番怎样的景致。或许，你会大为惊讶，啊！太出乎意料了，世上尽有这般奇妙的"阳光"；或许，你会暗暗得意，啊！我的想象比诗人写的妙多了。不论是哪一种结果，你都已经享用了一道文学想象的大餐。下面，我们来看一看高璨是怎样来想象《阳光》的——

阳光很慷慨，又很吝啬

他有一身金子的

礼服，一顶金子的

帽子，还有一对金子的

靴子

　　这是诗的第一节，诗人梁小斌写下了这样一段评价："她对太阳的赞颂多么准确，多么符合太阳本来的样子。有人也会说，这是比喻啊，只是比喻得非常美妙而已。但我从高璨运用许多比喻的诗歌语言中，却感到了这不是简单的修辞才华问题。有一个外国诗人说：'地里的蟋蟀像缝纫机在呼啦啦地唱。'我对这精致的比喻不以为然，因为诗人已经知道蟋蟀不是缝纫机，而只是像缝纫机在鸣唱。比喻发展到现代，任何不美妙的事物哪怕再有一个美好的名称，都不会感动我们，因为它只是装扮成那样。但高璨小朋友的诗不是装扮，她还不懂装扮——太阳，就是一个穿着金靴子的人。"从这段评价中你读出了什么？在语文练习册里，我们做了很多有关比喻的练习，我们会判断被老师们故意弄得很难的句子是不是一个比喻句，试卷中那些关于比喻的考题也难不倒我们。但是，很少的时候，我们会去思考，一个比喻句是不是真的很美妙；更少的时候，我们会去在意，一个比喻用得真诚不真诚，是不是可以打动人心。请注意，梁小斌并不是孤立地来谈这一节诗，而是从高璨许许多多的比喻句中，体会出这一节诗的美来。这给我们提供了一个欣赏诗歌的思路：要领会诗之美，不能孤立地读一节诗或一首诗，应该把一节诗、一首诗与诗人的其他诗作联系起来，那样就会品出更多的诗味来了。

　　我欣赏这首诗的第一句："阳光很慷慨，又很吝啬"，这是小诗人从自己的生活中领悟出的，这种慷慨、这种吝啬是和一个喜爱大自然的孩子对生活的理解联系在一起的。我们来读一读这首诗的后面三节：

他穿上这身服装

就是很久很久

是不是因为

脱去便没有了换洗的衣裳

我能抓住阳光
却不能把他带回
我很温暖的小被窝

阳光很慷慨，又很吝啬
他能照亮温暖偌大的世界
却不能满足我
小小的请求

在诗歌的开头，我们搞不清诗人为什么会把这么美好的阳光说成既慷慨又吝啬。第二节里，阳光有点像一个平日里不喜欢换洗衣服的懒孩子。从第三节开始，作者抒写的方向开始转变了。最后，我们终于明白了诗人对阳光既喜欢又有点小埋怨的原因，这样的感觉很多孩子在生活里都经历过。

高璨诗作的美感是多方面的。先来读一读下面这组诗句——

"路旁的向日葵/似乎做错了什么/头低得好低/看着自己的影儿/被夕阳一点点拉长/一点点抹淡//许多昼开夜合的花儿/也在夕照下/合上了眼/夕阳把夜钟敲响"（《夕照》）

"我坐在石阶上/欣赏自然先生的水粉画//几笔雾一般的风/吹顺了柳枝/几条滑润的线条/勾画出暖暖的阳光"（《水粉画》）

"叶有一种微弱的声音/像溪流碰撞石子/那不是小鸟打呼的声音吗？//叶有一种美丽的/像阳光滋润大地的声音/那不是鸟妈妈慈爱的眼神吗？"（《夜下的叶儿》）

"漂浮在茫茫楼海间/我看不清远方的山/似乎可以听见群鸟在歌唱/山是那么遥远/鸟鸣将山拉得很近//一朵云的影子在楼顶踱步/云离它很近/偶尔一片云跌落/夹在楼与楼的缝隙/不知云痛吗？"（《楼海》）

这些诗句都有一个共同的特点，那就是诗人的五官感觉处于一种完全开放，并且可以互相沟通的状态。花儿在夕阳的照射下闭上了眼，这是视觉形象，作者笔锋一转，又说夕阳把夜钟敲响了，就变成听觉形象了，两种感觉在短短的几句诗中融为一体。

迎风飘动的柳条是看得见的，但它用几条滑润的线条勾画出来的阳光，却带着暖暖的感觉，在这里触觉和视觉的融通，营造出特别的诗意。

叶子的美丽可以用眼睛感知，而这种美丽却像阳光滋润大地的声音，这就需要听觉的参与，而这种声音成了妈妈慈爱的眼神，则又回到了视觉。

你或许可以想象出一朵云跌落在楼群中间的情形，但小诗人却把这种景象化作了一种肌肤的触觉，反问道："不知云痛吗？"

欣赏了这些美妙的诗句，不知道大家是不是已经感受到了高璨独特的诗歌创造力。这种创造力是每一个诗人都需要的，但又各不相同。高璨的诗歌创造力不仅体现在诗句的营造上，也体现在她对生活理解的深刻和独特上，这种理解甚至超越了她的年龄，因而受到很多人的关注，她的《镜子与狗》就是这样一首诗：

> 导盲犬
> 在盲老人去世后便被抛弃
> 街头独自流浪
> 有一天奄奄一息
> 看见一面镜子
> 里面有只
> 跟自己一样的狗
> 流浪
>
> 导盲犬上前舔了舔
> 感觉那只狗也在舔自己
> 两只狗轻摇尾巴
> 一起躺下
> 导盲犬挨着镜子里的狗

感觉另一个心脏跳动

另一种体温存在

直到不知不觉

镜子很温暖

她的心第一次跳动

第一次有人对她这么亲密

导盲犬和镜子

睡在这个城市的一个角落

很多人都惊叹高璨在这首诗里表现出的成熟。对城市的孩子来说，狗可能只意味着家中那只需要每天喂食、定期洗澡的宠物；对农村的孩子而言，狗则是可以担负起看家防贼职责的门卫。而高璨的眼光却不一般，她关注的是一只失去主人的导盲犬的命运。高璨对这只狗的命运的思考和诗意表达，令不少成人读者感到惊讶。一个网友写道："一个小学四年级的学生，能如此表达孤独和爱，我只能说，社会进步太快。我的四年级，只知道考试，却不知道流浪和狗。"流浪狗的命运无疑是不幸的，但诗人并不是毫无节制地去表现这种不幸，而是让它和一面同样孤独的镜子相遇，最后一起"睡在这个城市的一个角落"。短短的诗篇写得像一篇结构严谨的寓言，又不失诗的灵动。随着诗行的流动，读者的关注点从导盲犬移向了镜子。导盲犬的孤独容易被感知到，而镜子的孤独则是被诗人表现出来的："镜子很温暖/她的心第一次跳动/第一次有人对她这么亲密"。这样一种亲密，因为稀罕，甚至是唯一的，因而显得弥足珍贵，也最能撼动人心。一个灰暗的故事，有了一个带着一丝丝暖意的结尾。

当然，高璨毕竟是个孩子，她的诗里更多地呈现着一个孩子打量世界时的好奇，有时她把这种好奇化作了诗歌中的动物形象。这样的作品在这本诗集里有不少，例如《清晨的第一丝风》：

清晨的第一丝风

吹开了城市身上披着的

一床被子
吹灭了最后一抹夜色

一颗露珠从树叶上滑落
在草尖上弹了一下
停住了

一只蚂蚁跑来
绕着露珠照镜子
初次欣赏到了自己
露珠眨了一下眼
滚落下去
吓了蚂蚁一跳
也以为坠落
急忙乘着一缕阳光
寻找自己

清晨
仿佛是一天头上别着的
那朵红花
蝴蝶蜜蜂为你而来

只有沐浴着大自然恩泽的孩子，才会有这般清丽质朴的心灵世界。人是自然之子，孩子更是。当我们惊讶于高璨诗才的时候，千万不要把她所有的才华都归功于广泛的阅读和语言的锤炼，这些都很重要，但如果没有和大自然之间悄悄对话的经历，这样的诗行是写不出来的。

孩子的心灵永远都不会缺少故事，高璨不少的诗篇里就充满了童话情境，这也是大自然对她的恩赐，我们来读一读《小虫行走在我手上》：

躺在草地
看头顶上的白云

奇异地变魔术

悄悄的

一只小虫爬上我的手

我望了它一眼

不再理会

小虫爬到我指缝

这是一条不平坦的路

路上有一个个沟坑

有几次小虫就要跌落

但它仍然艰难走过

小虫一定在笑

说不定还唱了首歌

我不再注意白云的魔术

起身回家

我要告诉妈妈

我和小虫有了一次亲切的交谈

　　一只小虫在小手上爬了一阵，却能引发这么丰富多彩的想象，诗人总能从再平凡不过的细节上，发现诗的灵感。她先是以"我"的眼光观察这只小虫，如果一直保持着这样的视角就太单调了，接着，诗人把视角转向了小虫，猜想小虫在我的手上行走时的种种感受。可以把这首诗当作一篇微型童话，而在短短的篇幅里，故事的情节居然有了转折。

　　读了高璨的这些诗作，有的同学在赞赏的同时，难免会有些自卑。高璨太棒了，可我什么也不是。其实，你大可不必这样想。诗是属于所有孩子的，孩子的心灵本身就是一个充满诗意的世界，只是有的人多一点，有的人少一点；有的人被发掘了，有的人还隐藏着。你能不能成为高璨那样的诗人，这并不重要，重要的是，不要让你的童年错过了诗。受过诗意浸染的童年是美丽的、优雅的、永不褪色的。读过许许多多美妙的诗篇后，你不妨也提起笔写一写诗，未必要一鸣惊人，给自己的童年留下一份诗意的记录，不也很好吗？

十一　诗，带着点难度的美

　　在各种文学类型中，诗歌是最纯粹的艺术。诗展示着语言的纯美，让你陶醉，也让你捉摸不透。有人问柏拉图："美是什么？"这位伟大的哲人回答："美是难的。"我想借用一下这句名言，表达对诗之美的理解："诗是难的。"这并不是说，每一首诗都艰深晦涩难以理解，但如果我们仅仅是用读故事、读小说的心思来读诗的话，那么隐含在诗句中的美感，就会和我们失之交臂。如果我们能够穿过一行行诗句构成的语言树林，就会发现林间最深处的奇异美景，读诗是带着难度的阅读狂欢。今天带大家走进王宜振的诗歌世界，领略一下他的《少年抒情诗》的美妙。

　　春天是古今中外诗人笔下从不缺席的角色，王宜振笔下的春天透露着令人惊讶的气息。在他的诗篇里，春天不仅仅是鸟语花香、莺飞草长的一派美景，春天还是有形状的。他在《春天很大又很小》中是这样抒写的："春天到底有多小/问问小燕子，也许会知道/燕子说：我衔着它从南方飞到北方/它哩，同一粒小豌豆差不了多少"，赋予春天具体的形状大小，是一个富有创意的想象，而且诗人还让燕子的嘴巴丈量出了春天的"小"，春天小得只有一颗豌豆一般。接下来，诗人笔锋一转，又写起了春天的"大"来："春天到底有多大/问问那棵树，也许会知道/大树说：春天是一只大鸟/一棵树只是它的一根羽毛"，这一节的"大"与上一节的"小"形成了强烈的反差，但诗人的想象不愿意就停留于此，他让孩子也参与到关于春天"大"与"小"的争论中来："小朋友说：我们都被春天含在嘴里/远山和草地也陷进春天的怀抱"，孩子当然知道，春天的"大"与"小"到底意味着什么，这样的问题读者们心里当然也很清楚，既然是谁都清楚的事，在诗里绕来绕去有什么意思呢，严重点说，诗句不就成了美丽的废话了吗？

依据科学的原理，春天是不可能有大小的，那么诗人为什么要让燕子、大树和孩子为这个问题争来争去呢？诗歌不是科学，我们不能用科学的逻辑来思考它。那也总该表达一个思想意义吧，你要是这么想，可能又要失望了。这首诗读下来，我们似乎感觉不到诗人要告诉读者关于春天的特别的意义，诗人只是想把自己对春天的美妙想象展现给读者。有时候，读一首诗，就是为了体验一下带着独特美感的奇妙想象而已。当然，并不是所有的诗都不表达思想，但至少有很多诗，你不必太在意它表达了什么思想。诗不是小说，也不是散文，诗就是这么独特的一种文体。

在王宜振的笔下，春天不仅可大可小，还可以像一片布任你撕来扯去："撕开春天/你会发现蝴蝶和蜜蜂不再烦恼/瞧，冬天留下的那道伤口/已被春的小手悄悄缝好"（《撕开春天》）。春天的声音和芳香也是形态万千的："采一片树叶做一支叶笛/把春天吹得摇摇晃晃/走进家门抖一抖衣袖/竟抖出了一地春的芳香"（《初春》）。春天还是一只会孵蛋的鸟："春天这只鸟儿/孵化出一只雏鸟/它的名字/叫夏天"（《春天是一只鸟》）。诗人把一个季节当作一只鸟来写，让这只鸟孵出了另一个季节，这才是真正有创意的拟人手法，读者们对照一下语文练习册中的某些庸俗的拟人手法，就会明白什么样的表达才称得上语言艺术。

从以上介绍中，你是否感受到了王宜振诗歌的独特魅力。大家以前也一定读过不少的诗，有人在读到自己心目中的好诗时，常会这样感叹："这首诗太美了！"此话不错，却是一句正确的废话。好的诗总是和美联系在一起的，但到底如何美，却很难回答。诗的美是一种特殊的美，这种美来自诗人对语言的特殊创造。诗歌里的每一个词若放在辞典里，都很一般，一旦被诗人编织进诗句里，就会给读者别样的感觉。这其中的奥秘，就在于诗人通过自己的创造性联想，将生活中看似没有关系的现象联系到了一起，这种创造性的联想用富有美感的语言表达出来，就成了诗。对于读者而言，读诗就像是在看一个语言魔术师表演魔术，诗歌里的字词句你都认识，看着都眼熟，诗人手里的那支妙笔一挥，就变成让你感到有点陌生，又带着美感的诗篇了。

　　诗的美难以通过间接的介绍来传达，读者只有在读诗的过程中才能真切地体会到。诗的语言总是带着某种音乐性，如果你能把一首好诗轻轻地吟诵出来，就会获得更为丰富的美感体验。

　　以下两点是我读王宜振的诗歌作品时体会出来的，和读者们一同分享。

　　第一，在虚虚实实中抒写情感。

　　诗歌常把生活中看得见摸得着的景象虚化了，又把看不见摸不着的现象当作实实在在的景象来写，在虚虚实实中，抒发着诗人的独特情感。让我们通过《月亮是一首朦胧的小诗》和《摸亮》这两首诗，体会一下诗歌里的"虚"与"实"。

月亮是一首朦胧的小诗

月亮是一首朦胧的小诗
很难读懂呢

满天星星在亮在眨眼睛
那是那首小诗的注释么

小树读了
画了许多圆圈在心里
那是它的体会么

小花小草读了
叶尖上闪耀着圆圆的露珠
那是它们的感想么

小河读了
把那首小诗藏在心里
小鱼小虾不知它是什么

还以为是一枚圆圆的饼干

我读了
我在静静地构思
我在院子里栽了一株小橘树
秋天来了
小橘树结出一树月亮
每一个都是一首小诗

摸　亮

我摸一个词语
从嫩摸到老
我想把它摸亮

我摸一个句子
从青摸到黄
我想把它摸亮

可摸了大半生
词和句子
仍旧暗淡无光
想起我的前程
心中未免惆怅

父亲走来
只轻轻一摸
词和句子
纷纷闪烁着光芒

父亲告诉我
一双把生活摸亮的手
无论摸什么
都会闪闪发光

　　《月亮是一首朦胧的小诗》，从题目中我们就可以感受到实景虚写的手法，月亮是我们可以用眼睛捕捉到的景象，而诗到底是什么，本来就不好捉摸，朦胧的诗就更虚了。在现实生活里，我们喜欢实在的东西，但在诗歌的世界里，被虚化了的景象或许更美。《摸亮》则是把语言这一存在于我们大脑中的无形的东西写实了，词和句子都能用手来抚摸，而且还可以摸出亮度来。

　　第二，让抽象的思想变得可看、可闻、可感。

　　上文我们谈到，并不是每一首好诗都要表达思想意义，这也就意味着有些好诗是可以表达思想意义的。我们需要了解的是，一首好诗该如何传达思想意义。诗歌里的思想应该是形象的，充满诗意的，有时这种思想只有淡淡的一点，需要读者细细体会。《树的苦恼》就是这样一首诗："一只小鸟/给一棵树讲了许多飞翔的故事/树听着听着流泪了//树也是一只鸟/树有许多翅膀/树不能飞翔//树的苦恼/是夜晚老做飞翔的梦"。这首诗的含义就值得读者们去琢磨琢磨：树的苦恼是怎样的一种苦恼？这种苦恼是怎样产生的？是它不自量力，把自己的枝叶当作了翅膀而徒生苦恼。或者，树本来就是一只长满翅膀又注定无法飞翔的鸟。只有一对翅膀的鸟可以自由地飞翔，浑身都是翅膀的鸟却只能做着飞翔的梦，你在生活中见到过类似的事吗？诗歌的思想含义往往是多样的，这给读者们留下了很大的思考空间，也提出了很大的挑战，你可以根据自己的生活经验，去寻找一个合理的答案。

　　有时，诗人也会把思想意义表达得更为清晰一些。例如《我想做一只鸟》这首诗，诗人想做一只鸟，如果这个愿望实现不了，他愿意做鸟身上的一根羽毛，如果还不行，他甚至愿意做鸟的一声鸣叫。"一声鸣叫也许渺小/渺小得似乎微不足道/可它原来也是一只鸟呀/一只会飞会叫会跳的鸟//一只鸟失去躯体、思想和羽毛只剩鸣叫/可它仍未忘记给世界和心灵带来欢乐是多么重要/我的一声只要能使世界和心灵发生震颤/我便会感到满足，露出幸福的微笑"。诗歌中的思想是表达得朦胧一点好，还是清晰一点好，不同的读者会有各自的偏好，但有一点很重要，诗歌最忌讳抽象的说理。《我想做一只鸟》中的哲理是与诗人化鸟的奇异愿望联系在一起的，所以才有打动人心的力量。

诗的美带着点难度，它需要你用心去体验，需要你带着感情去思考。

诗的美永远都离不开真挚的情感，离不开跳跃的联想，更离不开带着乐感的语言。

诗的语言和日常生活的语言拉开了一段长长的距离，它需要你用陌生的眼光来打量它。

一首好诗所要表达的，说不定早已埋藏在你心中。有一天，突然与你相遇，你被惊呆了，因为你从来没有用如此美妙的语言表白过。

这一切，只有优秀的诗歌才会拥有，只有真正优秀的诗人才写得出来。读者们应该警惕那些差劲的诗，它们虽然也长着诗的模样，却没有诗的灵魂。祝愿读者们拥有一双鉴别好诗与坏诗的明亮眼睛，那样，你就会收获更多的美。

王宜振的诗获得了很高的评价，著名评论家孙绍振这样写道："王宜振目前写得好的诗，大都是充满了农村乡土情调的。我相信，几十年以后，我们国家农业人口也像西方各国那样，只剩下百分之几，成为公民中的少数，那时候王宜振的诗歌，其生命力仍然不会衰退。今天读王宜振的诗歌的孩子们的孩子们，仍然会为他想象的新异而受到感动。正如我们今天读古典的诗歌那样。艺术上有创造和有突破的作品，是能够跨越时代的。"①

---

① 孙绍振：《跨越时代的童诗——读〈适宜朗诵的 100 首童诗〉》，《人民日报》2005 年 12 月 22 日。

附　录

❖ 儿童文学课程与教学研究

　　本附录中的两篇文章，探讨的是儿童文学课程建设与教学改革的问题。高校教师教育专业儿童文学课程教学目标的设置、教学内容的安排、教学方法的创新，对于学生教师职业能力的形成具有重要的影响。当下中小学、幼儿园教师的儿童文学素养存在缺失，优秀儿童文学在进入语文（语言）教育过程中面临诸多困难，影响了童年文学生活品质的进一步提升。如果追根溯源的话，这些问题都与教师未能接受系统、完善的儿童文学专业教育有关。两篇文章以笔者从教的学校为例，从课程目标设置、评价方式改革、教学方法创新等方面，对相关问题进行了探讨。

一　儿童文学课程目标设置与评价方式创新

（一）高校儿童文学教学研究置身的学术环境

高校学前教育专业的儿童文学课程教学是一个跨学科的研究领域，课程的主体内容属于文学，服务的专业对象是学前教师教育，课程教学研究则归属于高等学科教育学。我们有必要对这一研究领域所置身的学术环境有一个清晰的认识。

有别于基础教育的学科教育学热闹非凡的学术景象，高等教育的学科教育学研究要冷寂得多。不少研究者将其专著取名为"高等学校教学论"，似乎还缺乏以学科自居的学术底气。这些研究大多是对课程建设、教学方法、评价方式进行原则性、概貌式的阐释，对具体课程教学的指导意义显然十分有限。长期以来，人们似乎形成了一种未必正确的"集体无意识"：高校教学"教什么""学什么"远比"怎样教""怎样学"重要得多。高等教育的教学研究更多着眼于课程结构的科学性、课程内容的前沿性等宏观话题，至于具体课程的教学方法、评价方式等则难以跻身高等教育研究的核心层面。这样的学术格局从表面上看，似乎也不无道理。基础教育的对象年龄较小，受其认知能力的制约，教师更需要借助丰富多样的教学方法和评价方式来提升教学效果；而高校学生从事的是专业学习，有较为明确的学习目的和职业方向，身心的成熟也使他们较中小学生更能把控自己的学习状态，对他们而言，知识本身的重要性大于知识传授的方式。然而，这并不能构成可以忽视高校课程教学研究的理由，因为同样的知识如果能够在一个更为合理、更能激发学生学习潜能的系统中运行，教学效果的大幅提升是值得期待的。高校人才培养质量的最终保证必须落实到具体的课程教学中，缺乏对教学具体问题的深入研究，教学质量也就无从谈起。

高等教育教学研究难登大雅之堂，不应简单地归咎于研究者对这一问题有意或无意的忽视，其背后的体制化原因更值得注意。在高等教育体制中，某一知识领域的专业化水平，对该领域研究者的学术地位有着重要影响，决定了他们学术话语权的大小和学术利益的分配。每个专业领域都有自己独特的问题意识、研究范式和学术话语。某种学术格局一旦形成就会潜在地影响、规制研究者的思维方式与研究理路，并具有一定的保守性和排他性。高校学科教育学研究本应致力于解决各学科教学面临的各种问题，但由于高校学科门类涉及的范围极其广泛，并具有较高的专业门槛，一般的高等教育研究者难以把握学缘关系疏远的其他学科领域的核心知识，因而也就不太可能进行具体的教学方案设计。此类研究目前多由任教的专业教师来承担，他们虽然精熟本专业的知识体系，拥有丰富的教学经验，但却未必具备从事高等教育学研究的学术基础，加之此类研究在高校科研考核体系中处境尴尬，研究者很可能要面对来自两个学科领域同行发出的"不够专业"的质疑，难以获得专业归宿的认同感。长此以往，学术面貌的荒凉就不可避免了。

以上论及的是高校学科教育学研究的一般状况。高校学前儿童文学教学研究除了具有上述特点外，还有自身面临的特殊问题。从学缘关系上说，儿童文学的上级学科是文学，但儿童文学一直未在文学学科的分类谱系中获得与其实际身量相称的学科地位。依据《中华人民共和国学科分类与代码国家标准》（标准号 GB/T 13745—2009），"中国儿童文学"与"中国古代文学史""中国近代文学史""中国现当代文学史""中国民间文学"等同属于"中国文学"之下的二级学科。然而，在国务院学位委员会、教育部颁布的《授予博士、硕士学位和培养研究生的学科、专业目录》（1997）中，儿童文学被置于"中国现当代文学"这个二级学科的名下，仅作为一个研究方向。较之国家标准，教育行政文件对高校学术资源分配的影响更为直接和深远。这一现象虽受到了很多儿童文学学者的批评，但问题并未获得真正的解决。2011 年颁布实施的《学位授予和人才培养学科目录》大大简化了学科分类层级，取消了对二级学科的具体规定。这无疑为儿童文学学科的自主发展提供了空间，但传统积习的影响依然存在，不少高师院校的中文专业仍未开设儿童文学课程，有的仅将其作为一门专业选修课。与在自身隶属的学科门类中不被重视的现象形成反差的是，以幼儿园师资为培养对象的学前教师教育专业将儿童文学列为了专业必修课程，儿童文学显然是学前语言教育无法忽视的一项重要内容。尽管教师教育专业培养方案的规划者充分认识到了儿童文学对学生专业能力培养的重要性，但由于学缘关系上的疏离，他们往往以实用主义的眼光看待儿童文学课程，只是将儿童文学当作语言教学法的先修课程，目的是为了让学生在学习教学法课程以及开展教育实践活动时，具有最基本的儿童文学阅读积累。儿童文学独特的思想内涵、艺术品性及其所蕴含的丰富的儿童文化价值，实际上大大超越了这样的课程定位。要改变这种状况，需要儿童文学课程的执教教师发挥文学学科的学识优势，对课程目标做出合理的调整，并通过对教学方法和评价方式的精心设计，来提升课程的整体品质和影响力。更有必要将课程教学问题的探讨升华为合乎学理逻辑的学术研究，以利于研究成果获得跨学科的认同，同时也为高校学科教育学研究增添一个小而独特的研究案例。

（二）兼具基础性与发展性的课程目标设置

儿童文学课程在确保为教师教育专业培养目标服务的前提下，要对课程目标的内涵进行主动的自我建构。一个合理的学前儿童文学课程目标应具备丰富的内在层次性，各个层次的目标要素间要形成相互支撑的关系，并有内在的逻辑线索贯穿始终。以下是我们在长期教学和研究基础上提出的课程目标设置方案以及课程目标整合设想。

1. 基础性目标：为学生的专业学习提供必需的文学知识与文学能力基础

文学知识学习和文学能力生成是儿童文学课程的两大基础性目标。文学知识包括儿童文学基本原理、文学史脉络与文体特征。文学能力的生成主要通过文本赏析与文体创编加以培养。文学知识与文学能力在课程学习中是一种相互依存的关系，文学能力的生成离不开文学知识的学习，文学能力的生成又促进了更高层次文学知识的学习。一定数量的文本阅读是实现这一课程目标的重要前提，文学原理的掌握离不开对作品本身的了解，文学发展的历史脉络更是由具体的作家、作品和文学现象构成，文体特征的掌握也必须建立在文本细节分析的基础上，文体创作更离不开优秀作品的示范。在文学能力的培养中，尤其不可忽视文学创作的作用。掌握了基本的文学知识，具备了初步的文本鉴赏能力后，学生的创作实践有助于实现所学内容与自身创造潜质的有机融合。

2. 实践性目标：帮助学生了解儿童文学在未来职业现场可能呈现的面貌

儿童文学作为一门文学课程，具有源自文学学科的背景特质，同时，作为一门立身于教师教育的专业课程又必须充分凸显其专业培养功能，如何把握两者间的平衡，是对教师教学智慧的考验。与语言教学法课程不同，儿童文学课程不宜过多涉及教育活动技巧性、程序性的知识，这既缺乏课时保障，也非文学教师的专长。儿童文学课程对学生职业实践能力的贡献主要体现为：其一，通过儿童文学作品展示童年生活场景，表现儿童精神特点，使学生以审美的方式获得对未来教育对象的感性认识；其二，帮助学生了解儿童文学在教育现场可能的呈现方式，以及向不同年龄的孩子传达文学信息时应掌控的难易尺度；其三，通过文本阅读和赏析训练，使学生具备一定的鉴别文本品质优劣的能力，为其在未来的职业生涯中将优秀儿童文学转化为教育资源奠定基础。近年来，以教师职业导向为特色的儿童文学教科书，大都设有语言、文学教育实践的专门章节。但从具体的内容上看，编著者只是有意识地增加了教育实践的分量，这些内容与文学学科本体知识之间的融合水平还有待提高。从实际教学效果上看，这些带有职业能力训练的内容更适合渗透于文学知识学习和文学能力培养的过程中。

3. 发展性目标：引导学生通过文学审美把握童年文化、塑造自我人格

为童年划归一块专门的文学领地，是人类儿童观念走向自觉的一个标志。直到近代，童年的独特价值才被充分认识，儿童不再被视为等待

长大的"小大人",在此情形下,现代儿童文学才应运而生。在儿童文学发展的早期阶段,留下了大量向儿童进行道德灌输的作品,显示了当时人们对儿童文学过于功利的狭隘理解。20 世纪世界儿童文学的发展打破了教训主义的藩篱,大量张扬儿童自由天性与游戏精神的作品走进了童年的文学生活。儿童文学的发展历史实际上反映了人类童年观念演变的轨迹。关于童年观念的演变,相关的教育学课程也有所涉及,但儿童文学却以审美的方式将这一历史轨迹呈现得更为形象可感。在儿童文学课程学习中,教育学理论形态的童年观念与文学形态的儿童观念获得了相互比照的机会,有助于学生更为深入地认识童年精神文化的特点。通过文学形象生成的童年观念,因为有了接受者个人情感体验的参透,更具内省性与持久性。

儿童文学所揭示的童年精神文化特点,其价值远远超越了职业能力培养这一基础的课程目标层次。从人类文化的整体视角上看,儿童文化中所包含的个体与自然的和谐关系、对周遭事物的探索欲求、以直觉方式把握事物本质等,都构成了对成人文化的反向参照。也就是说,成人可以从儿童身上学到很多自身成长过程中丧失了的精神品质。对于今后从事儿童教育工作的学生而言,儿童文学的文化内涵是他们实现自我人格塑造的一份宝贵精神财富,他们未来的职业生涯将会因童年精神的关照,而多一份人文情怀,少一份职业倦怠。

4. 以学生阅读视野的建构整合各层次课程目标

儿童文学教学在内容上跨越两个学科领域,在专业课程体系中又身处边缘。为这样一门课程设置层次丰富的课程目标,有一定的风险性,这些目标能否实现也很容易受到质疑。这就要求课程目标的设计者,对目标之间的逻辑关系要有清晰的把握,并通过恰当的路径实现各层次目标之间的有机整合,使之形成一种互为支撑、照应的立体结构,而非平面罗列的线性关系。我们在实践中认识到,学生阅读视野的合理建构是实现课程目标整合的有效路径。文学课程有别于其他课程的一个最大特点是,文本阅读在教学中扮演着不可或缺的角色,离开了文本阅读,一切教学的意义都会被抽空,仅剩下了无生趣的枯干躯壳。不论是基础性目标中的知识学习、能力培养,还是实践性目标中的职业素养造就,或是发展性目标中的文化精神涵养，都离不开学生对中外优秀儿童文学的广泛涉猎。儿童文学教程有符合自身学科知识特点的逻辑体系，但由于授课时数的限制（一般为32～36学时），在实际教学中教师不得不打破相对完整的知识架构，对某些内容只能浅尝辄止，有时甚至要舍弃某些知识模块。在此情形下，课外的文本阅读就成为拓展课程空间的重要手段。有了丰富的文本阅读积累，课堂授课效率必将大大提高，师生间的互动交流才可能实现，有深度的问题讨论才能得以展开。

在媒体资源极为丰富的社会文化背景下，传统的文本阅读对当下大学生的吸引力已大为减弱，加上他们依据自己未必优良的童年阅读经验形成的对儿童文学的种种偏见，构成了他们自觉进入儿童文学阅读的心理障碍。拓展学生的儿童文学阅读视野，不是简单地开列必读书目，而是要综合考虑学生的儿童文学认知基础，成人学生与儿童文学之间的心理落差，阅读兴趣与专业要求的矛盾等多种因素，通过合理的教学安排，引导学生进入自主的专业阅读状态。

在课程开始阶段，教师的首要工作是调整学生对儿童文学的情感态度。儿童文学是一个包含了幼儿文学、童年文学与少年文学三个层次的文学系统。对于学前教育专业的学生，只有幼儿文学才属于专业学习内容，而这一层次的文学又与学生自身的文学接受心理距离最远。如果教师推荐的书目局限于幼儿文学，可能会强化学生原先对儿童文学"肤浅""幼稚"的印象。因而将少数优秀的少年文学作为"预热阶段"的推荐书目，不失为一项有效的教学策略。少年文学从内容、主题到语言风格都与学生实际的思想水平与审美趣味较为吻合，当下一些少年文学展现的生活视野已十分开阔，涉及许多成人世界的话题。这一阶段的书目推荐主要是为了拉近学生与文本之间的心理距离，激发学生的阅读热情，尤其是帮助那些视文字阅读为畏途的学生，获得进入阅读状态的心理动力。同时，这也有利于学生在后继的课程学习中，把握儿童文学的整体艺术概貌，更好地理解幼儿文学有别于其他层次儿童文学的独特之处。

经过初期的"预热阅读"后，教师可以根据课程的进展，较为系统地为学生提供各种文体的经典作品阅读书目。儿童文学经典往往在看似浅易的故事之下，潜藏深邃的哲理内涵，作品的主题甚至关涉人类终极性的思考命题，在审美旨趣和表现形式上体现着作家对童年生命的深切理解与关怀。儿童文学经典为课程学习提供了高质量的文本范例，有助于学生更为深刻地理解儿童文学的文化内涵，认同儿童文学对儿童精神成长的重要价值。文学史的相关论述是选择经典的重要依据，但不应成为僵死的教条。教师应立足于课程教学的实际需要和现实条件，将那些超越时代局限，在审美品位、精神气质和教育价值上达到高水准的作品，作为推荐的重点。教师还应依据自己的专业判断，将那些尚未被文学史经典化，但已具备某种经典气质的中外优秀儿童文学作品纳入推荐书目，使学生的阅读视野兼具历史感与时代性。在具体的操作层面上，还要处理好"书"与"篇"的关系，某些长篇作品或作家个人的短篇合集可作为独立的推荐书目，再从一些优秀儿童文学选本中，为学生遴选出应读的短篇佳作。

书目推荐仅仅是阅读视野建构的基础性工作，教师还要通过恰当、可行的教学安排，让学生了解推荐书（篇）目的时代背景、作家的文学观念、创作动机等信息，获得鉴赏这些作品所必需的背景知识。这些教学内容涉及范围较广，不可能都通过课堂讲授来完成，因而推荐适合学生自学的儿童文学理论著作、论文，提供优秀儿童文学网站、论坛的信息，也是可供选择的方案。当然，这些教学安排都必须立足于学生实际的修业水平和课程的现实条件，避免贪大求全。

（三）促进课程目标达成的评价方式创新

在影响课程既定目标达成的诸多因素中，评价方式发挥着至关重要的作用，它与学生的学习动机和态度之间有着密切的关联，学生往往根据课程评价内容和方式安排学习生活，调整学习状态。合理的评价方式在影响学习效果的同时，也为教师调整课程内容、改进教学方法提供了可靠依据。创新学前教育专业儿童文学课程的评价方式，既是提升课程教学成效的需要，也将对扩大课程的专业话语权产生积极的影响。评价方案的设计不应局限于教师一方，学生的参与也很重要，高校学生心智较为成熟，既有愿望也有能力参与评价方案的设计。我们在每学期新课开始时，都会让学生充分了解儿童文学课程理念，向学生解释评价考核的内容与方式，并听取学生对评价方案的意见，吸纳学生提出的合理化建议，经师生协商后形成的评价方案减少了实施过程中的阻力。

1. 过程性评价

适当扩大课程过程性评价的权重，使之与学习过程产生更高水平的黏着度，让过程性评价成为促进学生日常课业学习的动力，这是我们进行课程评价改革的一个基本出发点。我们将过程性评价和终结性评价的比例定位 4∶6，考虑到过程性评价主观性较强、精确性不足的特点，还将在终结性评价中增加对学习过程效果的测评，使两种评价方式形成互为支撑的关系。需要加以说明的是，过程性评价本可采用描述性的"质性"评价，但为了与现行的课业分数评价体系对接，我们也以评分的方式体现过程性评价的结果。况且让教师为每一位学生的学习过程做出定性描述，过程太过繁琐，缺乏可操作性。过程性评价包括以下几个方面：

（1）基础阅读评价

指定一本短篇儿童文学作品选本，作为学生专业课程学习的基础性阅读材料。目前选用的是儿童文学学者韦苇编著的《点亮心灯——儿童文学经典导读》。该书选文精当，适合作为课程教学的文本示例，编著者为每篇作品撰写的赏析性短评，也有助于学生对作品思想内涵与艺术特征的理解。在学期末对学生进行一次测试，由教师任选读本中的两篇作品，要求学生凭借阅读印象写出内容梗概，教师根据学生对作品的熟悉程度评定分数。

（2）专业拓展阅读评价

专业拓展阅读包括两个方面：一是中外儿童文学作品尤其是幼儿文学作品的阅读，二是与课程内容相关的专业文献的阅读。专业阅读的成效与阅读数量、质量以及涉猎广度有关，评价中应予以综合考虑。我们要求学生以表格形式记录阅读书籍的书名、译著者、版本等信息，并撰写简要的阅读感言，教师根据学生阅读的数量以及撰写感言的质量评定分数。由于文学作品（包括文字类作品和图画书）、理论书籍、研究论文在阅读难度和阅读所需时间上存在较大差异，此项评价对这几类阅读材料的分值比例做了相应的规定。例如，五本图画书相当于一本文字类文学作品，一本理论专著等同于五本文字类文学作品，五篇论文等同于一本理论著作。

此项评价采用的是相对评价方式，首先依据班级每个学生的阅读数量划定出若干分数段，再依据学生撰写的阅读感言的质量，在分数段之内评定具体分数。为了避免学生在没有阅读的情况下，随便杜撰或抄袭阅读感言，必须规定阅读感言不能过于宏观、概括，应针对作品的某一具体特点发表看法，阅读感言越能体现个人风格，得分越高。

（3）儿童文学创作评价

文学创作主观性强，从最终完成的文本中难以还原作者真实的创作过程。如果教师只是单纯根据学生的创作结果评定分数，那么对学生学习过程的激励作用依然十分有限。下面以儿歌、儿童诗创作为例，说明儿童文学创作过程性评价的具体做法与创新理念。

儿歌、儿童诗创作由教师通过课堂教学提供基本的创作方法指导，学生主要利用课外时间进行文本创作，并为自己创作的文本配置插图。最后，举办"原创儿歌、儿童诗插画展"，教师和学生一起观展，综合文本创作质量和插图绘制水平（尤其是图文结合的情况），在展览现场评定成绩。教师将优秀作品拍照汇编，作为教学资料保存。这样的教学与评价方式主要是基于以下两个方面的考虑：

其一，在学前教育专业中，儿童文学创作不应仅是单纯的文本创作。让学生在文本创作的基础上为自己的作品配置插图，可以实现文学写作能力和绘画造型能力的有效整合，这种跨领域的综合实践能力是幼儿教师所必备的。绘制与文本内容相吻合的插图，也会让学生更为重视自己的文本创作质量。由于最终的创作成果将公开展出，接受其他同学的观摩和教师的现场评价，优秀作品还将被收入汇编成为教学资料，这也促使学生投入更多精力去完成此项学习任务。应该说，最终展示的作品已经能够较为完整地反映学生创作过程的真实情况，教师可以据此做出一个效度较高的过程性评价。

其二，教师要对每一个学生的创作过程做细致的了解，显然不切实际。儿歌、儿童诗创作指导所占教学课时十分有限（2课时），但教师可以在这一创作实践的后续时段内，利用课堂教学的少许时间对已经完成初稿的学生习作进行现场点评。既能借此了解所教班级创作的整体进展情况，又能通过个例剖析对全体学生发挥示范指导作用。这种在创作过程中的评析，实际上是一种即时性的反馈式评价，虽然没有以具体分数加以体现，但学生根据教师的指导建议对自己的习作进行了修改，其成效也会在最终成果的评价中得到体现。

2. 终结性评价

尽管我们十分强调发挥过程性评价的作用，但在现行的高校教学体系内，考试依然是评价学生课业的基本形式，也是检验学习效果与教学目标一致性的最重要途径。一份设计合理的试卷可以检验出学生对课程内容的掌握情况，还能反映学生真实的学习状态，包括学习的深度和广度。同时，教师还可以从学生的答题中发现教学上存在的问题，并在今后的教学中加以改进。在设计2011级儿童文学期末试卷时，我们进行了如下的创新。

试卷大幅减少记忆性静态知识的考查内容，减少题量和题型，增加综合性试题，取消了填空、简答、判断等常见题型，重点考查学生文本赏析能力和综合分析能力，并注重考查内容与过程性评价的相互印证与衔接。整份试卷仅设三道题目，其中最后一道是儿童文学作品赏析（共40分），该题为常见题型，在此不做具体分析，其他两道试题则体现了新的命题思路。

第一题：单向选择题（本题共10小题，每小题2分，共20分）

本题主要考查学生对儿童文学基本原理、基础知识的掌握情况，虽然只有十道小题，但覆盖了课程的所有教学内容。试题要求学生具备良好的理解能力，能够将各个部分的知识加以综合应用，备考时无需进行机械式的知识记忆。例如，其中一道题目是：

以下哪一种阅读材料，体现了幼儿文学"操作的游戏性"？

A. 一本讲述猫和老鼠捉迷藏的故事书

B. 一首表现小朋友捉迷藏游戏的儿歌

C. 一首小朋友踢毽子时念诵的歌谣

D. 一本讲述游戏故事的图画书

该道试题提供的选项并不是教科书中静态化知识点的罗列，而是游戏性在幼儿文学不同文体中的呈现样貌。学生要想答好这道题，必须掌握幼儿文学"操作的游戏性"的具体内涵，同时又要对故事、儿歌、图画书的文体特点有所了解。

第二题：论述题（共 2 题，每题 20 分，共 40 分）

以往试卷的论述题往往是让学生针对某一理论问题进行阐释。本试卷改变了这一命题传统，从学生课程学习的经历中提出问题，要求结合相关的理论知识展开论述。

1. 请结合所学的儿歌理论知识，谈一谈本学期个人从事儿歌创作的收获与不足。

提示：（1）可以具体谈一谈你的创作体现了哪些儿歌的艺术特征；（2）也可以谈一谈你是如何通过不断的修改，提升了儿歌创作的质量；（3）还可以谈一谈你的儿歌创作留下了哪些遗憾；（4）你可以从以上提示中获得答题思路，也可另行选择其他的答题角度。

2. 结合个人本学期课外阅读的儿童文学作品，谈一谈你对儿童文学的认识。

提示：（1）可以结合给你留下最深阅读印象的作品，运用所学的理论知识，谈一谈这些作品体现了儿童文学的哪些艺术特征；（2）也可以谈一谈课外阅读对你产生了怎样的影响。比如，是否改变了你对儿童文学的原有认识，是否让你体会到了儿童文学不同于一般文学的独特魅力；（3）还可以谈一谈儿童文学对你今后从事幼儿园教师工作有什么样的价值和意义；（4）你可以从以上提示中获得答题思路，也可另行选择其他的答题角度。

儿歌创作和课外阅读是儿童文学课程学习的两项重要内容（上文已就如何对此进行过程性评价做了说明）。在终结性评价的期末考试中，围绕这两项学习内容设计论述题，是基于以下几个方面的考虑：首先，要求学生对自己个人的创作实践和自主阅读经历进行一次带有理性色彩的回顾与总结。题目本身所提问题较为简单，为了避免学生的答案失之空泛，在答题提示中对答题的要求做了具体、切实又带有一定灵活性的规定。这些要求涵盖了儿童文学的价值功能、文体审美特征、教育实践应用等课程学习内容，学生必须调动自己的学习经验和理论储备才能顺利地完成论述。其次，在课程的过程性评价中已经涉及这两项学习内容，终结性评价应在此基础上有所提炼与升华，使之与过程性评价形成一种互补关系。答题提示中提出的课外阅读"是否改变了你对儿童文学的原有认识，是否让你体会到了儿童文学不同于一般文学的独特魅力"，学生如果没有认真读过一定数量的儿童文学作品，就难以作答。这样的命题是对过程性评价的一种检验和确认，弥补了过程性评价在实际操作中难以避免的偏差。再次，指向学生学习过程的开放式命题，有助于发挥评价对学生学习主动性的激励作用。虽然每位学生通常只会经历一次课程期末考试，但这种命题方式仍有可能对下一年级学生的课程学习发挥积极的引导作用。当然，要让这样的命题方式成为课程教学的一项传统，也面临不少现实的困难。由于课程学习的内容相对稳定，如何为每一年级的学生设计出基于同一命题理念的不同版本的试题，对授课教师是一种考验。此外，试卷设计也体现了课程评价与课程目标之间的呼应关系。例如，答题提示中提出的"可以谈一谈儿童文学对你今后从事幼儿园教师工作有什么样的价值和意义"，就是对课程目标中提出的"了解儿童文学在未来职业现场可能呈现的面貌"的一种回应。

综上所述，儿童文学作为高校学前教育的专业课程，具有跨学科领域的特点，这就决定了课程教学的改革与创新，应综合考虑文学学科与教育学科的各自特点，在满足专业培养目标的前提下，充分发掘儿童文学作为一门文学课程的内在特质，使其真正发挥专业能力培养与人文精神培育的独特功能。以学生专业阅读视野建构为核心的课程目标与评价方式创新，则使课程教学获得了一个可操作的有效着力点。

二　儿童文学课程跨领域综合实践教学案例

——以儿歌、儿童诗创作为中心

在学前教育专业的儿童文学课程中，儿歌与儿童诗是两项重要的教学内容。如何使此类文体的教学在培养学生未来职业能力上发挥积极的作用，一直是从事这门课程教学的教师们思考的问题。

（一）一次"课堂事件"引发的改变

每逢教学进行到"儿歌与儿童诗"这一章节时，通常都会安排学生在理论学习和佳作赏析的基础上尝试文本创作。但学生们似乎对此不感兴趣，创作的积极性不高，佳作寥寥。若干年前的一堂创作课上，几位学生草草地写下了几行所谓的"儿歌"（严格意义上只能算是顺口溜），就张开画纸赶着完成被她们拖延了的美术作业。对于课堂上的这种"不端"行为，作为老师自然有阻止的必要，也有批评教育的责任。为了不影响其他同学的思路，我悄然走到某位正埋头作画同学的身后，想对她有所提醒。坦率地说这位同学的画技不算太好，但她绘画时那种专注的神情，在那个时刻还是给了我一丝触动。我想，如果她创作儿歌时也能如此投入，那习作的水准一定会有所提升。进而一想，如果让她将儿歌习作镶嵌到画面中，她或许会对自己的习作品质更在乎一些，大概没有人会为随便涂鸦的无趣顺口溜去精心配制插图吧。

就是这一"课堂事件"触发了我改变儿歌创作教学方式的念头。我和学生们进行了这样的沟通："今年的儿歌创作作业我们换一种方式，你们交来的不能仅仅是写在纸上的几行文字，而应在认真进行文本创作的基础上，为儿歌作品配上精美的插图。最终的成绩评定将取决于儿歌与画面相结合后产生的综合艺术效果。"虽然有学生对这样"另类"的作业颇有微词，但最后当他们把自己创作的儿歌插画作品带到课堂上互相品评时，我还是能够从她们欢悦的神情里分享到一份收获的快乐。于是，"原创儿歌、儿童诗插画"创作，就成为一项"传统"在我们的儿童文学课程里被保留了下来。随着时间推移，在我们教学团队成员相互间教育智慧的碰撞中，这一"传统"的内涵得到了充实和拓展，呈现的形式也更加的丰富与多元。

（二）文学、教育与艺术的多重变奏

儿歌、儿童诗创作首先是一项文学活动。在大多数人的潜意识里，文学创作是具有某种特殊天赋的少数人的专利。唤醒学生心中沉睡的文学灵性，是文学创作教学得以有效开展的基本前提。佳作欣赏与分析、作家创作经历介绍、教师参与文学创作实例分析，是激发学生文学创作激情的有效手段。我这样告诉学生：每个人在自己生命的最初阶段，都曾拥有浪漫想象的天然本性，儿童被称为天生的诗人。但随着年岁渐长，理性的成长使大多数人不自觉地掩饰乃至埋没了自己的文学天性，以致与文学创作绝缘。但谁又能断言自己就一定没有文学创作的潜在能力呢？或许它只是暂时处于休眠状态，正等待着一个苏醒的机会。儿童文学课程所设置的创作环节，就是一次唤醒的尝试。汤汤原来是一名普普通通的小学教师，一次偶然的机会参加了著名儿童文学学者蒋风先生举办的讲座，沉睡的文学灵性被激活了，从此走上文学创作的道路，成为有影响力的童话作家。教师从事儿童文学创作有着其他人不具备的天然优势，对孩子世界的熟知、对童心世界的敏感，为他们的艺术创造提供了丰富的可能。老一辈儿童文学作家陈伯吹，当代儿童文学作家杨红樱、郑春华等，他们的文学成就都与所从事的教育工作有着密切的关联。

在儿童文学课程体系内从事儿歌、儿童诗创作必然要体现独特的教育专业特色。引导学生们到教育现场捕捉创作灵感，发现富有诗意的素材，可以让他们在发掘童心世界文学要素的同时，提升他们对儿童精神世界独特性的了解。以下是学生们在见习、实习过程中收集到的童言稚语：

例一：小军下午吃点心时，用勺子舀玉米粥，玉米粥老是从勺子里滑落下来。小军好奇地问老师："老师，玉米是不是很怕疼？他害怕我把它吃了，一直从勺子里跑出来。"

例二：一次午休时，有位小朋友指着对面墙上的闹钟问老师："时间老人为什么一直走来走去，绕个不停，我们要睡觉，他为什么还不睡？"

例三：老师在操场上引导孩子伸出小手感觉风，说："小朋友们，现在有什么感觉。"有的说："凉凉的。"有的说："很凉快。"有一个孩子大声说："我感觉风很强壮。"

这些原生态的儿童言语表达，还不能构成真正意义上的文学文本，但对于正尝试儿童文学创作的作者而言，是很有启发意义的。孩子们不经意间流露出的诗意言语，彰显了童年独特的艺术气质与创造精神，为学生们的儿歌、儿童诗习作提供了丰富的灵感资源，基于此的文学创作活动兼具文学与教育的双重属性。

学前教育专业的学生具备一定的美术创作基础。让学生给自己原创的儿歌、儿童诗配上与文本内容相映衬的插图，这样一种跨领域的综合创作实践，在提升学生儿童文学创作成效的同时，也实现了学生职业能力培养的多维整合。要在儿童文学的教学中实现这一目标，显然还面临一些特殊的困难：从事这门课程教学的教师未必具备美术创作的实际技能；受课程安排的影响，有些年级的学生在从事这项创作活动时，尚未接受过系统的美术技能训练；作为一项综合性的创作活动，需要较多的指导时间，这也与紧缺的课时产生了矛盾。基于这样的现实条件，我们教学团队在实践中逐渐形成了以下独具特色的教学指导路径：

其一，帮助学生在欣赏中获得创作感悟。充分利用儿童文学书籍插图、中外经典图画书等资源，讲解画面构成特点，分析图文之间的呼应关系，启发学生对自己的儿歌、儿童诗作品做出合理的配图选择。

其二，发掘学生已有的美术潜能。作为非美术专业的学生，虽然在绘画技巧上难以达到娴熟的程度，但在当下"读图文化"时代气息的熏陶下，学生们大都具备良好的图像思维与画面想象能力。除了常规的绘图手法外，我们鼓励学生运用剪贴、拼接、电脑绘图等多种手段进行创作。

其三，课内指导与课外创作相辅相成。不论是儿歌、儿童诗的文本创作还是插图创作，教师充分利用现场教学的有限时间与学生进行沟通，发掘各种资源对学生创作的启迪作用，让学生在课外完成具体的创作过程。

（三）从"文学/教育"走向"文化/社会"

"儿歌、儿童诗插画创作"是一项文学与艺术相融合的创作实践活动。但我们没有将其局限于课程教学的有限视野之内，而是合理发掘其丰富的文化内涵，使这一活动从教学领域延伸至校园文化领域。

在最初的教学尝试中，我们只要求学生将儿歌、儿童诗插画作品交给教师，教师根据学生的创作情况予以评分。在一次收缴作业的课前时间，我发现教室里异常热闹，学生们把自己创作的插画作品展开在课桌上，互相欣赏品评。当我走到她们中间时，学生们围着我叙说起创作的甘苦与心得，也流露出希望自己的作品能够获得更多人接受与欣赏的热望。于是，我决定把部分优秀作品张贴到校园的公告栏上，这就是现在每年一届的"儿歌、儿童诗创作展"的雏形。经过几年来的不断改进，创作展从内容到形式都得到不断的完善。展前有海报发布信息，展览中教师和学生到现场进行作品点评，展后在校园网上进行新闻报道。一项课程内的创作教学，已经逐渐衍生为具有一定影响力的校园文化活动。师范院校的校园文化要想体现自身的特点，必须充分发掘教师教育专业的内在价值，将课程资源融入校园文化建设之中，使二者构成相辅相成的关系，我们所做的一切就是对这一认识的践行。

社会服务是高等学校的一项重要职责。如何使我们的教学成果在发挥育人功能的同时，也能惠及社会公众，并在这一过程中提升课程的社会影响力，这是我们教学团队近年来一直致力解决的问题。福建省少年儿童图书馆地处省会福州的中心城区，是一处为少年儿童服务的重要文化机构。近年来，我校组织学生到该馆开展志愿服务活动，本课程依托这支志愿者队伍，将儿歌、儿童诗创作成果的推广与志愿活动有机结合，让学生们到图书馆与小读者一起欣赏儿歌、儿童诗，向家长普及"诗教"知识。

2013 年 3 月 21 日的"世界儿歌日"，我们课程团队与省少儿图书馆联合举办了儿歌原创作品展和儿歌作品朗诵会。省少儿图书馆辟出专门展区，展出我校学生创作并配制插图的近百幅儿歌插画作品。学生们在展览现场举办儿歌作品朗诵会，我为小读者和家长们开设了题为"感受童心的律动——中外经典儿歌赏析"的讲座。这一系列活动给小读者和家长们留下了深刻印象，产生了良好的社会效应。福建电视台少儿频道、福州电视台新闻频道对此次活动进行了报道，活动结束后多幅儿歌插画作品被省少儿图书馆收藏。学生们在与小读者的现场互动中，更为真切地体验到儿童文学在儿童教育中的独特价值。当看到自己的作品获得孩子和家长的好评，并得到新闻媒体关注时，他们对儿童文学价值的认识也得到了升华。

在"文学/教育"这一维度上，我们的教学活动致力于实现文学能力与教育实践能力的有机整合；在"文化/社会"这一维度上，我们力求使课程教学的效果获得最大限度的提高。通过两个维度的交织，构筑起富有教师教育专业特色的儿童文学课程立体空间。

（四）对教学实践的理性思考

在儿童文学韵语文体教学中，我们不断探索跨领域综合实践教学的各种可能性，逐步凝练出具有校本特色的教学内容和行之有效的教学方式。既使儿童文学课程更好地服务于学前教师教育的专业培养目标，又丰富了儿童文学自身的课程内涵。在本教学案例形成和完善的过程中，我们一直在积极探求这一教学案例所应有的理论支撑。我们认为，基于以下四个导向的儿童文学跨领域综合实践教学活动，有助于在当下的教育环境中，实现课程资源整合的最优化。

1. 专业能力导向

作为学前教育专业的必修课程，儿童文学课程的核心目标显然是培养未来学前教育的合格师资。《幼儿园教育指导纲要（试行）》（2001）指出："要引导幼儿接触优秀的儿童文学作品，使之感受到语言的丰富和优美，并通过多种活动帮助幼儿加深对作品的体验和理解。"从中可以看出，学前教育专业的学生必须具备良好的儿童文学素养，才能适应未来的工作。儿童文学课程不仅要传授较为系统的儿童文学基础理论和文体知识，更要使学生具备鉴别优秀儿童文学作品的眼光，并能在自己理解作品意义的基础上，以恰当方式将文学作品的独特魅力传递给幼儿。

如何通过恰当的教育活动让幼儿掌握优秀儿童文学作品的优美语言与丰富内涵，这是语言教学法课程所要达成的教学目标，而儿童文学课程就要为教学法课程的专业训练提供扎实的文学理解基础。除了常规的理论讲解、文本分析、赏析训练等教学途径外，文体创作实践也是提升文学理解力的重要渠道。学生通过参与儿歌、儿童诗的创作实践，能够更为深切地体验韵语文学独特的语言节律之美，以及这种美感中所蕴含的童年情趣与游戏精神。本案例所呈现的融通文学和美术两大领域的创作实践，以及由此衍生的各种文化活动，有助于学生文学理解力的进一步提升。

2. 实践操作导向

近年来，随着我国高等教育普及化程度的不断提高，就业竞争日趋激烈。如何使学生获得独具优势的就业竞争力，是各高校专业培养的核心问题。学前教育专业近年的就业形势较为乐观，但从长远来看，这一问题依然不容忽视。教师的教育教学工作具有很强的操作性，幼儿园课程的综合性特点，更要求教师具备多方面的综合能力。在学前教师教育课程体系中，实现各知识和技能领域之间的交叉与互补，对于学生专业综合素质的培养具有重要的意义，也是本教学案例的一个基本出发点。

学前教育专业的美术课程的目标，是培养学生基本的视觉形象造型能力。这一能力是学生今后从事幼儿园美术主题教育活动、园区环境布置等所必需的。儿歌、儿童诗则是幼儿语言教育与文学欣赏活动不可或缺的内容。在"原创儿歌、儿童诗插画"创作活动中，学生通过把语言艺术视觉化的实践操作，在深化文学理解力的同时，也实现了美术技能在文学领域中的迁移。更有意义的是，学生绘制的插图需要体现自己创作的儿歌、儿童诗的内容与意蕴，这就有别于美术课堂上以模仿为主的造型训练，增加了技能操作中的创造性元素。

这样的学习经历也有助于学生对幼儿园课程跨领域、综合性特点的理解。一个幼儿园教师如果能在园区环境布置中，增加一些自己独创的诗意元素，或是在文学欣赏和语言教育活动中，运用自己创作并配图的儿歌、儿童诗作品，对培养幼儿的文学欣赏、美术欣赏与语言学习的兴趣，将会发挥良好的作用。

3. 人文审美导向

我们认为，教师教育专业课程的价值取向应该是多元的。除了职业能力培养这一基本的功能之外，还应该根据课程的自身特点，发挥课程内容在人性修养方面的作用。培养教师，是在培养一个具有丰富人性内涵的"人"基础上，培养一个具备多种教育能力的合格"职业者"。儿童文学构成了学生们今后从事幼教工作职业能力的重要方面，也是他们提高自身文学审美能力和文化素质的重要资源。

本案例所涉及的学习活动渗透着诸多人文审美信息。例如，让学生了解传统民间童谣的文化价值及其与现代儿歌之间不同的审美趣味，分析儿童诗创作中儿童抒情视角与成人抒情视角相异的美学品质，欣赏不同绘画风格与诗歌意象之间的对应关系，认识儿童读者与成人读者接受韵语文学的心理异同。这些学习内容有助于学生将技能性学习建立在审美认知的基础上，为今后人文审美素质的进一步提高奠定基础。

4. 可续发展导向

教师教育不但要为培养对象开启职业生涯服务，更要为其终生职业发展奠定基础。当下的教师教育存在着过于注重程序操作，忽略内在涵养的倾向。这也是导致教师在熟练掌握教育教学方法后，易于产生职业倦怠的一个重要原因。儿童文学以形象的语言艺术表现童年的生活情趣，刻画鲜活的儿童形象，抒发儿童乐于接受的思想情感，探寻儿童独特的精神世界。著名儿童文学学者朱自强认为，儿童文学实际上是形象化、艺术化的儿童心理学。学前教育专业的学生在教育学、心理学课程中学到的原理性知识，在教学法课程中获得的程序性知识，都可以在儿童文学作品中获得感性的印证。通过儿童文学所获得的对幼儿心理特征的形象化把握，也更容易积淀在幼儿教师的精神世界中，发挥潜在而持续的影响力。

儿歌、儿童诗与年幼儿童的节律感知、语言发展、文学理解、动作游戏有着密切的关联，也与教师自身的审美品位密不可分。本教学案例致力于为学生未来职业的可持续发展提供一种基于文学审美的精神基础。可以想见，一个热爱童年诗意表达，对儿歌、儿童诗的语言美感有着良好的把握能力，并能够依据自己的创造性理解，对其进行视觉化呈现的幼儿教师，一定会表现出更为积极的工作状态。诗意的熏陶可以为他们的职业生涯提供正面的心理能量，进而影响他们对幼教职业的情感态度和价值观念。

以上对学前教育专业儿童文学课程跨领域综合实践教学的阐释，并不意味着这些理念已经在我们的教学过程中得到了完美的贯彻。受课时安排、学生能力等各种条件的制约，也不可能在某一次具体的教学活动中，完整地实现所有的教学设想。这些思考是我们对以往课程改革经验的总结，也预示着未来进一步课程改革的方向。

参考文献

1. ［加］阿尔维托·曼古埃尔著，吴昌杰译：《阅读史》，商务印书馆 2002 年版。

2. 龙协涛：《文学阅读学》，北京大学出版社 2004 年版。

3. ［美］罗伯特·达恩顿著，熊祥译：《阅读的未来》，中信出版社 2011 年版。

4. ［法］列维·布留尔著，丁由译：《原始思维》，商务印书馆 1981 年版。

5. 董虫草：《艺术与游戏》，人民出版社 2004 年版。

6. 户晓辉：《现代性与民间文学》，社会科学文献出版社 2004 年版。

7. 熊秉真：《童年忆往》，广西师范大学出版社 2008 年版。

8. ［法］菲力浦·阿利埃斯著，沈坚、朱晓罕译：《儿童的世纪——旧制度下的儿童和家庭生活》，北京大学出版社 2013 年版。

9. 徐兰君、［美］安德鲁·琼斯主编：《儿童的发现——现代中国文学及文化中的儿童问题》，北京大学出版社 2011 年版。

10. ［美］霍华德·加德纳著，齐东海等译：《艺术·心理·创造力》，中国人民大学出版社 2008 年版。

11. ［美］杰克·齐普斯著，张子樟、陈贞吟译：《童话·儿童·文化产业》，台湾东方出版社股份有限公司 2006 年版。

12. ［法］艾姿碧塔著，林黴玲译：《艺术的童年》，安徽教育出版社 2005 年版。

13. ［美］桑德拉·L.卡尔弗特著，张莉、杨帆译：《信息时代的儿童发展》，商务印书馆 2007 年版。

14. ［美］艾莉森·卢里著，晏向阳译：《永远的男孩女孩》，南京大学
出版社 2008 年版。

15. ［加］克里斯·罗文著，李银玲译：《"被"虚拟化的儿童》，华东师
范大学出版社 2013 年版。

16. 方卫平：《方卫平儿童文学理论文集》（1～4 卷），明天出版社 2006
年版。

17. 王泉根：《现代儿童文学的先驱》，上海文艺出版社 1987 年版。

18. 王泉根评选：《中国现代儿童文学文论选》，广西人民出版社 1989
年版。

19. 蒋风主编：《中国当代儿童文学史》，河北少年儿童出版社 1991
年版。

20. 朱自强：《中国儿童文学与现代化进程》，浙江少年儿童出版社 2000
年版。

21. 朱自强：《"分化期"儿童文学研究》，接力出版社 2013 年版。

22. 韦苇：《世界儿童文学史概述》，浙江少年儿童出版社 1986 年版。

23. 刘绪源：《中国儿童文学史略（1916—1977）》，少年儿童出版社
2013 年版。

24. 张心科：《清末民国儿童文学教育史论》，北京师范大学出版社 2011
年版。

25. 班马：《前艺术思想》，福建少年儿童出版社 1996 年版。

26. 李利芳：《中国发生期儿童文学理论本土化进程研究》，中国社会科
学出版社 2007 年版。

27. 杜传坤：《中国现代儿童文学史论》，中国社会科学出版社 2009
年版。

28. 吴其南：《20 世纪中国儿童文学的文化阐释》，中国社会科学出版社
2012 年版。

29. ［英］约翰·洛威·汤森著，谢瑶玲译：《英语儿童文学史纲》，台

湾天卫文化图书有限公司 2003 年版。

30. ［加］佩里·诺德曼、梅维丝·雷默著，陈中美译：《儿童文学的乐趣》，少年儿童出版社 2008 年版。

31. ［英］彼得·亨特主编，郭建玲等译：《理解儿童文学》，少年儿童出版社 2010 年版。

32. 徐锦成：《台湾儿童诗理论批评史》，台湾彰化县文化局 2003 年版。

33. 王瑞祥：《儿童文学创作论》，浙江大学出版社 2006 年版。

34. ［日］松居直著，季颖译：《我的图画书论》，湖南少年儿童出版社 1997 年版。

35. 林文宝：《儿童文学与阅读》，台湾万卷楼图书股份有限公司 2011 年版。

36. 梅子涵等：《中国儿童阅读 6 人谈》，新蕾出版社 2008 年版。

37. ［英］艾登·钱伯斯著，许慧贞、蔡宜容译：《打造儿童阅读环境》，南海出版公司 2007 年版。

38. ［法］保罗·亚哲尔著，傅林统译：《书·儿童·成人》，台湾富春文化事业股份有限公司 1992 年版。

39. ［加］李利安·H.史密斯著，傅林统译：《欢欣岁月——李利安·H.史密斯的儿童文学观》，台湾富春文化事业股份有限公司 1999 年版。

40. 刘海栖、王建平主编：《风云际会》，明天出版社 2011 年版。

41. 阿甲：《帮助孩子爱上阅读》，少年儿童出版社 2007 年版。

42. 胡丽娜：《大众传媒视阈下中国当代儿童文学转型研究》，中国社会科学出版社 2012 年版。

43. 王倩：《隐形的壁垒——大众传媒语境下儿童文学传播障碍归因研究》，中国社会科学出版社 2013 年版。

后　记

　　20 世纪 80 年代的最后四年，是我接受大学中文专业教育的时光。那是一个属于文学、属于思想的年代，来源庞杂的思潮与主义、各样标新立异的文艺探索，不时敲击着我尚显稚嫩却极度活跃的思维。挤在校园那家其貌不扬小书店的人群中，我购得英格尔斯的《人的现代化》、刘再复的《性格组合论》、弗洛伊德的《梦的解析》、瓦西列夫的《情爱论》、林语堂的《生活的艺术》、马尔克斯的《百年孤独》……还有中外作家的文集和诗集。书店允许学生以饭菜票替代现金使用，方便了我腾挪每月的日常开销，把书香和菜香一起带回空间狭小的宿舍。对思想类社科书籍有着好胃口的，不仅是大学生，位于市中心南门兜的"树人书店"就曾是 80 年代榕城的一个文化地标，那家店面开间仅容得下两人并立的书店柜台前，常常是人头攒动。我当时觉得那位笑容可掬的书店老板是世上最幸运的人，靠着销售他人的思想就可以为自己赚得大把的钞票。我曾从他手里捧回蒯因的《从逻辑的观点看》，那时完全不知道这位以数理逻辑见长的美国分析哲学代表人物是何许人也，仅凭着封面上"二十世纪西方哲学译丛"一行字，就毫不犹豫地将其纳入囊中。该书的艰深程度太出乎我的意料，除了译者序，其他的什么也没读懂，但就因为认识了蒯因这个名字，心里就有了小小的满足感。

　　在大学中文系享用文学与思想大餐的时光里，我对文学大家族中的特殊领域——儿童文学正经历着的思想与艺术巨变竟然毫无察觉。蒋风主编的《中国现代儿童文学史》、韦苇的《世界儿童文学史概述》、王泉根评选的《中国现代儿童文学文论选》出版了，我不知道；梅子涵、曹文轩、班马、常新港等带有探索性质的儿童文学作品，引发了热烈讨论，我没听说过；方卫平、刘绪源与儿童文学元老陈伯吹围绕着儿童文学教育与审美问题展开的颇具声势的"笔战"，我也一无所知；发生在大大小小儿童文学研讨会上充满激情的思想碰撞，我更无缘知晓。这些对后来的中国儿童文学创作与研究走向产生重要影响的文学事件，在我的大学专业学习中没有留下任何印迹。

1989年，我带着儿童文学知识储备的一片空白，来到与儿童文学颇有渊源的师范学校，开始了教学生涯。教语文课让我觉得在大学中文系装备起来的文学思维失去了用武之地，于是我开始关注儿童文学，希望从中找回一些"专业"的感觉。在翻阅了学校图书馆为数不多的儿童文学作品和理论书籍后，我感到了深深的失望。不论怎样努力，这些阅读都无法让我找回大学时代享用文学与思想盛宴的激情，与儿童文学的第一次亲密接触就这样无果而终。真正推动我走进儿童文学的是我的女儿。女儿降生后的几年间，给她讲故事成了我的一项日常功课。不知为什么，当年曾因"肤浅""幼稚"而被我拒斥在思维大门之外的儿歌、童话、故事，在面对一个鲜活生命的时候，竟然变得灵动而有趣起来。对儿童文学这样一种前后迥异的情感反应，连我自己都觉得有点不可思议。于是，从世纪之交以来的十几年间，儿童文学教学与研究就成了我职业生涯的重要内容。

之所以较为详尽地叙述个人走进儿童文学的心路历程，是想借此说明，儿童文学确实是一个颇有"难度"的文学领域。儿童文学创作上的难度在书中已有所论及，儿童文学研究的学术难度，我也已了然于心。我更想说明的是，一个成年人哪怕要成为一名真正的儿童文学读者也非轻而易举。通往童心世界的门，有时需要等候一个被打开的契机。当我们呼吁儿童文学应在高校师范专业的课程体系中获得更多的重视和尊重时，需要的不仅是对儿童文学价值学理逻辑上的严密论证，更需要对学习者的心灵状态投注一份关怀。当然，也正是有了这样一种特殊"难度"的存在，才使儿童文学研究成为一个独具魅力的学术领域，本书就是我近年来在这一领域中理论探寻的一个总结。与学养深厚的学术前辈们相比，这一成果的身量难免显得有些单薄，但其间毕竟倾注了我真诚的付出，我不想掩饰完成第一次较大规模的学术写作后内心的那份充实感。同时我也深知，当书稿校样的最后一页被翻过之后，思考和表达上的遗憾正等待着我通过更为扎实的研究予以弥补。

在此，我要向在儿童文学研究中给予我帮助的学术前辈致以谢意。

2001 年秋，伴着浙江师范大学红楼前的一片蝉鸣，我来到儿童文化研究院做访问学者。我没想到在随后的一年时间里，能有那么多机会与研究院院长方卫平教授进行深入而愉快的交流。在院长办公室与学校食堂间的林荫道上，常常留下我们餐后散步的身影，不少的研究灵感就产生于那一次次看似随性却不乏学术含量的交谈之中。方老师在学术思想和研究方法上给予我的影响和帮助，让我受益匪浅，本书的部分章节也得益于方老师的悉心指导。

访学期间曾有机会多次拜访儿童文学学科的重要开创者蒋风先生与著名儿童文学学者韦苇先生，二位前辈不仅对我的学术研究给予充分的鼓励，还为我提供了不少宝贵的研究资料。与他们的愉快交谈，让我了解了中国儿童文学研究曾经走过的艰难历程，并从他们身上看到了前辈们那份宽厚的学术情怀与可贵的持守精神。

感谢梅子涵教授、朱自强教授、王泉根教授、林文宝教授、班马教授。在各种研讨会场合与他们交谈、聆听他们的演讲，使我对儿童文学的思考获得了宝贵的学术滋养。十几年前，正是通过阅读他们的著作，才改变了我对儿童文学的偏见，也让我发现，在看似清浅的童年文学审美世界里，原来也可以展开如此富有魅力的思想行旅。

感谢福建师范大学潘新和教授。在潘老师的指导下完成硕士论文写作，使我受到了系统的学术训练。虽然后来的研究方向有所调整，但这一段学术经历还是为我的儿童文学研究奠定了重要基础，潘老师严谨而纯粹的治学精神更是成为我懈怠之时的精神激励。

感谢温儒敏教授和他领衔的山东大学学术团队。温儒敏教授对"文学生活"研究的学术倡导与开拓及其研究团队所取得的"文学生活"研究成果，为本书的写作提供了重要的思想启迪。许多平时积累的学术思考，正是在这种启迪的召唤下才得以形成相对系统的学理表述。

也感谢本书的责任编辑何欣和刘含章，她们在截稿日期和文稿修改方面给予我的宽容，为紧张的写作过程带来了一份难得的轻松心情。

我的父母在我成长过程中付出了巨大心血，如今年老的他们还时常关心我的工作和生活。我妻子在资料查找和文稿打印上付出了诸多心力，女儿还帮我找出了书稿中的几处笔误，这一切都让我倍感温暖。

再过几天就到新年了。2015 年，适逢福建幼儿师范高等专科学校百年诞辰，谨以本书向为我提供了谋生教职并得以展开学术梦想的百年老校，致以小而真诚的祝福。

2014 年 12 月 23 日
于白马校区宿舍